먼지먹는
개

먼지 먹는 개

초판 1쇄 발행 | 2016년 6월 24일
초판 3쇄 발행 | 2016년 12월 9일

지은이 손솔지
발행인 이대식

주간 이지형
편집 김종숙 나은심 손성원
마케팅 김혜진 배성진 박중혁 **관리** 홍필례
디자인 모리스

주소 서울시 종로구 평창길 329(우편번호 03003)
문의전화 02-394-1037(편집) 02-394-1047(마케팅)
팩스 02-394-1029
홈페이지 www.saeumbook.co.kr
전자우편 saeum98@hanmail.net
블로그 blog.naver.com/saeumpub
페이스북 facebook.com/saeumbooks

발행처 (주)새움출판사
출판등록 1998년 8월 28일(제10-1633호)

ⓒ 손솔지, 2016
ISBN 979-11-87192-12-1 03810

먼지 먹는 개

손솔지 장편소설

새움

실종

 거짓말처럼 후가 사라졌다. 주인을 잃은 목줄은 말라 비틀어진 새끼 뱀처럼 현관 구석에 감겨 있고, 후는 돌아오지 않는다. 어쩌면 영영 돌아오지 못할지도 모른다. 후가 누워서 햇볕을 쬐던 담요 위 구겨진 빈자리를 보면서 지후는 절망적으로 고개를 저었다.

 집 밖은 거대한 쓰레기통이나 다름없다. 거리 위를 떠도는 것에는 주인이 없고, 대부분은 버려진 것이다. 그렇기 때문에 집 밖으로 내놓으면 무엇이든 사라진다. 손에 쥐고 있지 않으면 그것을 줍는 누구든 새 주인이 될 수 있다. 사람의 몸뚱이마저도 마찬가지다. 실종 사건은 매일 아침 일기예보처럼 꾸준하게 보도된다. 비가 내리거나 일주일 내내 고온 현상이 이어지는 것처럼 누군가가 거리에서 감쪽같이 사라지는 일이 흔하게 일어난다. 사람들은 모닝커피를 마시거나 지하철을 갈아타면서 이따금 실종 뉴스에 시선을 빼앗긴다. 그러나 하루 종일 그 사건에 대해 생각한다거나 필요 이상으로 관심을 갖지는 않는다. 하룻밤이 지나면 누군가는 사라진다. 출근길 이십 대 여성이 버스에서 내린 뒤 갑자기 사라지거나 만취한 채로 돌아가던 중년 남성이 느닷없이 자취를 감춘다. 사람들은 바쁜 일상을 지내다가 문득, 화제가 된 영화의 줄거리를 검색해보듯 그 사건들의 결말을 휴대폰과 컴퓨터 화면 위에서 마주한다. '무사히 귀가'했다는 소소한 결말이 헤드라인이 되는 일은 거의 없다. '변사체로 발견'되었다는 기사를 클릭하면서 사람들은 자신이 원하는 결말이 어느 쪽인지 알지 못한 채 더욱 자극적인 것을 찾아 헤맨다.

　하물며 길에서 개 한 마리 사라진 것은 사건이 되지도 못한다. 개는 네 발로 정처 없이 뛰고 이유 없이 짖곤 하는 짐승일 뿐이니까.

　"우리 후를 한번만 쳐다봐주세요. 이 눈빛 좀 보세요.

우리 애는 거의 사람이에요. 제발 도와주세요!"

전단지를 내밀어 사람들의 시선을 붙잡으려 해봐도 길 위의 지후는 투명인간이나 다름없다. 피곤할 정도로 절실한 지후의 호소는 귀에 꽂힌 이어폰에 가로막히고, 진심 어린 표정과 눈빛은 휴대폰 화면 불빛에 차단된다. 이따금 사람들은 길을 막아서는 지후의 전단지가 참을 수 없이 무례하고 불쾌하다는 듯, 눈살을 찌푸리며 피할 길을 찾는다. 어딘지 지쳐 보이는 사람들의 한결같이 차가운 시선이 지후의 간절한 마음과 함께 전단지를 가차 없이 밟아 구기며 스쳐 지나간다. 만약 지후가 그들의 시선을 단 몇 초라도 더 끌고 싶었다면, 전단지마다 지폐 한 장이라도 붙여서 내밀어야 했을지 모른다. 아무것도 지불하지 않으면서 사람들의 시간을 빼앗는 것은 진실로 무례한 일인 것이다. 결국 지후는 한 움큼의 전단지를 품에 안은 채로 뒤돌아섰다.

누군가 하늘 언저리를 칼로 긋고 달아난 것마냥 급작스레 소나기가 쏟아졌다. 창문을 뒤덮었다가 쓸려 내려가기를 반복하는 빗물을 바라보다가 지후는 차디찬 창틀에 이마를 기댔다. 뭔가 많은 것을 잘못한 기분이었다.

마지막으로 후와 함께 집 밖을 나섰던 일이 떠올랐다.

개와 함께 산책을 할 때 목줄을 매지 않는 것은 동물 보호법에 위반되는 일이라는 것쯤은 지후도 알고 있었다. 과태료를 내게 될 테니 주의하라는 잔소리도 적지 않게 들어왔다. 하지만 공원 입구에 다다르면서 슬그머니 후의 목줄을 풀어줄 때의 그 기분을 놓치고 싶지 않았다. 혀를 길게 빼물고 일정한 숨소리를 내뱉으며 한 걸음 앞서가던 후는 공원 입구에 이르러선 걸음을 멈추곤 했다. 지후가 제 목줄을 풀어줄 것이라는 걸 알고 있기 때문이었다. 긴 꼬리가 지후의 허리춤을 간질이며 흔들리다가 목줄에서 손을 놓는 순간 후는 앞으로 튀어나갔다. 후의 날쌘 발걸음은 지후에게 이상하리만치 짜릿한 일탈감을 주곤 했다. 형의 청바지 뒷주머니에서 몰래 훔쳐낸 담배를 친구들과 나눠 피울 때보다 더한 해방감이었다. 공원에 퍼져 있는 신선한, 날 것 그대로의 공기를 박차고 가볍게 뛰어가는 녀석의 뒷모습을 보고 있노라면 어느새 지후는 가슴 언저리가 후와 이어져 있기라도 한 듯이 빠르게 뛰는 것을 느꼈다. 그때의 후는 '자유'라는 이름의 짐승 같았다. 스프링처럼 몸을 굽혔다가 펴면서 마음껏 뛰어다닐 때, 그 숨소리가 퍼지는 모든 땅이 후의 것이 되었다. 그 순간, 후의 뛰는 심박은 누군가 호루라기를 불며 쫓아도 멈출 수 없는 것이었다. 새하얀 털을 날리며 야생 늑대처럼 공원 분수대 주위를 뛰어다니는 그 모습이 자꾸만 눈앞에 어른거렸다. 후는 묶여 있던 줄을 풀어준다고 해서 곧장 막무가내로 사람을 향해 날뛰는 위험한 짐승이 아니었다. 눈치를 잘 살폈고, 지후가 어느 곳에 있든 그 시선이 머무는 곳에서 몸을 돌려 되돌아왔다. 지후가 앉아 있는 벤치 앞까지 다가오는 그 새까만 눈동자를 본 적이 있다면, 그랬다면 누구라도 주변을 돌아보며 후를 찾아주려 할지 모른다. 아니, 분명 그럴 것이다.

　동물의 눈은 진실하다. 상대방을 '너' 그 이상으로도, 이하로도 보지 않는 담백한 시선은 오직 후만이 가지고 있다. 가족들 간의 서열관계를 생각했을 때, 어머니는 분명 후에게도 어머니일 것이다. 식량을 제공하고 혼을 내고 씻겨주는 어머니를 후는 잘 따랐다. 아버지의 출퇴근에 매번 꼬리를 치켜들어 갈대처럼 가볍게 흔드는 것을 보면, 아버지에게는 가벼운 호감을 가지고 있거나 아버지를 두려워하고 있던 중이었는지 모른다. 어쨌거나 아버지에게 갑작스레 안긴다거나 달려드는 일은 없었고, 아버지 역시 후를 딱히 못마땅하게 생각하지는 않았다. 그에

비해 형인 지환은 후에게 아랫사람 혹은 작은 강아지 같은 존재로 인식된 것처럼 보였다. 지환은 예전부터 개를 무서워했다. 후의 곁을 피하는 지환의 두려움 섞인 조심스러운 움직임이 후에게도 느껴졌을 것이다. 그 때문인지 후는 때때로 지환을 보고 짖어댔고, 지환의 방문 앞에서 오줌을 갈겨 혼쭐이 나기도 했다. 그러나 몇 번 그런 일로 주의를 주고 난 뒤에 다신 같은 실수를 반복하지 않았다. 그렇다면 지후는 후에게 어떤 존재였을까.

"너는 내 말 다 이해하지?"

후는 대답이 없다. 긴 혀를 빼물고 지후의 표정이나 눈빛, 찌푸린 표정, 입술 끝부분 하나도 놓치지 않겠다는 듯 새까만 눈동자로 지후를 비춰줄 뿐이다. 뾰족한 귀 끝이 지후의 목소리 높낮이에 따라 움찔거리거나 밑으로 축 쳐지면서 반응했다. 지후는 축축하게 젖어 반질거리는 후의 콧등에 손가락을 올릴 때의 촉감을 떠올리며 눈을 감았다.

"다 알아. 네가 내 말을 다 안다는 것을 나는 알아."

되묻거나 비웃는 법이 없는 후의 눈빛은 늘 보드라웠다. 제 몸을 구부려 지후의 무릎에 등을 댄 채로 온기를 전하며 잠이 든다거나, 콧잔등으로 부드럽게 허리춤을 밀어내던 커다란 개. 후와의 대화는 언제나 즐거웠다. 지후는 제 자신이 꽤나 수다스러운 성격이라는 것을 후 덕분에 알게 되었다.

지후는 교실 안이나 거실의 구성원 중에서 말수가 적은 편에 속했다. 말재주가 뛰어나다거나 특별히 제 자신에 대해 떠벌릴 정도로 자랑할 만한 일이 없다고 여겼기 때문이다. 그러나 아무리 사소한 일이어도 후에게 말하기 전에는 고민할 필요가 없었다. 후야, 그렇게 부르는 것만으로도 바짝 귀를 세우며 달려왔다. 언제든, 무슨 얘기든, 네가 하는 말이라면 다 듣고 싶다는 눈망울로.

지후의 회상을 예고 없이 잘라내며, 벽 너머에서 케이팝이 흘러나왔다. 이번 주 음악 프로그램 1위를 달성했지만, 다음 달이면 제목조차 기억나지 않을 것이다. 똑같은 단어가 반복되는 후렴구가 주문처럼 이어지다가 끝나고 다시 한 번 되풀이될 때까지, 벽 너머의 지환은 전화를 받지 않았다. 벨소리는 숨이 끊어진 듯이 멈췄다가 좀비처럼 다시 되살아났다. 똑같은 멜로디가 지루하게 울려 퍼졌다. 머리가 아플 지경이었다. 비 오는 날은 평소보다 모든 소음이 도드라지고 청각은 예민해진다. 지후가 형의 방문을 열어젖힐 때까지 지환의 휴대폰은 지치지 않고 울어댔다. 침대 위에서 한쪽 다리가 기역 자로 접힌 청바지 주머니가 볼록하게 튀어나와 있었다. 휴대폰을 끄집어내자 동전 두어 개가 휴대폰과 함께 딸려 나왔다. 화면에 뜨는 전화번호는 이름이 저장되어 있지 않은 낯선 번호였다. 열한 자리 숫자가 휴대폰 화면 위에 흘러다녔다. 지환은 반신욕을 하는 중일 것이다. 그러니 적어도 이십 분은 넘게 욕실에서 한 발자국도 나오지 않을 것이고, 지금 애타게 전화를 거는 사람은 그 사실을 모르고 있을 것이다. 지후는 잠시 고민하다가 휴대폰 너머의 상대방이 안타까운 마음에 통화 버튼을 눌렀다.

"너, 뭐하는 자식이야?"

귓속을 찌르듯이 밀고 들어오는 여자 목소리는 지후가 상황을 해명할 시간조차 주지 않았다.

"이렇게 가위로 싹둑 자르듯이 헤어지는 게 말이 되니? 내가 너 말고 다른 애랑 잔 게 그렇게 용서받지 못할 일이야? 그러는 넌, 뭐 얼마나 떳떳하니? 우스운 해프닝이었다고 생각할 수도 있는 거잖아. 육체적인 관계는 많은 채널 중에 포르노에 지나지 않는다고, 네가 그렇게 얘기했지? 우린 드라마도, 시트콤도, 액션 영화도 될 수 있다고 얘기한 게 바로 너 아니었어?"

"죄송한데요. 저는 이지환 씨가 아니에요."

여자는 가볍게 비웃었다. 휴대폰 너머로 그녀의 헛웃음이 기계음과 섞여 귓가에 부서져 내렸다.

"어제는 우리 관계를 부정하더니, 오늘은 네 존재를 부정하는구나. 고작 이런 남자였네."

지환과 지후의 목소리는 조금도 비슷하지 않다. 변성기를 잘 지나지 못한 지후와 다르게 지환은 아버지와 비슷한 중후한 목소리를 지니고 있었다. 그런 형제의 목소리를 착각할 만큼 그녀는 화가 나 있었다.

"넌 마치 네가 대단한 연애의 대백과사전이라도 되는 듯이 광고했지만 사실은 아니었어. 넌 길거리에 떨어진 전단만큼도 읽을 것이 없어. 나에 대한 걸 다 잊어도 좋지만, 이건 기억해라. 이지환 너는 허접쓰레기야."

전화는 왔을 때처럼 일방적으로 끊겼다. 부재중 전화는 총 열다섯 번 왔지만 정작 통화 시간은 오 분도 채 되지 않았다. 휴대폰이 없다는 것은 이런 갑작스러운 재앙도 피할 수 있다는 거다. 지후는 계단에서 휴대폰을 떨어뜨려 액정이 거미줄 모양으로 부서진 이후로 일주일째 휴대폰 없이 살고 있었다. 처음에는 두드러기가 난 것마냥 온몸이 근질거려 참을 수가 없었지만 세상 모든 일처럼 휴대폰이 없다는 것에도 쉽게 익숙해졌다. 만약 지환이었다면 빚을 내어서라도 최신 휴대폰을 바로 구입했을 것이다. 지환은 뭐든지 최신이 아니면 건드리지 않았다. 대학에 가서 다른 과로 편입 시험을 친 것만도 세 번이었다. 세간이 주목하는 분야가 바뀌면 그의 관심사도 함께 바뀌었다.

후의 등가죽에 내장형 마이크로 칩을 심자고 제안했던 것도 바로 지환이었다. 동네 동물병원에 전자 칩 형태의 반려동물 인식표에 대한 홍보 포스터가 붙기도 전이었다. 그렇지만 지후는 인간과 똑같이 심장이 뛰고 배설을 하고 보드라운 털과 체온을 지닌 후의 털가죽 안에 이물질이나 다름없는 철 조각을 주입하는 것이 꺼림칙했다. 대형 마트의 컨베이어벨트 위를 지나가는 포장육처럼 바코드를 찍어 후의 행선지를 알아낸다는 것은 아무리 생각해도 기괴한 방법 같았다. 후는 전자발찌가 필요한 성범죄자가 아니었다. 어떤 악의도 없이 단지 세상의 공기를 마시고 맨발바닥으로 아스팔트를 박차고 뛰어다니는 것을 낙으로 알고 사는 선한 짐승의 몸에 추적 가능한 마이크로 칩을 주입한다는 것은 인간의 이기나 다름

없었다. 지후는 끝내 생각을 굽히지 않았다.

"그러다가 개가 길을 잃어버리게 되면, 그땐 어떻게 찾을 건데?"

지환이 물었다. 그러나 그때 지후는 단호하게 고개를 저었다. 그럴 리가 없다고. 이정표나 거리의 가게들이 바뀐다고 하더라도 사람의 눈에는 보이지 않는 냄새와 감각의 길을 걷는 후가 길을 잃을 리 없다고 단언할 수 있었다. 괜한 고집을 부린 걸까. 지환의 말을 들었어야 했다는 생각에 베갯잇을 적시며 밤새 후회하기도 했다. 문득 잠결에 일어나 살며시 방문을 열어보는 밤도 있었다. 모두가 잠든 사이에 문 앞을 서성이는 후의 발소리를 들은 것 같아서였다.

어쩌면 후는 원래 살던 곳으로 되돌아간 것이 아닐까. 집 근처에는 재개발이 확정된 뒤로도 한동안 내버려져, 아이들의 위험한 놀이터가 된 공터가 있었다. 예전에 후는 주로 그곳에서 목격되곤 했다. 그곳을 아지트로 하며 평소에는 종이 다른 대여섯 마리의 유기견들과 무리 지어 쓰레기봉투를 뜯고 다녔다. 가끔 집에 찾아와 어머니에게 이런저런 서류에 동참한다는 의미의 사인을 요구하곤 했던 부녀회장은 그런 들짐승들은 모조리 도살되어

17

야 한다고 주장했다. 무리 지어 다니는 짐승들로 인해 아이들은 등교할 때마다 음식물 쓰레기가 너저분하게 널려 있는 골목들을 지나야 했다. 길가에 버려진 뒤로 난폭하게 변한 들개들이 시장까지 내려와서 가게 밖에 널려 있는 건어물이나 생선을 강취하는 일도 있었다.

지후는 이따금 가까이에서 사람들의 기척이 들려오면 주차된 차 뒤로 숨거나 멀리 달아나버리는 그들의 뒤꽁무니를 발견하곤 했다. 딱히 피해 입은 것이 없었기 때문에 어머니가 살서제를 섞은 사료를 공동으로 구입하자는 계획서에 사인을 해주었을 때에도 지후는 그저 무심하게 티브이 채널을 돌렸다. 사실 그는 살생이 나쁘다는 생각을 해본 적이 없었다. 반찬으로 올라오는 돼지 불고기나 삼계탕은 늘 그를 기쁘게 했고, 그런 음식을 만들기 위해서는 돼지의 뽀얀 목덜미를 도끼로 찍고 닭의 날개를 비틀어 뜯어야 한다는 것을 알았다. 그들의 희생에 대해서는 분명 고마워해야 할 일이지만, 약자의 희생은 당연한 일이기도 했다. 게다가 누군가를 위협하는 짐승이라면 범법자나 다름이 없었다. 그러니 보복을 당한다고 해도 어쩔 수 없는 일인 것이다. 그래서 지후는 살서제가 섞인 사료를 덥석 씹어 삼키다가 객사하는 유기견들을 불쌍하다고 생각하지 않았다. 오히려 호기심이 일었다. 죽음은 언제나 사람의 피를 끓게 하고 이목을 끄는 힘이 있다. 만약 동네의 모든 사람들이 부녀회장의 계획에 찬성한다면 수상한 사료가 담긴 그릇이 길목에 놓이는 모습을 볼 수 있게 될 것이다. 지후는 그 뒤에 일어날 일을 멀찍이 서서 관찰하고 싶은 마음이 있었다.

그러나 후는 의심이 많은 개였다. 음식을 내어놓는 사람들의 호의에 무턱대고 꼬리를 흔들지는 않았다. 어머니가 살서제 사료 동의서에 사인을 한 뒤, 지후는 어쩌면 내일이나 다음 주에는 유기견들이 모두 죽을지도 모른다는 생각을 했다. 그러자 길에서 마주치는 개들을 평소보다 조금 더 오래 바라보고 관찰하게 되었다. 후는 집 주변에서 가장 자주 목격되는 개였다. 품종을 알 수 없이 꾀죄죄했지만 녀석의 몸은 가볍고 날쌨다. 긴 털을 휘날리며 뛰어가는 모습만 보아도 지후는 그 녀석을 알아볼 수 있었다. 두 귀는 뾰족했고 털은 전체적으로는 흐리고 우울한 회백색이었다. 특이사항이 있다면 목 뒷덜미에 둥그런 점박이 무늬가 크게 자리 잡고 있는 것이었다. 나중에 후를 집으로 데려와 깨끗이 씻기고 나니, 그 점박이 무늬와 꼬리를 제외한 온몸의 털이 새하얗게 빛났다. 애완견으로 돌아온 후는 백마처럼 크고 근사한 개였다. 그걸 몰랐을 때에는 그저 거무칙칙하고 기분 나쁜 눈빛의 짐승일 뿐이었는데. 지후는 그 떠돌이 짐승을 집에 데려오기 전, 배고픔을 이기지 못해서 살서제 섞인 사료에 주둥이를 가져다 대는 개의 모습을 매일 상상했다. 시멘트 바닥에 네 다리를 늘어뜨리고 혀를 빼어 문 채로 처참하게 최후를 맞이할 그 모습을 상상하면 가슴 한구석에 놓아둔 얇은 종이 한 장이 마구 구겨지는 기분이 들었다.

그래서였을까. 지후는 어느 날 무심코, 그 개를 향해서 샌드위치의 귀퉁이를 잘라서 던졌다. 몇 발자국 떨어진 곳에서 멀겋게 그를 마주보던 후는, 그가 던지는 것이 수류탄이라도 되는 양 흠칫 놀라며 빵 조각을 피해 멀리까지 달아났다. 그러나 결국 호기심을 이기지는 못했다. 촛불처럼 일렁이는 두 눈동자로 지후의 얼굴과 빵 조각을 여러 번 관찰하더니 이내 고개를 낮춘 채로 경계심을 풀지 않고 다가와서 빵 조각의 냄새를 맡았다. 고소한 빵의 향기가 코끝으로 충분히 전해졌을 텐데도 후는 긴 주둥이로 그것을 덥석 물지 않았다. 말로 표현할 수 없는 어두운 감정이 묵직하게 담긴 검은 눈동자로 지후를 올려다보고 서 있을 뿐이었다. 인간에게 시달리며 살아온 개는, 인간의 눈빛을 배우게 되는 모양이었다. 그 눈빛에는 갓난아이의 눈을 마주볼 때처럼 아무런 죄를 짓지 않았어도 가책을 느끼게 하는 불편한 구석이 있었다. 둘은 얼마간 서로를 바라보며 길가에 서 있었다. 독을 넣지 않은 순결하고 보드라운 식빵의 속살이 차가운 시멘트 바닥 위에서 차갑게 굳어갈 때 즈음, 후는 조심스럽게 그것을 물고 골목길 사이로 빠져나갔다. 그 뒷모습을 바라보면서 지후는 무언가 잘못되었다고 생각했다.

"공공장소에 불법 전단지 좀 붙이지 마, 학생. 이러니까 동네가 지저분해지지."

혀를 늘어뜨리고 카메라 렌즈를 올려다보던 후의 모습이 반으로 찢어졌다. 버스 정류장에 붙어 있던 그룹 과외 모집 전단지와 함께, 후를 찾는 전단지는 찢어지고 구겨진 채 쓰레기 수거함 안으로 던져졌다. 더 이상은 동네에 전단지를 붙일 만한 곳이 없었다. 게다가 여태까지 지후가 붙이고 다닌 것을 누군가가 뒤따르며 모두 뜯어냈다면 더 이상 전단지로서의 의미는 없었다. 뜯어지고 찢긴 수십 장의 전단지는 여러 사람에게 도움을 청하는 제 역할을 전혀 하지 못한 것이다. 테이프로 붙인 전단지의 모서리 부분만이 바람에 나부끼고 있었다. 그 모서리 부분에는 총명하게 보이는 후의 귀와 눈 한쪽이 남아 있었다. 흑백으로 프린트된 후의 눈빛 속에 제발 나를 찾아줘, 하는 메시지가 담겨 있는 것 같아 마음 한편이 껄끄럽고 따가웠다.

두 번째로 마주쳤을 때, 후는 빵 조각을 던져준 것을 기억하는지 멀리 도망가지 않고 지후를 바라보고 멈춰서 있었다. 새까맣게 재를 뒤집어쓴 채로 주차된 차량 사이를 비집고 들어가던 중이었다. 그 놀라운 변화가 지후의 가슴을 뛰게 했다. 가까이 다가와 지후의 신발에 제 코를 가져다 댄다거나 긴 꼬리를 가볍게 흔들어주는 일 따위는 하지 않았지만 그 눈동자 속에 담긴 신뢰의 눈빛이 그를 짜릿하게 했다. 그때까지 지후는 자신이 제대로 된 친구를 사귀어보지 못했다는 것을 깨달았다. 몰려다니며 피시방에서 함께 게임을 하거나 하굣길에 분식집에서 함께 라면을 먹으며 선생에 대한 험담을 할 만한 애들은 있었지만, 그들은 그저 동급생일 뿐 친구는 아니었다. 학교라는 테두리를 벗어나면 자주 만나는 타인에 불과했다. 지후는 그 개의 눈빛을 햇볕처럼 쬐면서 제 안에 연약하고 보잘 것 없던 부분을 치유받는 기분이 들었다. 후의 두 눈에 온전히 담긴 순간, 지후는 그 개와 조금 더 가까워질 수 있다면 무엇이든 하고 싶은 간절함을 느꼈다. 다음번에 지후는 샌드위치 귀퉁이가 아니라 그 사이에 든 얇은 살라미 햄을 뽑아 통째로 던져주었다. 그 개는 처음에 그랬던 것처럼 사람에 대한 경계를 늦추지 않은 채로 천천히 포복하듯이 다가와 지후가 보는 앞에서 햄을 씹어 삼켰다. 그러곤 몇 초간 지후의 얼굴을 응시하다가 떠났다.

그 뒤로 지후는 집 밖을 나설 때면 습관처럼 음식물을 가방에 숨긴 채로 챙겨 나왔다. 그 개는 영어회화 학원에 갈 시간이 되면 거짓말처럼 집 앞의 골목 코너를 돌아서 지후 앞으로 걸어왔다. 차가운 시멘트 바닥에 음식을 던지지 않고도 팔을 뻗어 후에게 직접 소시지를 먹일 수 있게 되었을 때, 지후는 하굣길에 가까운 마트에서 자루에 담긴 사료를 한 포대 구입했다. 그러나 부모님은 휴대용 태블릿 피시를 사달라고 조를 때보다 더욱 단호한 태도로 후의 입양을 반대했다. 차라리 값비싼 충전식 로봇 애완견을 사주겠다며 그를 달랬다. 가족들은 인간 이외의 짐승을 그다지 좋아하지 않았다. 털가죽을 뒤집어쓴 동물은 집 안팎으로 세균을 퍼뜨리고 다니는 모든 질병의 원흉으로 여겼다. 평소 어머니는 외출을 하고 돌아오면 신발을 벗은 뒤 발 깔개 위에 양말을 신은 발바닥을 두어 번 닦아내지 않으면 집 안으로 들어오지 못하게 할 정도로 깔끔한 성격이었다. 집을 방문하는 다른 사람들에게도 양해를 구하기는 마찬가지였다. 하물며 오물이 잔뜩 말라 있는 도시의 거리를 맨발로 거니는 개를 어머니가 집 안으로 들어올 수 있도록 허락하고 환영해줄 리 만무했다.

지후는 결국 누구의 허락도 받지 않기로 했다. 그 개는 지후가 자신을 가족으로 받아들일 것을 미리 알고 있는 눈치였다. 그게 아니라면 혹시 녀석이 먼저 지후를 가족으로 선택했던 것일까. 지후를 믿고 마음을 연 그 개는 멀리서 서성이지 않고 집 현관 앞까지 따라왔다. 지후가 문을 연 채로 가만히 서 있자, 현관 타일 앞에 얌전하게 앉아 있다가 이내 천천히 네 다리로 문턱을 넘으며 집 안으로 들어왔다. 지후는 이미 성견인 그 개를 욕조 안으로 힘겹게 집어넣고 하얗게 거품을 내어 씻겼다. 아무리 헹구어내도 영영 사라지지 않을 것 같은 땟물이 수챗구멍 속으로 빨려 들어갔다. 개는 그간 길에서 겪어왔던 모든 기억을 땟물과 함께 씻어낸 것처럼 활발해졌다. 어쩌면 그것이 고단한 거리 생활로 가려져 있던 개의 본래 성격인지도 몰랐다. 가족들은 갑작스레 거실을 차지한 커다란 생명체 때문에 적잖이 당황했다. 그러나 지후가 이미 녀석에게 이름의 한 글자를 나눠준 뒤였다. 형제가 된 것이다. 가족들도 후를 받아들일 수밖에 없었다. 후는 또 다른 지후였다.

"이지후, 네가 내 폰 받았지? 유라가 뭐래?"

따뜻한 물에 불어 뺨과 목덜미가 온통 붉어진 지환에게서 익숙한 섬유유연제 향이 났다. 후가 곁을 지나갈 때에도 늘 풍기던 향이었다. 후는 같은 수건으로 몸을 말리는, 가족이었기 때문이다.

"하여간 웃기는 계집애야."

지환은 휴대폰 전원을 꺼버렸다. 한시도 눈 붙일 새가 없는 자그마한 기계에게 비로소 휴식이 찾아왔다. 청바지를 꿰어 입은 채, 지환은 다 마르지도 않은 머리카락에 왁스를 발라 세웠다. 형을 바라보는 지후의 모습이 전신 거울에 비치고 있었다. 어느새 그의 눈빛은 후와 닮아가고 있었다. 가족들은 얌전하고 때로는 쾌활하게 꼬리를 흔들며 장난을 치는 후를 보면 쓰다듬고 웃고 이름을 불러주었지만 이제 그 녀석을 완전히 잊은 것 같았다. 주방

구석에 늘 자리를 차지하고 있던 후의 사료 그릇은 어느
새 찬장 뒤로 처박혔다. 경찰서에서는 동물등록제를 따
르지 않은 것을 나무랐다.

"법이 있고, 그 안에 보호가 있는 거지. 울타리를 뛰쳐
나간 망아지를 우리가 어떻게 잡겠나?"

집으로 돌아오는 길에 지후는 조금 울었고 후와 함께
자주 산책했던 골목을 맴돌다가 정말로 더는 녀석을 만
나지 못할 거라는 예감이 들었다. 감동적인 실화 영화처
럼 멀리서 달려오는 후의 모습을 마음속으로 그리는 것
은 어리석은 짓이었다. 얼마 전, 유명 보신탕집에서 누군
가 개 살코기를 뜯어먹다가 뼈다귀에 고정된 인공관절
수술용 못을 발견했다. 그 기사를 읽었을 때 지후는 다
릿심이 풀려 바닥에 주저앉았다. 후를 찾을 수 없는 것이
아니라, 후가 이 세상에 더는 존재하지 않는 것이라는 확
신이 들었기 때문이다. 불법적으로 거리 위의 개들을 포
획하여 유통하는 개고기 판매 업체가 적발되었고, 그 뉴
스가 한동안 인터넷과 티브이 속을 뜨겁게 달구었지만
계절이 바뀌기도 전에 여배우의 불륜 파문으로 개고기
에 대한 뉴스는 사그라졌다. 잘못 박힌 못처럼 가슴께를
어루만질 때마다 후에 대한 걱정과 그리움이 손끝에 걸

렸지만 지후의 시간도 남들처럼 어김없이 흘러갔고, 그의 인생에도 여러 채널이 있었다. 급식으로 나온 카레를 먹고 몸에 알레르기성 두드러기가 도져 한동안 학교만큼 자주 병원에 다녀야 했고, 집 근처 횡단보도에서 교통사고로 어린 아이가 죽어 한 달 내내 큰 화제가 되기도 했다. 하루에도 수많은 일들이 터졌고 지후는 조금씩 후를 잊어가고 있었다. 그에게 이상한 일이 일어난 것은 그 무렵이었다.

지후는 길을 걷고 있었다. 집에서 꽤 떨어진 도서관까지 걸어가던 중이었다. 버스 정류장 주위에 다다랐을 때 지후는 눈이 따가워서 견딜 수가 없었다. 돌연 매운 연기 같은 것이 얼굴에 와서 달라붙었다. 그 탓에 잠시 멈춰서서 안내 표지판을 보니 도서관까지 이어진 인도를 반쯤 가로막은 채로 공사가 한창이었다. 낡은 건물을 허물고 난 자리에 대형 마트가 들어설 모양이었다. 본격적으로 퇴근 시간이 시작되는 오후 일곱 시쯤이었다. 좌석버스를 타려는 사람들이 공사용 접근금지 테이프처럼 정류장 앞에 줄줄이 늘어서 있었다. 지후는 편의점에 들러 스포츠 음료를 하나 샀다. 텁텁한 공기 때문인지 목이 말라왔다. 그러고는 편의점 옆 골목에 비켜선 채로 음료수를 한 모금 마셨다.

"당신 같은 사람이 바로 공해야!"

길게 늘어선 줄 안에서 한 여자가 소리쳤다. 치와와처럼 깡마르고 왜소한 여자였는데 목소리는 날쌘 폭격기 못지않았다. 줄 서 있던 사람들이 뒤돌아서 그 여자를 주목했고 지후도 그 상황을 훔쳐보았다. 마른 여자 뒤에 바짝 붙어선 채 가죽 잠바를 입은 남자의 손가락에는 아직도 연기가 길게 피어오르는 담배가 한 개비 꽂혀 있었다.

"여기 서 있는 사람들, 다 간접흡연으로 몇 년 뒤에 폐암 걸려서 골로 가면 어쩔 거야? 당신! 허망하고 안타깝게 죽을 우리 생각은 안 해? 우리뿐만 아니라 우리 가족들의 고통, 어떻게 흘러갔을지 알 수 없는 우리 미래에 대해서는 어떻게 책임을 질 거야?"

흔치 않은 광경이었다. 지후는 도서대여실 문이 닫히기 전까지 도서관에 도착해야 한다는 생각도 잊은 채 그녀의 따발총 같은 목소리를 듣고 있었다. 입술 사이로 담배연기를 흘리는 길쭉한 얼굴의 남자는 아무런 대꾸도 하지 못한 채 동상처럼 굳어 있었다. 사람들은 하나같이 고개만 돌린 시청자가 되어 그들을 관람했다. 그는 검지와 중지 사이에 가볍게 걸친 담배 한 개비로 이미 범죄자가 되어 있었다. 지후는 자신이 그 남자였다면 피곤해지기 싫어서라도 군말 없이 사과하고 담배를 바닥에 비벼 껐을 것이라고 생각했다. 하지만 그 남자는 자신을 '공해', '쓰레기'로 비유하며 톡 쏘아대는 여자의 자줏빛 입술을 노려볼 뿐이었다. 그러고는 담배 한 개비가 필터에 다다를 때까지 꿋꿋이 피워댔다. 치와와를 닮은 그 여자는 버스가 도착해서 줄이 점점 줄어들 때까지 지치지도 않고 붉어진 얼굴로 욕을 해댔다.

"그렇게 담배만 뻑뻑 피다가 뒈져 버려라."

그 말을 끝으로 여자는 버스에 올라탔다. 담배를 바닥에 던진 남자도 곧이어 버스에 탔다. 싸움이 일어나지 않을까 싶었지만 지후가 있는 곳에서는 버스 안의 상황이 보이지 않았다. 정류장의 모든 사람들을 실은 버스는 검푸른 매연을 넓게 퍼뜨리며 떠나갔다. 골목길에는 그 광경을 훔쳐보던 지후 혼자 남았다. 그 적막함이 너무나 반가웠다. 지후는 음료를 몇 모금 더 마시며 잠시 바닥에 웅크리고 앉아 눈과 귀를 쉬게 하고 있었다. 이미 뛰어가도 도서관에서 책을 빌릴 수는 없을 것 같았다. 다시 왔던 길을 한참 걸어서 돌아갈 생각에 그는 벌써부터 좋아리가 저려왔다. 페트병 바닥에서 찰랑이는 푸른 음료를 단번에 들이킨 것과 동시에 지후의 눈에 '그것'이 들어왔다.

처음 그것을 발견했을 때는 그저 공사판에서 쓰다 버린 널따란 벽돌 조각이거나 오래된 파지 뭉치겠거니 싶었다. 움찔, 하고 그것이 잠깐 움직이는 것을 보고 나서야 지후는 고개를 빼서 그쪽을 자세히 살펴보기 시작했다. 살아 있는 생물체가 분명했다. 사람은 누구나 밤거리에 버려진 길고양이나 울고 있는 미아에게 무심코 시선을 주게 되어 있다. 위험에 빠진 약한 존재를 그냥 지나치기는 힘든 법이다. 아스팔트 벽에 기대어 서 있는 두꺼운 널빤지 안쪽에서 그것이 몸을 움찔거렸다. 그 옆에는 음식물 쓰레기봉투가 잔뜩 쌓여 있었다. 귀퉁이가 뜯긴 채 과일 껍질이나 생선 토막, 정체를 알 수 없는 음식물이 흩어져 잘 보이지는 않았지만, '그것'은 뭔가를 주워 먹는 중일지도 몰랐다. 분명 동물의 형상이었다. 다리가 넷 달린 짐승. 쥐 같은 것이 아닐까? 그러나 녀석은 그림자조차 거대했다. 쥐가 아니라 고양이라고 하기에도 몸매가 지나치게 넙적하고 덩치가 있었다. 어쩌면 사람들이 모르는 희귀한 들짐승이 도서관 뒷산에서 뛰어내려 온 것은 아닐까. 굶주린 멧돼지가 시내를 돌아다니는 것을 주민이 발견한 뒤 신고해서 멧돼지가 엽총에 맞아 사살되는 장면을 뉴스에서 본 적이 있었다. 문득 화면 속에서 피를 흘리며 쓰러지던 거대한 멧돼지가 떠올라 지후는 몸이 굳었다. 어쩌면 멧돼지처럼 폭력적인 습성이 있는 동물은 아닐까. 지후는 뒤돌아서 도망가는 순간 그 짐승이 저를 얕보고 등 뒤에서 덮쳐올 것 같아 두려웠다. 그는 불안한 마음에 크게 움직이지도 못하고 어쩔 수 없이 멈춰서서 녀석을 관찰했다. 어둠 속에 숨은 그것은 거무죽죽한 털가죽을 입은 동물이었다. 바닥에 웅크리고 앉아 있던 탓에 다리가 저려 천천히 무릎을 펴며 일어났을 때, 지후는 그것과 눈이 마주쳤다. 새까맣게 반질거리는 두 눈이 그를 주시하고 있었다.

"후야?"

그렇게 중얼거리는 순간, 그것은 갑자기 사라졌다. 도망가거나 숨은 것이 아니었다. 그 현상을 뭐라고 설명하면 좋을까. 녀석은 담배 연기처럼 공기 중에 희뿌옇게 흩어졌다. 꿈을 꾸는 것인지 환각을 본 것인지 알 수 없어 당황스러울 정도였지만 분명히 그렇게 사라졌다. 지후는 집에 돌아와서 찬물로 세수를 하고 난 뒤, 침대에 드러누워 다시금 그 일을 떠올려보았다. 그것은 개가 아니었다. 후를 닮았다고 할 수 없었다. 살아 있는 생명체였지만 폐신문을 거대하게 뭉쳐놓은 느낌이었다. 그는 형이 집에 돌아오자마자 그 얘기를 들려주었다. 지환은 그다지 관심 있게 듣지 않았다.

"몸이 안 좋냐? 헛것을 봤네. 그냥 웃어넘겨."

지후는 웃을 수 없었다. 무언가 꺼림칙한 기운이 그의 주위에 엉겨 붙어 있었다. 보지 말았어야 할 것을 본 기분이었다. 그 일이 있은 뒤로 지후는 일부러 도서관 정류장까지 찾아가 골목을 들여다보곤 했지만, 다시는 그것과 마주치지 않았다. 그러는 중에도 대형 마트를 짓는 공사는 차질 없이 진행돼 벌써부터 개장 날짜와 개업 이벤트를 알리는 공고가 나붙어 있었다. 그때 마주친 것이 후라면 얼마나 좋을까. 그는 그날 내심 안심이 되었다. 조금씩 후를 잊어가는 스스로가 얄밉고 낯설게 느껴지고 있을 무렵, 난데없이 나타난 외계생물체 같은 것을 보고 대뜸 후의 이름을 불렀던 것을 보니 아직도 자신이 그 영리하고 과묵한 개를 깊이 그리워하고 있다는 것을 알 수 있었기 때문이다. 대체 그것의 정체는 뭐였을까.

"처음으로 네가 병신 같아 보여. 너만은 정상인 줄 알았는데."

뿔테 안경을 밀어 올리며 경수가 말했다. 오목렌즈 안에서 손톱만큼 작아진 눈동자가 빠르게 깜빡이는 눈꺼풀 사이로 지후를 마주 보았다. 왜 뜬금없이 경수에게 그런 얘기를 꺼냈던 걸까. 경수는 바로 옆자리에 앉기 때문에 가끔은 말을 섞을 수밖에 없지만 그다지 친한 사이는 아니었다. 지후는 녀석이 두꺼운 안경 렌즈 사이로 저를 바라볼 때면, 돋보기 앞의 개미가 된 것 같아 그 관찰하는 듯한 시선이 늘 부담스러웠다. 쓸데없는 지식과 망상을 틈만 나면 중얼거리는 경수에게는 딱히 친하게 어울리는 패거리가 없었다. 경수는 제 스스로 '허상'을 볼 수 있는 자라고 얘기했고 그 뒤로 아무도 녀석과 함께 급식을 먹으려고 하지 않았다. 경수의 말에 따르면 시력이 매우 나빠 도수가 높은 오목렌즈 안경을 끼기 때문에 자신이 보는 시선에는 늘 허상의 공간이 존재한다는 것이었다. 따라서 굴절된 초점으로 남들과는 다르게 세상을 바라볼 수 있다고 언젠가 수업 시간 내내 내레이션처럼 속삭이며 중얼거렸다. 주로 공책에 판타지 만화 캐릭터를 그리는 것이 경수의 취미였다. 손바닥 안에 에너지를 응축한 구를 품고 있는 만화 캐릭터가 경수의 단짝이었고, 떼를 지어 다니며 세상에 흩어진 마법 열쇠를 찾아 모험을 떠나는 그 허구의 패거리가 경수의 진실한 친구들일 것이었다. 어쩌면 그렇기 때문에 경수에게 그 얘기를 먼저 꺼냈던 것인지도 몰랐다. 지후는 아무도 믿어주지 않을 환각과 같은 체험 이야기를 입 밖으로 꺼내지 않고는 견딜 수가 없었다. 혼자서 머릿속으로만 회상하다 보니 어느새 그 일은 하룻밤의 악몽처럼 기억 속에서 흐릿해졌다. 그렇게 시간이 더 지나다 보면 스스로도 점점 그 일을 믿기 힘들어질 것 같았다. 경수가 얇은 입술 끝을 올려 그를 비웃었을 때, 지후는 그제야 후회가 밀려왔다.

"차라리 그 짐승이 인육을 먹는다는 설정은 어때?"

경수는 샤프 끄트머리를 앞니로 물어뜯으며 속삭였다. 휴대폰 알람처럼 경수를 무음 처리할 수 있다면 얼마나 좋을까. 수십 명의 학우들이 복작거리는 교실 안에서 지후는 외로움을 느꼈다. 그 생물체와 눈이 마주쳤던 순간을 떠올리면 등줄기를 훑고 지나가는 소름 때문에 몸서리가 쳐졌다. 인터넷 기사와 각종 SNS를 검색해보아도 주변에서 그와 같은 경험을 했다는 이야기는 찾기 힘들었다. 무지 공책 한 귀퉁이에 경수가 그림을 그리기 시작했다. 온몸에 털이 곤두선 늑대 형태의 짐승을 그려놓고 연필을 비스듬히 눕혀 잿빛으로 그 몸통을 거칠게 색칠했다. 흰 종이가 남아 있는 부분은 끝이 뾰족하게 올라간 반원 형태의 두 눈동자뿐이었다. 영어 독해 중인 선생의 눈빛을 피해 경수는 팔꿈치로 지후를 건드려 그 그림을 보게 했다. 지후는 가볍게 고개를 끄덕여주었다. 아닌 게 아니라 지후가 그때 마주쳤던 짐승과 매우 흡사했다. 바짝 말라서 털가죽이 등뼈에 달라붙은 모양이 주저앉은 천막처럼 빈약하게 보였던 것도 떠올랐다. 오래 굶주린 들개 같았다. 사라진 것이 맞을까. 어둠은 자주 사람의 신경을 흐리게 한다. 어두운 새벽, 고속도로에서 흰 소복을 입은 창백한 여인을 보거나 혼자인 공간에서 휘파람 소리를 듣는 등 가끔 사람들에게는 과학적으로 설명할 수 없는 일들이 일어나곤 한다. 야간 자율학습 시간에 3층 창밖에서 교복을 입은 누군가가 교실 안을 구경하듯이 들여다보고 있는 것을 본 적이 있다는 학생도 있었다. 학교마다 그렇듯 전설처럼 전해져 내려오는 이야기가 꼭 있기 마련이다. 지후는 제가 본 것을 헛것으로 치부하고 싶지는 않았지만, 증명할 수 없는 일을 붙잡고 늘어져 봤자 아무 소용이 없었다. 이미 공사가 끝난 그 자리를 찾아간다고 해서 다시 그 생물체를 볼 수 있는 것도 아니었다. 그 일을 떠올릴수록 어쩐지 후에 대한 그리움만 더욱 커져갔다.

밤사이 망상처럼 잠시 이슬비가 내렸다. 빗줄기는 새벽이 밝아오자 길고양이와 함께 조용히 자취를 감췄다. 아침 등굣길은 덕분에 한층 맑고 개운한 공기로 가득했다. 지후는 지붕 하나 없는 어느 길가에서 밤새 비를 맞으며 헤매었을 후의 모습을 상상하자 이내 우울해졌다. 숨을 쉴 때마다 가슴께에 먼지가 잔뜩 낀 것처럼 답답했다. 비 개인 아침에는 동네 개들이 두세 마리씩 바쁘게 몰려다녔다. 지후는 습관적으로 그 사이에서 후의 모습을 찾으려 했다. 그 큰 개가 불 꺼진 거실 한편을 제 침대로 생각하며 편히 드러누워 있는 모습이 그리워졌다. 그 모습을 보면서 지후는 살서제 섞인 사료를 먹고 죽게 될 희생양들 중에 후가 포함되지 않을 것이라는 사실에 얼마나 마음을 놓았던가.

다행히도 거리의 유기견들을 독약으로 몰살시키자는 부녀회장의 제안은 무산되었다. 생명 존중 때문은 아니었다. 주민들은 그 짐승들을 죽여 처리하는 모든 비용을 감수하고 싶지 않았던 것이다. 그 대신 동사무소에 다시

한 번 건의하고 행정 기관의 도움을 받자는 쪽으로 의견이 모아졌다. 그러나 한동안 동사무소에서는 아무런 조취도 취하지 않았고, 결국 유기견들을 불법적으로 직접 포획하는 사람이 등장했다. 인근 컨테이너 박스에서 혼자 살던 검은 피부의 깡마른 남자였는데, 동네 사람들은 그를 무연고 아저씨라고 불렀다. 동네 아이들이 스릴러 영화 속의 연쇄살인마만큼이나 두려워하는 대상이었다. 무연고 아저씨는 직접 만든 쥐덫과 낫으로 주인 없는 개들을 무참하게 살생하기 시작했다. 초등학교 앞까지 이어지는 인도에 선명한 핏물이 툭툭 떨어져 있는가 하면, 아직 핏기가 마르지 않은 살점이 떨어져 있는 적도 있었다. 아이들을 비롯한 동네 주민들은 금세 그의 만행을 알아차리고 충격에 휩싸였다. 주민들이 원한 것은 길짐승이 없는 안전하고 청결한 거리였다. 그 짐승들의 죽음을 적나라하게 보여주는 흔적을 거리에서 마주치고 싶었던 것은 아니었다. 지후는 어머니와 동네 아주머니들이 얘기하는 것을 들을 때마다 야만스럽게 죽은 개를 끌고 다니는 무연고 아저씨의 모습을 상상했다. 그의 포획 때문인지 확실히 낮에 돌아다니는 들개의 수는 줄어들었지만 오히려 동네에는 전염병처럼 무거운 침묵과 두려움이 떠돌아다녔다. 누가 신고를 한 것인지, 방송국에서 찾아와 주민들을 인터뷰하기 시작했다. 무연고 아저씨는 동물학 대로 신고를 당했고 그 방식이 매우 잔인했던 탓인지 한동안 구속되었다. 원래부터 전과가 있었다는 소문도 돌았다. 방송 이후 동물보호센터에서 찾아와 동네에 주인 잃은 개와 고양이들을 데려갔고 동사무소에서는 유기동물을 발견하는 즉시 동사무소를 비롯한 행정 기관에 신고해달라는 공고를 붙였다. 지후는 한동안 후를 데리고 산책을 나가지 않고 좁은 거실에서 함께 뒹굴며 장난을 치는 것으로 산책을 대신하며 모든 사태가 끝날 때까지 기다렸다.

다시는 나타나지 않을 것 같던 유기견과 고양이들은 어느새 하나둘 생겨나 골목을 돌아다녔다. 그들에게는 사람처럼 이사를 갈 수 있는 선택지가 없다. 사람의 소유가 아닌 곳, 당당히 발 디딜 곳이 없는 것이다. 대체 얼마나 많은 사람들이 애완동물을 버리는 것일까. 그들은 사라질 기미를 보이지 않았다.

후가 다른 개들과 무리지어 생활하던 공터에는 이미 주상복합 건물이 들어섰다. 1층에는 분식집과 동사무소, 카페가 있었고 카페의 세련된 인테리어 때문인지 동네 여자애들이 자주 찾아왔다. 공터였던 그 공간에 사람들의 발길이 밤낮으로 끊이지 않자, 들개들은 보금자리를 빼앗겼다는 것을 깨닫고는 어디론가 주거지를 옮긴 모양이었다. 지후는 여학생 둘이 앉아 입을 가린 채 즐겁게 웃고 있는 카페테라스와 튀김 기름 냄새가 솔솔 피어오르는 분식가게의 입구를 바라보면서 한참을 서 있었다. 뛰어가지 않으면 학교에 지각할 상황이었지만 뒤돌아 학교로 향하는 순간, 기다렸다는 듯 후가 건물 뒤쪽에서 기어 나올 것만 같았다. 만약 후가 곁에 있었다면 그 이상한 생물체에 대해서는 쉽게 잊었을 것이다.

"안 그러던 놈이 대체 왜 이러는 거야. 이제 곧 수험생인데, 정신 못 차려?"

교실 뒤에 전시해놓은 사진들을 코앞에 마주 보고 서서 벌을 받는 도중, 지후의 뒤통수로 담임의 손바닥이 매섭게 내리쳤다. 아이들이 웃는 소리가 지후의 등으로 쏟아졌다.

"요즘 헛것을 본다나 봐요. 지후가 제게 얘기해줬어요."

경수의 말대꾸에 교실에는 한순간 싸한 정적이 흘렀다. 봄에 소풍을 갔던 사진에는 경수가 없었다. 지후는 봄 소풍 사진과 누렇게 변색된 페인트칠이 군데군데 벗겨진 벽을 주시한 채로 뒤돌아보지 않았다. 경수의 그 한마디로 두 사람은 떼려야 뗄 수 없는 단짝 같은 사이가 되었다. 지후는 평범한 반 아이에서 '경수의 단짝'으로 추락했다. 언젠가 야한 동영상을 담은 메모리카드를 반 아이들끼리 서로 돌려 보는 것이 유행하던 때가 있었다. 그때 그것을 담임에게 밀고한 것이 바로 경수였다. 아무도 패거리에 경수를 끼워주지 않는 것은 사실 그 사건 때문이었다. 그 기억이 이제야 떠올랐다. 밀고자와 단짝이 되었다는 것은, 세상에 태어나서 처음 겪어보는 불명예였다. 지후는 경수와 서로 비밀을 털어놓는 사이라고 오해받는 것이 바지에 오줌을 지렸다는 오해를 사는 것보다 훨씬 더 부끄러웠다. 등 뒤에 오물이 치덕치덕 덧발라진 기분이었다.

"그것도 정신병인데, 친구로서 안쓰러워요. 그래서 잠을 잘 못 잔 건 아닐까요? 그치, 지후야?"

그 뒤로 쏟아지던 담임의 잔소리는 하나도 귀에 들어오지 않았다. 지후는 자리에 돌아가 앉았고 그의 옆엔 당연하게도 경수가 앉아 있었다. 급식을 배급받을 때에도 경수는 자연스럽게 지후의 곁에 붙어 섰다. 마스크를 쓴 배급 조 아이들이 흘끔거리며 지후의 표정을 살폈다. 경수는 속삭였다.

"내가 생각해봤는데, 인육을 먹는 건 바람처럼 사라진다는 그 외계생물의 성질에 어울리지 않는 것 같아."

급식 메뉴는 붉게 양념한 불고기였다. 지후는 육류를 그다지 좋아하지 않았다. 하지만 일본 원전 폭발 사고 이후 학부모들의 항의로 인해 급식에서 어패류 반찬은 완전히 사라졌다. 시장에 판매되는 고등어의 세슘 수치를 조사한 다큐멘터리를 본 뒤, 집 안 식탁에서도 멸치볶음조차 볼 수 없었다. 경수는 끝도 없이 지후가 봤던 생물체에 대한 자신의 상상을 덧붙여서 이야기해댔다. 다른 누군가가 지후에게 말을 붙일 틈이 없었다. 멀리서 둘을 지켜보는 그 누구도 지후에게 가까이 다가오지 않았다.

중국에서 넘어온 황사로 인해 점심시간 농구 시합은 강당 안에서 하도록 되어 있었다. 그 때문인지 창밖을 보아도 운동장은 텅 비어 있었다. 왜인지 어지러웠다. 이마를 긁적이자, 툭 터지는 소리와 함께 알싸한 고통이 이마 한 부근에서부터 퍼져 왔다. 손끝에는 피가 섞인 누런 고름이 묻어 있었다. 언제 생겼는지 모를 여드름이 터진 것이다. 모든 것은 눈치채지 못할 만큼 자연스럽게 조금씩 달라졌다.

"지후가 해준 얘기였던가?"

불리한 상황에 처할 때마다 경수는 버릇처럼 그렇게 중얼거렸다. 그러고는 자신이 한 말에 스스로 속는 것인지 어느새 조금씩 지후를 멀리하기 시작했다. 여드름이 터진 이마에는 두 개의 분화구처럼 생긴 여드름이 또다시 돋아났다. 마치 번식하는 미생물처럼 그중 하나를 억지로 손톱으로 찔러 터뜨리자 일주일 뒤에 분화구는 세 개가 되었다. 끔찍한 고통을 견디며 고름을 짜내는 보람이 없었다.

"어차피 이지후나 할 만한 얘기 아니야? 쟤 허언증 있다며."

그렇게 누군가 소리쳤을 때에 가장 크게 웃은 것은 경수였다. 아이들은 경수를 '경수신'이라고 부르기 시작했다. 경수의 펜네임이었다. 언제 응모를 했던 것인지 경수는 네이버 웹툰 공모에 뽑혀서 웹툰을 연재하는 작가가 되어 있었다. 그 사이에 교실 자리가 바뀌었고 지후의 곁에는 같은 중학교 출신이지만 그다지 친하지 않은 아이가 앉게 되었다. 그 아이는 늘 지후의 반대쪽으로 등을 돌리고 앉았다. 지후는 자신이 방사능 인간이라도 된 것 같았다. 방사능 사고로 온몸이 흐물흐물해져서 사람들 사이를 오가며 특정 병을 옮기는 인간이 주인공인 경수 신의 웹툰을 보았을 때, 지후는 제 뒷담화를 엿들은 것 마냥 속이 울렁거렸다. 그 웹툰 속에서 사람들은 특정 병에 전염되면 얼굴에 여드름 같은 것이 돋아난다. 그 여드름이 점점 온몸의 기를 빨아들여 고름이 터지는 순간 생명을 앗아가고, 그 고름 안에서 또 다른 방사능 생물체가 태어난다. 지후의 두려움 속에서 새어나온 끔찍한 악몽 같았다.

웹툰 때문일까. 아이들은 갑작스레 늘어나는 지후의 여드름을 지나칠 정도로 꺼려했다. 병원에서는 단순한 화농성 여드름이라고 판단하며 소독용 알코올과 항생제를 처방해주었다. 그러나 여드름은 조금도 낫질 않고 심해져갔다.

"네가 방사능 인간에 악플 달았다더라? 아이디 확인해보니까 맞던데?"

경수가 오랜만에 다가와서 그렇게 얘기한 뒤로 지후는 급식실에서 양옆을 비워둔 채 혼자 밥을 먹게 되었다. 전염병과 허언증을 옮길지도 모르는 방사능 인간 옆에는 아무도 앉으려고 하지 않았다. 밥을 반쯤이나 먹었을까.

갑자기 차갑고 고소한 액체가 느닷없이 정수리부터 흘러내리기 시작했다. 식판에 수저 부딪히는 소음을 모두 덮을 정도로 주위에서 아이들이 크게 웃어댔다. 그 웃음소리에는 자신들이 이 해프닝을 즐기는 쪽에 속해 있다는 안도감과 긴장이 섞여 있어 괴이한 분위기를 자아냈다. 네모난 팩에 담겨 있던 멸균우유가 이마와 콧등을 타고 줄줄 흘러내리고 있었다. 어느 날 우유팩을 찢어서 거리의 떠돌이 개 후에게 내밀었던 기억이 떠올랐다. 사람의 혀보다 따뜻하고 넙적한 대형견의 혓바닥이, 지후가 쥐고 있는 우유팩 안의 우유를 할짝거리고 있었다. 그 순간의 평온한 감동은 평생 잊을 수 없을 것이다. 그날 지후는, 개에게도 사람처럼 속눈썹이 있다는 사실을 처음 알았다. 날쌔게 거리를 휘젓고 다니는 네 발 달린 짐승도 사람과 다름없이 섬세하게 이루어져 있다는 그 신비감이 지후의 가슴을 저릿하게 했다. 잔뜩 구겨진 우유팩에 뒤통수를 맞은 지후를 보며 아이들은 지칠 줄 모르고 웃었다. 지후의 회상 속에서 우유팩 밑바닥을 핥아 먹던 후가 악의적인 웃음소리에 놀라 달아났다. 공원에서 숨차게 뛰어다니던 후의 뒷모습이 문득 떠올랐다. 이제는 그 새까만 눈동자로 지후를 찾으며 되돌아서 달려오지 않

을 거라는 생각에 그의 눈가가 뜨겁게 달아올랐다. 후를
다시 만날 수 있을 거라는 생각은 까마귀 같은 웃음소리
속에서 이명처럼 멀어졌다. 찬 우유 방울이 턱을 타고 눈
물처럼 흘렀다. 지금쯤 후는 어디에 있을까.

연애편지

그때, 유라는 굳지 않은 아스팔트 사이로 개가 빠진 것을 보았다. 그녀는 일곱 살이었고 사람들의 불안 섞인 수군거림과 함께 불어오는 그 엄청난 에너지 앞에 멈춰 서 있었다. 사람들 틈바구니에 끼어 있다는 안도감은 두 발이 도망치지 않게끔 붙잡아주었다. 그 순간에, 휘발성 물질이 타고 남은 깊은 탄내와 모래알 사이에 흩어진 새까만 찌꺼기보다 더 섬뜩한 것은 없었다. 회반죽은 되직하게 뭉치며 사람들의 두려움과 호기심 머금은 탄성을 흡수했다. 지독한 악취였다. 지금 생각해보면 그 악취는 트럭믹서와 포클레인이 뿜어내는 매연이 주된 범인이 아니었을까. 개가 머리 한쪽과 상체를 거의 뒤덮은 회반죽 속에서 몸을 퍼드덕거리며 움직일 때마다 사람들은 민감하게 반응했다. 좁은 골목길은 포클레인이 움직이기에도 벅찼다.

"뒤로 물러나세요! 뒤로!"

공사장 인부의 외침에 누구 하나 물러서지 않았고, 오히려 회반죽 속으로 점점 파고드는 작은 생명의 결말이 궁금해 목을 길게 뺐었다. 그 개는 어디에서부터 뛰어들었을까. 재건 공사 중인 이층짜리 상가 건물 안에는 유라가 아주 어릴 때부터 다니던 놀이방과 구멍가게가 있었다. 아이들의 웃음소리도 사라지고 무엇 하나 팔 것이 남지 않는 그 건물의 깨진 창문 안에는 저마다 바짝 마른 미라의 입속처럼 깊이를 알 수 없는 어둠뿐이었다. 그 창문에서 다이빙을 하듯 바닥으로 뛰어들지 않고서야, 개가 그 안에 빠지는 일은 불가능했다. 골목 어귀부터 막은 채로 회반죽을 퍼부은 공사 현장 안에는 한가운데까지 걸어간 개의 발자국 하나 없었다. 유라는 그때 자신이 왜 그 자리에 있었는지 기억나지 않았다. 아마도 놀이터에서 집으로 돌아가는 길이었을 것이다. 구경꾼들이 기계 삽이 파내는 회반죽 덩어리에 신경 쓸 때, 유라는 관객들 사이에서 아는 얼굴을 찾아보려 애썼다. 그러나 어느 하나 낯익은 표정이 없었고 그녀는 오줌이 마려웠다.

개는 짧은 순간, 몸을 허우적거릴수록 상황이 더 나빠지리라는 것을 예감했던 것 같다. 두려움에 주위를 빠르게 쳐다보는 온전한 눈 한쪽이 주위 사람들의 소란을 더욱 부추겼다. 혀를 차거나 혼잣말을 중얼거리는 사람은 있어도 웃는 사람은 없었다. 관중은 긴장하고 있었다. 뒷날 유라는 친척들과 다 함께 월드컵 경기를 보기 위해 텔레비전 앞에 둘러앉았을 때도 그 개의 초조한 눈초리가 떠올랐다. 유라는 기분 나쁜 기시감에 몸을 떨어야 했다. 누군가의 불행에 흥미를 느끼는 인간의 본성에 어린 소녀는 익숙하지 않았던 것이다.

생각보다 오랫동안 개는 살아 있었다. 머리를 포함한 몸의 반 이상이 석고상처럼 굳어가는 상황에서도 숨이 붙어 있다니, 징그러울 정도로 경이로운 생명의 힘이었다. 그때 그 자리에서 사람들이 원하는 것은 무엇이었을까. 유라는 난생처음 마음이 이중으로 분리되는 경험을 했다. 길게 늘어나는 고무줄처럼 팔이 늘어난다면! 팔을 쭉 늘려서 개를 빼내주고 싶다는 생각을 하면서도 한편으로는 어서 개가 스스로 이 해프닝을 끝내주었으면, 하고 바랐다.

기계 삽은 픽픽하게 굳은 반죽에서 수제비를 뜯듯이 회반죽 덩어리를 들어올렸다. 검질기게 서로 엉겨 붙은 파리지옥 같은 구덩이 안에서 딱딱하게 굳은 개를 끌어 내는 것은 쉬운 일이 아니었다.

어서 생명을 포기해주었으면. 핏발 선 눈동자와 벼랑 끝에 선 두려움에 신음소리 하나 내지 못하는 기다란 주 둥이가 항복해주었으면. 유라는 이 상황을 속히 마무리 짓고, 흩어지는 사람들 사이에 끼어 집으로 피신하고 싶 었다. 따뜻하게 데운 우유 한 컵을 마시며 동생의 칭얼대 는 울음소리를 들으며 엄마 품에 얼굴을 숨기고 싶었다. 그러기 위해서는 이 소동이 끝나야 했다. 그녀는 그렇게 생각하는 스스로가 가엾고 서러워서 눈물이 났다. 어느 새 엉엉 울고 있었던 모양이다. 바닥으로 점점 내려오는 기계 삽 안에서 딱딱하게 굳은 주둥이를 얼핏 보았을 때, 유라를 알고 있던 어른 하나가 울고 있는 유라의 눈을 가 렸고 그녀는 소원하던 대로 집에 갈 수 있었다.

유라는 중학생이 될 무렵까지 그 동네에 살았고, 은행 과 카페, 아로마테라피샵이 들어서며 증축된 그 건물 앞 을 지날 때마다 여기쯤이려나, 발끝으로 편평한 콘크리트 바닥을 더듬어보았다. 청소년이 되면 점점 사라지는 신생아 예방접종 흉터처럼, 그날의 흔적은 거리 위에서 깨끗하게 지워졌고 유라는 그 일을 잊었다. 살고자 하는 그 생명의 에너지가 너무도 짙고 비려 온전히 기억 속에서 흘려보낼 수는 없었지만 특별히 일상을 비집고 올라올 만큼 뾰족한 기억도 아니었다. 그렇게 생각했다.

"누나."

동생 유준의 잠긴 목소리는 변성기의 터널을 지나지 못해 모기처럼 유라의 귓가에 윙윙 울려왔다. 엄마는 동생의 앞 접시에 달걀 프라이를 올려주었다. 고름처럼 꽉 차오른 달걀노른자가 젓가락에 찔리자마자 툭, 터지며 진물 흐르듯 퍼졌다. 식욕이 없는지 유준은 바닥 부분이 조금 탄 달걀 프라이를 조각내고 있었다.

"귀찮으니까 말 시키지 마."

아침 뉴스 방송의 아나운서는 특정한 높낮이 없이 전산기계 소음처럼 일정한 억양으로 말했다. 아무도 관심을 가지지 않는 순간 불시에 진실을 털어놓으려는 것처럼 사람들의 귀를 마비시켰다. 식기들이 부딪히는 소음보다 더 작은 볼륨으로 아침 식탁에 깔리는 그녀의 목소리는 꼭 자장가 같았다. 유준은 푸른 체크무늬 잠옷 차림으로 식탁 의자에 기어올랐다. 그러곤 습관처럼 목 주위를 손 갈퀴로 긁어내리다가 손톱에 끼인 피딱지를 관찰했다. 그 모습을 곁눈질로 보며, 전염병 환자를 피하듯 얼굴을 가리는 유라를 보고도 유준은 이제 울먹이거나 상처받은 얼굴을 하지 않았다. 부스럼이 파도처럼 유준의 한쪽 뺨에서부터 반대쪽 어깨까지 훑는 모양새로 자리 잡혀 있었다. 유준은 익숙한 간지럼증이 조금 가실 때까지 참느라 얼굴을 잔뜩 찌푸렸다. 그러고는 수저를 들기 위해 식탁 위로 빼낸 제 손등의 발진을 보느라 행동을 멈췄다. 그것이 제 몸의 일부인 것을 알면서도, 손등 위에 독버섯처럼 피어난 작은 돌기에서 눈을 떼지 못했다. 그러다가 홀린 듯이 손톱을 세워 또 긁고 말 것을 알기에, 유라는 소시지가 달궈진 펜을 든 엄마가 식탁으로 다가와 유준을 발견하기 전에 경고했다.

"긁지 마. 보지도 마."

속마음을 들킨 유준은 매우 분통한 얼굴로 아랫입술을 잘근잘근 씹었다. 그것 역시 유라에게서 경고받을 일이지만 한번 봐주었다. 병원에서는 전염성 피부염이 아니라는 진단을 받았지만 나병 반점 같은 그 부스럼의 생김새가 학부모들의 두려움을 샀는지 유준은 학교로부터 병가를 권고받았다. 자신도 거울을 볼 때마다 흠칫 어깨를 떨곤 할 정도로 흉측한 반점이었다. 그러나 그 덕분에 얻게 된 혼자만의 방학에 유준은 오히려 기뻐했다. 엄마는 물컵보다 약통을 먼저 식탁 위에 올려주었다. 밤새 얼굴 반쪽이 괴사된 좀비들을 찔러 죽이고 태워 죽이느라 바빴을 유준은 졸음 가득한 눈을 억지로 뜨며 알약을 손바닥에 쥐었다. 그러곤 아직 꿈을 꾸는 듯한 목소리로 중얼거렸다.

"전쟁 나면 북한이랑 우리, 누가 더 많이 죽을까?"

아나운서는 오늘 날씨에 대해 이야기하는 중이었다. 조금 흐리거나 곳곳에 비가 올 것으로 보입니다. 나들이를 가기에는 아쉬운 날씨… 흰 마스크를 쓴 행인들이 카메라를 흘깃 바라보며 바삐 거리를 걷고 있었다. 무형의 괴물에게 쫓기는 듯 저마다 초조한 발걸음이었다.

"그래도 좀비가 되면 폭탄이 터져도 안 죽겠지?"

스무 살을 훨씬 넘겼던 유라의 전 남자친구도 중학생인 동생과 별반 다를 바 없는 질문을 자주 하곤 했다. 지환은 또래들과는 다르게 유식한 말도 잘 늘어놓았고 때로는 연장자로서 자상하고 배려 깊은 면모를 보이기도 했다. 그런 매너 사이에 가끔 끼어 있는 보너스처럼, 문득 철없는 장난을 칠 때에는 새로운 매력을 찾아낸 것에 즐거웠다. 늘 최신 디바이스를 소지하고 다녔던 것도 매력에 보탬이 되었다. 티브이 광고를 시작하기도 전에 신제품의 이용 방법을 비롯해 장단점, 다른 버전의 기계와의 비교까지 늘 깔끔하게 설명해주는 남자친구가 있다는 것이 자랑스럽게 느껴지던 때도 있었다. 그는 유라가 입는 자줏빛 교복 치마를 '미성년'이라는 의미로 받아들이지 않았다. 오직 그 교복 치마 안의 유라에게만 관심이 있었다.

"누나는 시체가 되어 썩는 게 나아, 아니면 좀비가 되어 영영 죽지 않는 게 나아?"

"좀비인 게 나아. 계속 어릴 수 있다면."

이지환이라는 이름을 전화번호 목록에서 삭제하면서 유라는 딱 잘라 말했다. 다른 남자에게 선물받은 향수를 뿌리고 나가도 아무렇지 않게 머리카락에 코를 가져다 대며 냄새를 맡던 남자였다. 대학생이라는 타이틀을 빼고 보더라도 그런 자유분방한 성격의 남자는 유라의 연애사 안에서 경이로울 정도로 특별했다. 같은 고등학교 교복을 입은 남자애와 손을 잡고 지나가다가 마주쳤을 때도 유라와 그 애가 잘 어울린다고 말하며 자신을 '과외 선생'이라고 꾸며낼 만큼 유쾌한 재간을 부릴 줄 알았다. 그런데 바로 그런 남자가 말했던 것이다. 한정판이라 어렵게 구했다는 화려한 담뱃갑 속의 담배를 빼어 물며.

"남이 먹던 음식을 다시 내놓는 가게에 넌 갈 수 있겠어? 그런 거야, 사람 마음이라는 게."

유라는 누군가의 잇자국이 남은 채 썩어버린 사과처럼 오도카니 거리에 던져졌고, 그는 매캐하고 역한 담배 연기를 흘리며 멀어져 갔다. 그 뒤로는 전화조차 받지 않는 지환에게 더는 미련을 남기고 싶지 않았다. 그러나 유라는 난생처음으로 인형이 아닌 반지를 선물해줬던 그를 쉽게 잊을 수 없었다. 손을 씻을 때마다 조금씩 변색되는 은빛 반지가 아니라 영롱하게 빛나는 스와로브스키가 박혀 있는 금반지를 선물받은 사람은, 그때 교실 안에서 오직 유라 한 명뿐이었다. 선생의 눈을 피해서 몰래 꼈다가 뺐다가 하는 것이 전혀 귀찮지 않을 만큼 눈부신 반지였다.

"팔아버려. 이제 끝난 드라마잖아. 팔 수 있는 것은 팔아야 해."

유라는 친구와 함께 금은방에 갔지만 생각보다 적은 액수에 실망해서 반지를 낀 채로 돌아오고 말았다. 천사의 링처럼 빛난다고 생각했던 날들이 알고 보니 매우 저렴한 모조품에 지나지 않는다는 생각이 들어서 불쾌했다. 그에게 선물받았던 것 중에 그나마 되팔 수 있는 것은 반지 하나뿐이었는데, 그것마저 고물이 되어버리자 그에 대한 그리움도 숨어버렸다. 그녀에게는 두 번째, 별 세 개짜리 정도의 남자친구가 남아 있었다. 이목구비나 목소리, 키와 스타일은 그럭저럭 괜찮은 편에 속했다. 나쁘지 않았다. 그러나 그는 그녀의 모든 새로운 경험을 함께 했던 이지환이 아니었다. 그래서인지 별 세 개짜리 남자친구에 대한 마음은 금방 시들어버렸다. 딱히 혼자 있을 때에 떠오르는 얼굴은 아니었다. 그에 비하면 이지환은 별 네 개 정도는 되었는데, 별 하나 차이가 그다지도 큰 것일까. 그는 지환처럼 그녀가 하는 모든 말을 이해한다는 듯이 눈빛을 빛내며 이야기를 들어줄 줄도 몰랐다. 신선하지 않았다.

늘 신상품이 나오면 고정된 듯이 눈길을 쏟곤 하던 지환이 그녀를 떠난 것은 어쩌면 당연한 일이었다. 더 이상 유라에게서 새로운 부분을 조금도 찾을 수 없었던 것이다. 그녀는 결국 별 세 개짜리 남자친구에게 이별을 고하는 메시지를 보냈다. 애타는 목소리로 전화가 오는 일은 없었다. 화면 속에 몇 글자를 손끝으로 눌러 전송하는 것만으로 금세 타인이 될 수 있었다. 유라에게는 색다른 관계가 필요했다. 수업 시간은 매일 똑같이 지나갔고 그녀는 늘 같은 자리에 앉아서 책을 펴고 펜을 쥐는 동작만이 허락된 중세시대의 종이나 다름없었다.

"노예가 있다면 어떨 것 같아?"

계급사회가 존재하는 게임에 빠져 있는 동생 유준이나 할 법한 질문이었다. 친구의 붉은 입술이 비밀스럽게 미소 지었다. 그 입술에 바른 립글로스에서 인공 딸기향이 달콤하게 풍겨 왔다. 유라는 친구의 그 말에, 처음에는 그저 웃음이 나왔지만 선생의 눈을 피해 책상 밑으로 뻗어 온 그 애의 손목을 보는 순간부터 더는 그 말이 우습지 않았다. 유라의 치마 위로 뽐내듯이 기어 올라온 그 애의 하얀 손목에는 포도 알처럼 조그마한 모형 펜던트가 주렁주렁 달린 팔찌가 채워져 있었다. 펜던트 하나에 기본 오만 원이 넘는 것이었다. 쇼핑 사이트에서 장바구니에 넣어두기만 해보았던 팔찌가 눈앞에 있었다. 피아노를 치듯 가볍게 유라의 허벅지를 두드리는 그 여유 있는 손가락이 뒷말을 잇고 있었다. 유라는 교과서 귀퉁이에 자국이 남지 않게 적었다. 조건은? 그 애가 유라의 귓가에 다가와 달콤하게 속삭였다.

"네가 여자이기만 하면 돼."

와이파이가 연결되는 학교 근처 카페에서 그 채팅 어
플을 다운받았다. 위스퍼. 친구가 알려준 어플 이름은 물
에 빠진 폰처럼 죽어 있던 유라의 가슴 한편을 반짝이게
하는 데가 있었다. 어떻게 이런 어플을 알아냈을까? 검색
하는 부분에 '노예'라는 단어를 적을 때만 해도 유라는
반쯤 장난스러운 기분이었다. 만우절 장난 문자를 보낼
때와 별반 다르지 않았다. 얼음과 커피를 갈아 넣은 음료
를 빨대로 빨아들이며 사레 걸릴 정도로 둘이서 킬킬댔
다. 목 안쪽으로 씁쓸하면서도 캐러멜 맛이 섞인 달콤한
음료가 넘어가고 그녀에게는 금세 채팅 상대가 생겼다.
인사말도 없이 상대방이 말을 적었다.

〈당신만의 영원한 노예가 되어드리겠습니다. 무엇부터
시키시겠습니까?〉

친구와 헤어지고 집에 돌아오는 길에 유라는 쇼윈도
에 비친 제 모습을 보았다. 그녀는 사실 얼굴 한 번 본 적
없는, 그저 남성이라는 것밖에 정보가 없는 타인의 주인
이 되고 싶은 생각은 없었다. 그의 프로필 사진에는 유라
와 다르게 어떤 얼굴도 뜨지 않았다. 정사각형의 검은 프

로필 화면이 왜인지 조금 섬뜩한 느낌을 주었다. 유라는 그의 메시지를 보고도 바로 대답하지 않았지만 그런 그녀의 느린 반응에 대해서 그는 아무런 대꾸도 하지 않았다. 이대로 끝이 났다는 생각에 조금 아쉬우면서도 개운한 마음으로 집으로 돌아와 머리를 감았다. 젖은 머리카락 끝에서 아직 물방울이 뚝뚝 떨어지고 있을 때 얼굴 없는 노예로부터 다시 연락이 왔다.

〈아주 작고 사소한 부탁이라도 상관없습니다. 무엇이든 시켜주세요.〉

그 메시지는 아주 완고하게 휴대폰 화면에 뜬 채 유라의 눈앞에서 버티고 있었다. 거기엔 무시할 수 없는 힘이 담겨 있었다. 여태까지의 남자친구는 서로에 대해 알아가는 처음 몇 주 동안만 헌신적으로 그녀의 몸과 마음을 쓰다듬어주었다. 어떤 날은 꼭 여왕이 된 듯했지만, 시간이 지나면 그녀는 철 지난 옷처럼 내버려졌다. 무엇이든 다 해주겠다는 말은 수돗물에 풀어져 녹아버리는 비누 거품이나 다름없었다. 그러나 애인이 아니라 노예라면 다르지 않을까. 이불 속에 누워서 다시 그 메시지를 꺼내 보았다. 휴대폰 화면의 흰빛이 어둠이 내려앉은 방 안에서 유라의 얼굴을 새하얗게 비췄다. 유라는 어린 날 동생과 함께 불장난을 했던 기억을 떠올렸다. 위험하다는 것을 예감한다고 해도 호기심은 불에 타지 않는다. 그녀는 다시 성냥불을 켜고 말았다. 로맨틱한 것과 위험한 것에는 어떤 차이가 있는 것일까. 그녀는 추운 겨울 밤, 성냥을 하나 켜 든 성냥팔이소녀처럼 자그맣게 속삭였을 뿐이다.

〈내일 아침, 내 책상 위에 새빨간 장미꽃이라도 올려놔주든지.〉

전송 버튼을 누를 때에는 이상하게도 뿌듯한 마음이 가슴에 퍼졌다. 거울 표면처럼 편편하고 매끄럽기만 한 강물 위에 과감하게 돌을 던진 기분이었다. 지루한 일상이 놀라 달아났다.

유라는 새벽녘 익숙한 악몽 속으로 가라앉았다. 어릴 적 보았던 끔찍한 기억이 그녀의 머릿속 저 아래 밑바닥 어딘가에 뭉쳐 있다가, 펴지는 순간에는 전혀 다른 그림이 되었다. 되직한 회반죽 속에 하반신이 반쯤 빠져 있는 것은 떠돌이 개가 아니라 유라였다. 발끝이 바닥에 닿지 않는 원초적인 두려움이 그녀를 몸부림치게 만들었지만, 그럴수록 상황이 점점 나빠진다는 것을 금세 깨달았다. 그러나 시체인 양 가만히 몸에 힘을 빼고 기다린다고 해도, 주위에는 그녀를 도와줄 사람이 아무도 없었다. 골목의 모든 창문이 닫히고 불이 꺼져 있었다. 캄캄한 밤이었다. 소리를 지르려고 했지만 덜덜 떨리는 입술 사이로는 안개같이 희뿌연 입김만이 뿜어져 나왔다. 아스팔트 반죽은 중간에 갑작스레 끼어든 어린 여자애 따위는 전혀 개의치 않은 채 단단하게 점착하고 있었다. 유라는 스스로 느끼지 못하는 새에 회반죽 안에 두 어깨까지 파묻혀버렸다. 두 팔은 빙산의 일각처럼 공기 중에 손바닥만 드러난 채로 굳어 있었다. 석유 찌꺼기에서 퍼져 나오는 끔찍한 악취 때문에 콧구멍이 얼얼했다. 입술마저 타는 듯이 뜨거워졌다. 그녀는 낚시 바늘에 꿰여 육지에 던져진 붕어처럼 뻐끔거리며 조금씩 죽어가고 있었다. 아무 생각도 할 수 없었다. 그러나 어떤 생각이든 하고 싶었다. 그녀의 숨소리는 바람 앞의 등불처럼 점멸하고 있었다.

포기할까. 그러나 그녀의 의지와는 다르게 끝없는 압박감 속에서도 그녀의 폐는 숨을 쉬고 싶어 했다. 그때 멀리서 낚시찌 같은 것이 미미하게 흔들리고 있는 것을 발견했다. 찰나였지만 그녀는 느꼈다. 아무도 없는 줄 알았던 어둠 속에서 누군가 그녀를 지켜보고 있었다. 회반죽처럼 탁하게 번들거리는 눈동자. 그 침묵이 유라의 두 눈을 붙들었다. 그녀는 그 짐승을 알고 있었다. 어릴 적 지켜보았던 처참한 모습의 들개였다. 그 개는 네 발로 버티고 서서 그녀가 죽어가는 모습을 지켜보고 있었다. 어서 항복해주었으면. 그 눈빛이 말하고 있었다. 유라는 모래알이 눈가에 파고드는 고통을 느끼면서 잠에서 겨우 깨어날 수 있었다.

휴대폰 알람 소음이 기계적인 힘으로 그녀를 무의식 속에서 퍼 올려냈다. 침대 위에는 식은땀에 젖은 그녀가 흰 잠옷을 입은 채 녹아내린 촛농처럼 무방비하게 누워 있었다. 문틈으로 기어들어오는 따뜻한 아침 식사 냄새와 햇빛 같은 것이 유라를 빠르게 현실 속으로 구원해주었다. 그러나 머릿속에 여전히 섬뜩하게 남아 있는 그 눈동자 때문에 그녀는 가볍게 어깨를 떨었다. 노예에게서 답장은 오지 않았다. 서운한 기분은 들지 않았다.

하루가 지나면 모든 것은 꿈이다.

"빨리 일루 와봐, 좀!"

휴대폰 너머에서 친구가 새된 목소리로 소리치고 전화를 끊었을 때에도 유라는 어플 위스퍼에서 만난 남자에 대한 생각은 전부 잊고 있었다. 그러나 교실에 다다르기도 전에 복도에서 교실 안쪽을 훔쳐다보는 아이들 때문에 뭔가 이상한 예감이 들었다. 교실에서 수군거리는 목소리가 잘못 떨어진 팝콘처럼 창밖으로 간간히 튀어나왔다. 뒷문으로 들어섰을 때 일제히 시선이 유라에게 집중되었다. 어젯밤 악몽이 잠시 떠올라 걸음을 멈췄다. 그리고 그녀의 책상 위에 버거울 정도로 커다란 장미꽃 바구니가 올려져 있는 것을 발견했다. 유라는 즉시 그것이 위스퍼가 보낸 선물이라는 것을 깨달았다. 커다란 바구니 안에는 방금 피어난 것처럼 촉촉한 이슬을 머금은 장미꽃이 한 아름 꽂혀 있었다. 교무실에 불려갈 만한 일이었지만 곧 연인들이 서로에게 고백하는 날이 다가오고 있었고 분위기를 잘 탄 덕분에, 유라는 담임 선생에게 가벼운 경고를 듣고 넘어갔다. 유라는 부러움 섞인 시선을 즐기며 하루 종일 반쯤 환상 속에 빠져 있는 기분으로 지낼 수 있었다.

메신저 너머의 그는, 어쩌면 노예가 아니라 요정인지도 모른다. 다른 사람들은 그 존재마저 눈치챌 수 없지만 오직 유라의 부탁만을 들어주는 요정. 그는 유라의 주위를 맴도는 팅커벨이라도 되는 양 섬세하고 다정했다. 매일 자필로 연애편지를 보내달라는 명령은 스스로 생각해도 짓궂었다. 그러나 그는 유라를 실망시키는 법이 없었다. 휴대폰 요금 통지서와 교회 전단지만이 자리를 차지하던 우편통에 거짓말처럼 매일 하얀 편지봉투가 하나씩 섞여 있었다. 발신 주소가 적힌 부분에는 미스터리하게도 Asteroid B-612라는 짧은 기호 같은 주소가 적혀 있었다. 영어 수업을 위한 펜팔이라는 말에 유라의 엄마는 늘 편지를 책상 위로 배달해주었다. 그리고 그녀는 여태까지 사귄 남자친구들에게서 한 번도 편지를 받아본 적이 없다는 것을 깨달았다. 남자친구와 그녀는 주로 셀카를 찍었다. 휴대폰으로 찍은 사진을 메신저로 전송해서 공유하고, 그것을 프로필 사진으로 내세워 남들에게 보이는 것이 서로의 마음 상태를 확인하는 유일한 수단이었다. 메신저 친구목록에 있는 타인들에게 서로의 얼굴을 내보이는 것이 창피한가, 그렇지 않은가 하는 것이 얼마나 서로를 좋아하는지를 제일 잘 보여주는 증거였다. 중요한 얘기는 늘 영상통화로 했다. 자다 깬 얼굴을 보이지 않기 위해서는 얼굴 롤러로 붓기를 빼내고 선크림과 립글로스를 덧발라야 하는 수고가 필요했지만, 직접 만나는 것보다 편리한 데다가 전화로 목소리만 듣는 것보다 표정을 볼 수 있어서 서로 기분을 알기가 쉬웠다. 결국 유라의 연애는 메신저 프로필로 시작해서 영상통화로 끝이 나는 사이클이었다. 스피디하고 깔끔한 연애. 혹은 연애와 비슷한 게임. 그것이 유라가 아는 인간관계의 전부였다. 위스퍼를 만나기 전까지는.

위스퍼라는 어플 이름은, 그의 세심하고 순수한 분위기에 잘 어울렸다. 어딘지 어른 요정 같은 분위기의 그를, 유라는 위스퍼라는 별명으로 부르기 시작했다. 위스퍼는 어린 아이들이 매일 일기를 쓰듯이 지치지도 않고 늘 편지를 보내왔다. 그는 동화 속 대사를 인용하기를 즐겼다. 특히 '어린 왕자'를 애용했다.

〈사람들은 이 진리를 잊어버렸어. 하지만 넌 그것을 잊어서는 안 돼. 넌 네가 길들인 것에 대해 언제까지나 책임을 지어야 하는 거야. 넌 네 장미에 대해 책임이 있어.〉

유라는 이따금 독서를 즐겼지만 대부분 실용서적이었다. 연애 혹은 살인에 관련된 야릇하고 충격적인 실화를 즐겨 읽었다. 따끈한 수프 같은 분위기의 에세이나 동화책, 소설 같은 것에는 한 번도 손을 댄 적이 없었다. 그런 책들은 쓸데없이 정보를 느리게 늘려서 전달하는 버릇이 있기 때문이다. 직설적으로 전달하면 빠를 이야기를 돌리고 돌려서 여행하듯 오랜 시간 뒤에 알려주는 것에 안달이 났다. '어린 왕자'는 어릴 적부터 필독서 독후감

목록에서 늘 봐온 책이었지만 읽어본 적은 없었다. 그러나 유라는 그가 적어주는 편지 속 구절은 몇 번이나 입으로 따라 읽었다.

"난 나의 장미에 대해 책임이 있어."

위스퍼가 전하고자 했을 말을 잘 곱씹기 위해 유라는 어린 왕자처럼 되뇌었다. 방문을 잠그고 혼자서 편지를 읽는 일이 즐거워지고 난 뒤로는 다른 남자들을 만나거나 그들의 프로필을 내려 보며 점수를 매기는 일도 하지 않았다. 지환에 대한 생각도 옅어져갔다. 패스트푸드점에서 버거를 씹으며 최신 디바이스를 만지거나 노래방 조명 불빛 아래에서 은밀히 키스하는 일이 하찮게 느껴졌다.

"누나, 리셋하고 인생을 다시 살 수 있다면, 어떤 캐릭터가 좋겠어?"

"쓸데없는 소리 좀 하지 마."

"난 역시 온몸이 투명해지는 능력이 있다면 좋을 것 같아."

유준은 잠옷 소매 밖으로 드러난 팔꿈치를 손톱 끝으로 집요하게 긁어댔다. 딱딱하게 굳은 피딱지 하나가 떨어졌다. 뺨을 덮은 아토피성 피부염은 바깥의 더러운 공기와 접촉하면 더욱 간지럽게 느껴지기 때문에 항상 외출할 때는 하얀 마스크를 써야 했다. 그래서 유준은 집 안에서 말이 많아졌다. 혼잣말이나 다름없는 대화를 자꾸 이어나가고 싶어 했다. 그리고 야행성이 되어갔다. 문틈이 벌어진 유준의 방 안에서는 밤새 조금도 쉬지 않는 컴퓨터 본체의 숨 쉬는 소리가 들려왔다. 늦은 밤까지 유라의 방문 틈새로 불이 켜져 있는 것이 보이면 반가운 듯이 유준의 발소리가 문 앞 언저리를 기웃거렸다. 유라는 방문을 잠근 후에도 몇 번이나 확인했다.

"너, 내 방 앞에 오지 말라고 했잖아."

"걱정 마. 나 아직은 투명인간 아니야."

예전부터 밖에서 또래 아이들과 어깨를 부딪치며 공을 차고 노는 것을 좋아하지 않았던 탓인지, 유준은 어깨뼈가 심하게 도드라질 정도로 말라 있었다. 하루 종일 감옥 같은 방에 스스로 갇혀서 좀처럼 나오는 일이 없었다. 유준은 컴퓨터 화면 안에서 살고 있는 것이나 다름없었다. 그 애가 좋아하는 모든 것은 전부 그 안에 있었다. 게임 캐릭터는 가려움이나 배고픔, 우울함 같은 자질구레한 감정을 느끼지 않는다. 지루할 틈도 없다. 유라의 방에는 유준이 원하는 해적의 보물 상자도 없고 불덩이가 날아다니는 전쟁 따위도 일어나지 않는다. 그렇기 때문에 유준이 위스퍼의 편지를 훔쳐볼 걱정은 없었다. 유준은 전쟁이 일어나면 무언가 새로운 인생이 시작될 것이라고 기대하는 모양이었다. 유라는 하루 종일 수천 명의 사람과 수천 마리의 괴물을 사살하는 제 동생이 어쩔 때는 끔찍하게 느껴지기도 했다. 비록 현실이 아닐지라도, 게임 캐릭터들의 비명이나 신음이 들려오는 동생의 방문을 지나갈 때마다 유라는 소름이 끼쳤다. 그러나 유준은 아무도 함께할 수 없는 전쟁을 혼자서 견디고 있었다. 피곤한 와중에도 몸이 가려워 잠들지 못하고 울음을 터뜨리는 유준의 모습은, 지켜보는 사람도 괴롭게 했다. 엄마는 피부에 좋다는 한방 약초를 중국에서부터 어렵게 구해와 밤새 달였다. 이불 빨래와 물건 소독은 집착적으로 하루 몇 번이나 해주었다. 그러나 유준의 피부병은 마치 외부의 영향을 조금도 받지 않는 듯이 고집스레 그 살갗 위에서 번식했다.

다음에는 위스퍼에게 어떤 부탁을 해볼까, 그런 생각이 유라의 하루 대부분을 차지했다. 유라는 그의 편지를 읽을 때마다 그의 목소리와 얼굴을 세세하게 상상하게 되었다. 여태까지 만나온 남자들 중에는 찾아볼 수 없었던 고아한 매력이 있을 것이다. 그는 남들과는 다르게 진지하고 순정적인 감성을 지니고 있었다. 유라는 외출한 엄마가 돌아올 때까지 허기를 달래기 위해서 냉장고 문을 열었다. 투명한 랩을 씌운 반찬 그릇들과 약초 달인 물이 담긴 유리병이 냉장고 안을 가득 채우고 있었다. 불필요한 지방과 유당을 제거한 락토스 프리 저지방 우유를 꺼내 유리잔 가득 따랐다. 점도가 떨어지는 멀건 우유는 맹물처럼 가볍게 목 안으로 넘어갔다. 방으로 돌아가려다가 유라는 무심코 개수대를 내려다보았다. 평소 깔끔하게 청소를 해두는 엄마의 성격은 알고 있었지만, 푸른 보자기로 개수대 안의 싱크볼이 덮여 있는 것이 뭔가 수상했다. 거실은 조용했고 유준의 방 안에서는 창과 칼이 부딪히고 포탄이 터지는 날카로운 소음이 이따금씩 들려왔다. 유리잔을 싱크볼에 넣기 위해서 보자기를 들추어냈을 때, 유라는 방금 마신 우유를 토하지 않기 위해 손바닥으로 입을 급히 막아야 했다.

고무마개가 끼워진 싱크볼 안에는 반쯤 물이 차 있었다. 어항이나 다름없어진 그 안에서 네 마리의 자그마한 물고기가 헤엄치고 있었다. 정확히 말하면 헤엄치는 것이 아니라 발버둥 치듯 격정적인 몸놀림으로 보였다. 느리게 헤엄치는 모습을 비디오로 찍어서 열 배 정도 빠르게 되감는 것처럼 기이한 움직임이었다. 원래는 다섯 마리였을 것이다. 그러나 그중 한 마리는 이미 뼈만 드러난 채로 고무마개 쪽으로 몸을 붙여 제 주둥이를 흡착한 채 의미 없이 꼬리를 좌우로 움직이고 있었다. 뼈만 남아 움직이는 그것은 물고기라고 할 수도 없었다. 그들이 몸을 담고 있는 물은, 처음에는 수돗물이었을 테지만 이제는 화약약품을 섞어 넣은 것처럼 노란 빛을 띠었다. 남은 네 마리의 물고기들은 제 몸이 물 안에서 녹아 없어질 때까지 싱크볼의 벽면에 남아 있을지 모르는 계면활성제와 방부제, 합성 향료 등의 알레르기 원인성분을 삼켜낼 것이다. 시력이 퇴화되어 의미 없이 싱크볼의 모서리에 고개를 처박는 그것들이 무엇인지 유라는 알고 있었다. 티브이를 켜면 자주 볼 수 있는 광고 한 편이 떠올랐다.

〈더스트 빈! 아직도 변기와 개수대 청소, 독한 락스로 하고 계신가요?〉

앞치마를 입은 연예인이 변기에 락스를 부으며 코를 막았다. 앞치마에는 작은 붕어의 옆모습을 그린 마크가 찍혀 있었다. 티브이 화면에는 독한 살균제로 괴로워하는 아이들의 얼굴, 각종 피부염과 안질환에 시달리는 가족들의 모습이 빠르게 지나갔다.

〈더스트 빈! 새로운 친환경 청소 도우미가 우리 가족을 지킨다!〉

녹색 알루미늄 용기를 열어 그 안에 담긴 것을 변기에도 붓고, 싱크대 개수대에도 붓는다. 금붕어 캐릭터가 칼을 든 채로 헤엄쳐 나와서 장난스럽게 웃고 있는 세균 캐릭터를 찔러 죽인다. 그러고 난 뒤, 시청자 쪽을 바라보며 꼬리를 경쾌하게 흔들어 인사하며 물속에서 펑! 사라진다.

〈고마워요, 더스트 빈!〉

가족들이 모두 손을 흔들며 인사를 하는 것으로 광고는 끝이 난다.

실제로 제품 속에 들어 있는 살균용 물고기의 실제 모습은 한 마리도 등장하지 않는 그 광고가 티브이에 나온 뒤로, 온갖 인터넷 사이트와 언론은 뜨겁게 달아올랐다. 한국 출시 전부터 네티즌들은 이미 그 상품의 존재를 알고 있었다. 그러나 보수적인 한국 사회에 그런 제품의 수입이 가능하게 되다니 충격적인 일이었다.

"토할 것 같아. 저게 뭐야?"

처음 광고를 보자마자 유라는 쉿소리처럼 가늘게 소

리쳤다. 그러나 거실 바닥에 앉아 쟁반 위에서 사과를 깎던 엄마는 그대로 손을 멈춘 채로 광고가 끝난 화면을 한참 바라보고 있었다.

출시 전부터 논란이 끊이지 않았던 '더스트 빈'은 교내 수업에서도 자주 토론 주제로 선정되었다. 동물의 DNA를 특정 화학물질과 합성시켜 얻는 더스트라는 약물을 발명한 덕분에 미국 스탠퍼드대 연구진은 재작년 노벨 화학상을 받았다. 더스트를 주입한 물고기 더스트 빈은 그 순간부터 제가 속한 액체와 공간에 서식하는 온갖 병원균을 빨아들이고 흡착한다. 마치 끝없는 굶주림에 허덕이는 좀비처럼 '흡착'이라는 명령만이 그들의 DNA에 새겨지는 것이다. 그런 뒤에 병원균의 구성과 물고기의 종에 따라서 다르지만 약 1시간에서 5시간 사이에 더스트 빈은 물에 녹아 형체도 없이 사라지게 된다. 한국에서 제품화되어 팔리는 어종은, 광고에서 사용되는 금붕어 캐릭터와는 다르게 '알비노 나비 비파'라는 청소 물고기였다. 수조 속의 이끼나 각종 찌꺼기를 먹으며 초대형어로 자라는 어종이지만 더스트 빈이 되면 더는 자라날 시간이 없어 작은 몸체 그대로 녹아 사라진다. 그 몸체는 물에 섞이는 과정에서 다른 병원균을 분출하지 않고

그대로 변기 트랩과 개수대의 배수관으로 빨려든다. 이
보다 더 편리하면서 확실한 청소 방법은 없을 것이다. 공
기가 주입된 녹색 용기의 뚜껑을 열어, 눈이 붉게 충혈된
작은 물고기들을 원하는 장소에 붓는 것만으로도 청소
는 이미 끝난 것이다.

　미국 본사와 대형마트 사이에 상품 판매 체결이 있던
날, 각종 환경단체와 동물보호연대의 피켓 시위가 있었
다. 각 대형마트 입구와 시청 앞에서 동시에 진행된 시위
로 인해서 교통은 마비되었고 포털 사이트 검색어 1위에
'더스트 빈'이 올랐다. 그 일이 묘하게도 더스트 빈을 홍
보하는 효과를 주었다. 유라도 무심코 유튜브에 올라와
있는 미국 소비자들의 동영상을 클릭하게 되었다. 1시간
동안 더스트 빈이라고 불리는 그 물고기가 어떤 일을 하
다가 어떻게 사라지는지를 직접 촬영한 영상이었다. 유
라는 처음에 그것이 잘 만들어진 물고기 인형이 아닐까
의심했다. 작은 비누조각처럼 조금씩 물에 닳아 없어지
는 비파의 모습은 분명 새로 개봉한 판타지 영화 속 한
장면처럼 흥미로웠지만, 아무리 인기 있는 영화라도 결
국에는 막을 내리듯이 그 동영상도 어느새 그녀의 머릿
속에서 잊혀갔다. 대형마트에 정말로 더스트 빈이 등장

하게 되었을 때, 각 지점 마트 앞에는 1인 시위를 하는 사람들이 있었다. 그러나 수많은 인파가 그들을 동상 취급하며 스쳐 지나 판매대로 달려갔다. 미리 예약을 한 사람들도 적지 않았다. 더스트 빈은 출시와 동시에 매진이 되어 또 한 번 사람들을 놀라게 했다. 도덕성 따위는 호기심을 절대 이길 수가 없다는 것이 그렇게 증명되었다. 대형마트 애완동물 코너에 진열된 열대어나 관상용 붕어들과는 다르게 더스트 빈은 '동물'이 아니라 '상품'으로 분류되었다. 불투명한 알루미늄 통에 담겨 판매되는 상품인 탓에 유통기한이 매우 짧았다. 가격도 꽤 높은 편이었지만 판매율은 줄지 않는다고 했다. 티브이 안의 대형마트 영업사원은 녹색 통을 두 손으로 높이 든 채 말했다.

"한 번 구매하신 손님들의 재구매율이 굉장히 높습니다!"

더스트 한국 본사 앞에서는 늘 시위가 계속되었지만 판매율에는 그다지 영향을 미치지 않는 모양이었다.

어릴 적, 유라의 집 현관에는 큰 어항이 있었다. 손톱만큼 작은 물고기들이 은빛 비늘을 반짝이며 이쪽에서 저쪽으로 떼를 지어 헤엄쳐 다녔다. 기포가 한 방울씩 새어 올라오는 인조 조개껍데기와 보물상자 모양의 장난감도 귀여웠다. 해초 사이에 숨어 있는 물고기들을 바라보며 오랜 시간을 보내도 지겹지 않았다. 이따금씩 어항 유리를 손가락으로 툭툭 치면 지진이라도 일어난 듯이 물고기들이 흠칫 놀라 바쁘게 헤엄쳐 도망갔다. 거친 모래알 같은 먹이를 어항 안으로 쏟아주는 일도 처음에는 꽤 재미있었다. 방학 숙제로 어항 속 관찰 일기를 쓰기도 했다. 구별할 수 없는 물고기들에게 한 마리씩 인형 같이 예쁜 이름을 지어주기도 했다. 그러나 어느새 먹이를 주고 어항 안의 물을 갈아주는 일은 전적으로 엄마의 일이 되었다. 물 위로 둥둥 떠오른 그 작은 물고기들을 변기에 쏟아버리는 엄마의 등을 바라보며 떼를 쓰듯이 울었던 기억이 났다. 감옥에 갇힌 채로 먹이도 없이 방치된 생명이 죽는 것은 당연한 이치였다.

"저게 대체 뭐야? 엄마, 저걸 여태까지 사다가 썼던 거야?"

분노 섞인 물음에 현관에서 구두를 벗던 엄마는 유라를 물끄러미 올려다보았다. 유라의 검지 끝이 가리키는 싱크볼 안에는 이미 반쯤 녹아 뼈가 드러난 더스트 빈 한 마리만이 남아 있었다. 엄마는 대형마트의 로고가 새겨진 비닐 봉투를 식탁 위에 올려놓았다. 껍질 없는 양파

두 알이 굴러 나왔다. 유라는 아파트 쓰레기 분리수거장에서 금붕어 모양 로고가 그려진 녹색 알루미늄 용기를 몇 개나 발견했었다. 알루미늄 캔 사이에서 그것들은 확실한 존재감을 자랑했다. 지나가는 사람들도 한 번씩은 그것들을 쳐다봤다. 금붕어나 비파는 소리 지르지 않는다. 사람처럼 울거나 비명을 지르거나 신음을 흘리는 일도 없다. 도마 위에 올라온 순간에도 날카로운 칼날에 회 떠지며 아가미를 움찔거릴 뿐이다. 눈도 감지 않은 채, 동그란 입을 벌렸다가 다물었다가를 반복할 뿐이다.

유라는 얇게 썰린 흰 살코기와 함께 신선해 보이는 생선의 대가리와 지느러미가 횟집 그릇 위에 함께 장식되어 나와도 그 음식을 불쌍하게 생각해본 적이 없었다. 살아가기 위해서 동물은 늘 또 다른 동물을 죽여야만 하는 것이다. 유라는 그게 자연의 법칙이라고 믿고 있었다. 그러나 더스트 빈은 어딘지 꺼림칙했다. 그 돌연변이 같은 생물이 달라붙어 있다가 녹았던 개수대에서 그녀의 밥공기, 젓가락, 수저를 함께 집어넣고 닦는다는 상상만 해도 식욕이 떨어졌다. 미끈거리고 비린, 새끼손가락만 한 금붕어를 통째로 삼키는 기분이었다. 엄마는 그 값비싼 제품을 큰마음 먹고 구입했으니 변기에도 사용했을 것이다. 유라는 질끈 감은 눈꺼풀을 떨며 생각했다. 내가 그 사실을 알면서도 편안하게 변기에 엉덩이를 들이밀고 앉아서 용변을 볼 수 있을까.

"너, 네 동생 손톱에 핏물 낄 때까지 몸 긁는 거 못 봤니? 정상적으로 파는 걸 사다가 쓰는데 왜 이렇게 소란이야."

마침내 단 한 마리 남아 있던, 이전에는 비파 물고기였던 더스트 빈이 얼음처럼 녹아 흔적도 없이 사라졌다. 마치 비타민 발포제를 녹인 생수처럼 노란 형광 빛을 띠는 물만이 싱크볼에 남아 있었다. 잔잔한 수면 위로 엄마의 맨손이 뚫고 들어가 고무마개를 뽑아냈다. 배수구는 그 요상한 빛깔의 약물을 갑작스럽게 흡입하며 으르렁거리는 짐승의 소리를 냈다. 작은 소용돌이가 배수구 안으로 빠르게 휘몰아쳤고 이내 텅 빈 싱크볼만이 남았다. 윤이 날 정도로 깔끔했고 고요했다. 엄마는 손을 가볍게 물로 헹군 뒤로 도마 위에 양파를 올려 다듬기 시작했다.

"살균 처리해서 양식한 거야. 하나도 더럽지 않아. 너보다 깨끗해. 그러니까 유난 떨 것 없어."

잘 벼려진 식칼이 세균 번식 걱정이 없는 친환경 실리콘 도마 위에 조용하게 부딪혔다. 더는 대화하고 싶은 마음이 없다는 엄마의 메시지였다. 이내 칼칼한 찌개 냄새가 거실을 채우기 시작했다. 유라는 방문을 잠근 채 위스퍼에게 메시지를 보냈다.

〈너무 야만적이지 않아? 엄마는 개를 위해서라면 식인도 마다하지 않을 거야.〉

이제 유라는 위스퍼에게 선물을 요구하는 것보다 일기를 쓰듯 투정을 늘어놓는 일이 더 잦아졌다. 교실에서는 고개만 돌려도 또래의 친구들과 눈이 마주쳤지만 그들과 나누고 싶은 얘기가 없었다. 무언가를 말하고 나면 상대방의 대답을 들어야만 한다는 사실이 퍽 귀찮았다. 유라는 군이 목소리를 내지 않아도 엄지로 휴대폰 화면을 눌러서 자신이 내뱉고 싶은 말만 모두 전할 수 있는 상대가 훨씬 더 좋았다. 어떤 욕을 해도 괜찮았다. 대나무 숲 한가운데에서 아무 말이나 마음껏 소리치는 일과 다를 바 없었다. 게다가 유라는 언제나 제가 원하는 대답을 위스퍼에게 요구할 수 있었다. 아무 대답도 없이, 그저 하소연을 들어주기만 하는 상대를 원한다고 해도 위스퍼는 무리 없이 제 역할을 해냈다. 점점 친구들과 메신저에서 대화를 하는 일도 줄어들었다. 늘 투정을 부리는 친구들과 군이 연락을 할 필요가 없었다. 위스퍼는 편지를 보내라고 알려준 유라의 집 주소로 자연스럽게 소포를 보냈다. 유라가 직접 뭔가 요구하지 않아도 그녀가 원하는 것이 무엇인지 귀신처럼 알아내 선물했다. 최고의 남자친구였다. 유라는 여태까지 이렇게 마음이 잘 맞는 상대를 만나본 적이 없었다. 유라의 몸 사이즈에 꼭 맞는 흰 원피스. 그리고 언젠가 친구가 받았던 그 펜던트 팔찌도 소포 안에 고스란히 담겨 있었다. 어느 것 하나 마음에 들지 않는 선물이 없었다. 유라는 이제 그의 목소리를 듣지 않고는 참을 수가 없었다. 실제로 얼굴을 마주 대고 얘기하고 싶어졌다. 그리고 그런 제 심경의 변화가 즐거웠다. 상상 속의 준수한 외모가 아니더라도 크게 신경 쓰지 않을 것이다. 아이디가 아닌, 전화번호를 주고받고 직접 카페에서 만나자는 얘기를 하는 게 어떨까? 유라는 며칠 고민하지 않고 그렇게 단번에 마음을 전했다. 그러나 다음 날 그녀가 받은 메시지는 질문에 대한 대답이 아니었다.

〈이젠 네가 노예가 될 차례야.〉

"요즘 너 마른 것 같아."

귓가에 속삭이는 친구 목소리가 멀리에서 치는 종소리처럼 아득하게 들려왔다. 그가 노예에서 주인이 된 후,

처음 요구한 것은 선물한 원피스를 입고 사진을 찍어 전송해 달라는 것이었다. 유라는 그때까지만 해도 그의 부탁을 그리 이상하게 생각하지 않았다. 아무런 대가 없이 선물을 보내준 남자에 대한 예의일 뿐이었다. 그 정도는 충분히 해줄 수 있었다. 원피스를 입고 한껏 포즈를 취하는 그녀의 모습을 보고 싶어 한다는 데에서 조금 기분이 들뜨기도 했다. 전혀 무리한 요구가 아니었다. 그는 사진을 받고 난 뒤 매우 고마워했고 옷이 정말 잘 어울린다는 찬사도 아끼지 않았다. 그러나 그는 곧 원피스를 벗은 후의 사진을 원했다. 처음 그런 요구가 담긴 메시지를 받았을 때 유라는 가볍게 웃었다. 이 사람도 결국에는 남자구나. 야릇하고 짓궂은 장난이라고 여겼다. '노예'라는 콘텐츠에 걸맞은 유치한 연애 게임인 것이니 얼추 장단을 맞춰야 하나 생각했다. 그러나 그녀는 오래지 않아 깨닫게 되었다. 주인 역할로 바뀐 위스퍼의 요구를 절대 거절할 수 없다는 것을.

〈왜 아직도 사진을 안 보내. 이제 그만 관계를 파기하고 싶은 거야? 그럼 나도 내 맘대로 해도 될까?〉

그는 유라의 모든 것을 알고 있었다. 속옷 사이즈부터 하루 종일 어디에서 뭘 하는지, 가족 관계, 주변 사람

79

에 대한 속마음까지도. 엄마에게 여태껏 그가 유라에게 사다 바친 물건 값을 물게 하는 것도 충분히 가능한 일이다. 게다가 그건 아주 당연한 수순일지도 모른다. 노예 계약을 맺은 대가로 많은 것을 받았는데, 그 약속을 물리겠다면 그것들을 전부 앗아가려 할 것이다. 펜팔 친구라고 했던 그에게 받은 수많은 옷들이 옷걸이에 걸린 채로 옷장 속에서 덜그럭거리며 그녀를 비웃는 것 같았다. 여태 우리 사이에 존재했던 것들이 다 네 것인지 알았어? 넌 아무것도 지불하지 않았는데도 말이지?

〈생각 좀 해볼게. 기다려줘.〉

엄지손톱 끝을 잇새로 물고 뜯어 뾰족한 실톱 같은 틈이 생겼을 때, 메시지가 도착했다.

〈주인을 기다리게 하는 노예는 없어. 유라, 정 그러면 직접 계좌로 송금할래?〉

위스퍼가 메시지로 그녀의 이름을 부른다는 것이 섬뜩하게 느껴졌다. 현실이 차디찬 얼음물이 되어 유라의 이마에 퍼부어졌다. 상황이 카드처럼 가볍게 뒤집혔다. 그녀는 정말 노예가 된 것이다. 망상의 가루가 전부 떨어져나간 두 사람의 관계는 그제야 흉측한 벌거숭이의 모습을 드러냈다.

〈나 혼자 볼 건데, 그게 그렇게 어려운 일이야? 여태까지 내가 보여준 마음에 그 정도 성의도 없는 거야?〉

일순 부드럽게 호소하듯 변한 위스퍼의 말투에 양심의 가책을 느낄 정도로 유라는 바보가 아니었다. 그 대신 유라는 그가 얼마나 무서운 존재인지를 깨달았다. 위스퍼의 새로운 면모는, 조금도 낭만적이지 않았다.

"누나, 왜 나한테 누나 사진을 보낸 거야?"

"뭐? 내가 언제?"

"이것 봐. 누나 맞잖아. 누나가 보낸 거 아니야?"

순진한 얼굴로 기다란 간식용 소시지를 입에 문 유준이 제 휴대폰을 유라 쪽으로 내밀었다. 유라는 흰 원피스를 입은 채로 환하게 웃고 있는 제 얼굴을 보며 손을 떨었다. 발목을 차갑게 감싸 쥐는 한기를 느꼈다. 유준의 휴대폰을 바닥에 던져 부수고 싶은 마음을 참으며 유라는 동생의 휴대폰에 전송된 제 사진을 삭제했다. 여전히 의문이 가득 담긴 유준의 시선을 묵살한 채로 유라는 아무 대답도 하지 않았다. 그는 무엇이든 할 수 있다. 이것은 그가 유라에게 보내는 암묵의 메시지가 틀림없다. 원한다면 그는 어떤 짓이든 할 수 있다. 유라는 제 스스로 보이지 않는 감옥에 들어앉은 것이나 마찬가지라는 것을 깨달았다. 달콤한 먹이에 취해서 덫의 문이 닫히는 줄도 몰랐다. 숨이 턱 막히는 긴장에 고개가 뻣뻣해졌다.

유라는 화장실 문을 잠그고 옷을 한 겹씩 벗었다. 타월 걸이에 옷을 차곡차곡 걸어둔 채 알몸으로 거울 앞에 섰다. 앙상한 팔로 휴대폰을 들었다. 멀미하는 것처럼 어지러웠다. 백열전구가 그녀의 시야에서 번식하듯 몸을 늘리기 시작했다. 유라는 결국 욕지기질하며 변기 앞에 폭삭 주저앉아 변기 뚜껑을 열었다. 변기 안에는 누렇게 뜬 물 위에 더스트 빈의 충혈된 눈알이 둥둥 뜬 채로 남아 있었다. 미처 녹지 못한 그 눈알과 눈이 마주쳤을 때 토악질이 시작되었다. 희멀건 위액이 변기 물에 섞이며 거품이 생겼다. 유라는 눈을 감고 변기 물을 내렸다. 화장실 조명에 비친 그녀의 몸은 회 떠진 흰 살 생선처럼 창백한 모습으로 사진 속에 담겼다. 유준은 화장실 문을 소심하게 발끝으로 차면서 오랫동안 화장실 밖으로 나오지 않는 그녀에게 불만을 표했다.

그녀가 위스퍼에게 빠져서 휴대폰 화면만 내려다보고 있는 몇 달 동안, 유준은 조금씩 달라지고 있었다. 몇 달 새에 유준의 얼굴은 몰라보게 변했다. 보안 뺨에는 살이 올랐고 얼굴 한쪽을 포탄 떨어진 전쟁터처럼 마구 짓밟아놓았던 피부염도 물러갔다. 작은 흔적만 남아 레이저 치료를 받는 중이었다. 다용도실에는 더스트 빈 용기가 늘 떨어지지 않게 네다섯 통씩 구비되어 있었다. 엄마는 유준의 교복 셔츠를 다리미로 여러 번 다리면서 콧노래를 불렀다. 이제 유준은 유라가 한 수저를 뜰 때에 밥 한 공기를 단숨에 비워내게 되었다.

"누나, 한 그루의 나무가 수십 명의 사람을 살릴 수 있다는 거 알아?"

다시 태어난 그녀의 동생에겐 새로운 취미가 생겼다. 유준이 등산 동아리 모임에서 찍어온 사진은 거실 티브이 옆에 장식되었다. 엄마는 유준에게 값비싼 등산복과 등산용품들을 군말 없이 사주었다. 우체국으로 느리게 걸어가면서 유라는 유준이 끊임없이 꺼내놓는, 나무와 환경에 대한 이야기를 한쪽 귀로 흘려들었다. 유준은 유라가 누구에게 소포를 보내든 관심을 가지지 않았다. 애초부터 자신의 관심사 이외에는 서로에게 관심이 적은 남매였다. 남매는 마치 거울처럼 서로의 이야기를 반사시키곤 했다. 달라진 것은 거울 안쪽에 살던 동생이 밖으로 걸어 나오는 동안 유라는 거울 속에 갇혔다는 것뿐이었다. 사거리에서 남매는 헤어졌다. 서로가 향한 길이 양

갈래로 나뉘었다. 유준은 새로 사귄 친구와 함께 캠핑 준비를 하러 가는 길이었다. 그리고 유라는 무거운 발걸음으로 우체국을 향해 걸었다. 작은 상자 위에 주소를 적었다. 유라에게 선물을 보낼 때의 위스퍼는 어린왕자의 행성 B-612에 살았지만, 유라의 팬티를 소포로 받을 때에는 송파구의 주상복합단지에 살았다. 그는 머나먼 동화 속 별이 아니라 한국에 살고 있었다. 서울 어딘가에서 그녀를 지켜보고 있는 것이다.

사흘 동안 갈아입지 않은 팬티를 포장한 상자는 오늘 내로 그에게 도착할 것이다. 유라는 집으로 돌아오는 길에 파출소 앞을 서성였다. '이제는 그의 집주소도 알고 있다.' 한 발자국 다가갔다가 멈춰 선다. '그러나 그는 내 집주소와 내 나체 사진, 팬티까지 갖고 있다.' 뒤로 두 발자국 물러선다. 애초에 이길 수 없는 게임이었다. 눈앞의 파출소는 실제로는 존재하지 않는 환상 속 오아시스처럼 가까이 다가갈 수 없는 곳이 되었다. 유라는 먼 벤치에 앉은 채로 파출소의 투명 유리문을 밀고 나왔다가 들어가는 푸른 제복의 경찰들을 이따금 훔쳐보았다. 위스퍼는 자신이 현존하는 모든 SNS에 가입되어 있다는 말을 했다. 그는 버튼을 클릭하는 것만으로, 전 세계 어디로든

1초 안에 날아갈 수 있다. 진실로 유령 같은 남자였다. 그는 이따금 유라가 보냈던 적나라한 포즈의 나체 사진들을 다시 그녀에게 재전송했다.

〈내가 주인인 걸 잠시라도 잊으면 안 돼.〉

무언의 경고였다. 그녀는 아침이 올 때까지 이불 속에 파묻혀서 뜬 눈으로 밤을 지새우는 날이 많아졌다.

"유라야, 너 아직 위스퍼 해?"

"왜?"

"아니, 더 특이한 SNS 어플 발견했거든. 이번에는 펫이야. 애완동물."

유라는 고개를 저어 관심이 없다고 딱 잘라 말했다. 친구의 입에서 '위스퍼'라는 단어가 나왔을 때에는 심장이 바닥에 내던져지듯 두려운 충격을 느꼈다.

그녀는 이제 더는 파출소 쪽은 쳐다보지 않았다. 그 근처를 피해서 멀리 돌아가기 시작했다. '무엇이든 도와드립니다!'라고 적혀진 팻말과 함께 친절한 미소의 경찰 캐릭터가 그려진 입간판에 가까이 다가가는 것이 오히려 그녀의 마음을 더 불안하게 했다. 그녀는 좌석 버스를 타고 멀고 먼 동네에 가서 약국을 찾았다. 날씨가 춥지는 않았지만 마스크를 눈 밑까지 올려 쓰고 한참을 망설였다. 눈을 감으면 그녀는 얼마 전부터 익숙하게 찾아가기 시작한 방이동의 한 모텔 골목에 서 있었다. 아무리 뒤돌아서 걷고 또 걸어도 다음날 저녁이면 어김없이 그녀는 자석처럼 이끌려 모텔 주차장에 서서 위스퍼를 기다리고 있었다. 지독한 악몽이었다. 그러나 도저히 깨어날 자신이 없었다.

〈넌 아무 생각도 할 필요 없어. 그냥 다리를 벌리고 눈을 감아. 꿈을 꾼다고 생각하면 돼.〉

약국 안 카운터에는 머리가 희끗한 노인이 흰 가운을 입고 서 있었다. 그 약사는 알이 짓눌린 것처럼 넓적한 돋보기안경 틈새로 고개를 숙여 유라를 바라보았다. 필요한 약이 있느냐고 묻는 그 얼굴을 차마 똑바로 마주하지 못한 채로 유라의 눈길은 바닥을 떠돌았다. 손끝을 꾹 쥐고 할 말을 찾았다. 노인은 신문을 반으로 접은 채로 들고 있었다. 문득, 그 신문 한 면에 제 나체 사진이 기재되는 상상이 들었던 것은 우연이 아니었다.

위스퍼는 유라의 다리 사이에서 이따금 속삭였다. 세상 사람들이 다 이 몸을 봐야 할 텐데. 아쉬워. 유라는 충분히 모두를 즐겁게 할 수 있을 텐데 말이야. 눈물이 황사방지용 마스크 윗부분을 적셨다. 약사는 이미 어느 정도 굽어 있는 몸을 조금 더 굽혀서 유라의 얼굴을 빤히 내려다보았다. 그녀는 미리 인터넷으로 검색해놨던 임신 테스트기의 상표명을 중얼거리듯 말했다. 약사는 잠시 고민하더니 익숙한 손길로 찬장을 향해 손을 뻗어서 그녀가 원하는 상품을 건넸다. 돈을 지불하고 유리문을 밀치며 달려 나왔다. 유라는 어쩐지 갑작스레 아이처럼 울음이 터졌다. 노랗고 조그만 옆가방을 맨 꼬마의 손을 잡고 그 곁을 지나가던 아주머니가 멈춰선 유라에게 말을 걸었다.

"괜찮아요, 학생? 어디 많이 아파요?"

유라는 그저 고개를 잘게 저으며 손등으로 빠르게 눈물을 닦아냈다. 머리를 양 갈래로 묶은 꼬마가 아주머니의 다리 뒤에 숨어서 유라를 올려다보았다. 눈빛이 마주치자 꼬마와 유라는 동시에 놀랐다. 유라는 시선을 피했지만 꼬마는 유라가 멀리 걸어 나갈 때까지 시선으로 유라를 따랐다. 아스팔트 사이에서 허우적거리는 개를 바라보듯이, 두려움과 호기심이 범벅된 눈빛으로.

유라는 한 번도 와본 적이 없는 낯선 동네의 공원을 찾아 끊임없이 걸었다. 어느 동네에나 푸르게 잘 자란 묘목을 뿌리째 뽑아와 인공적으로 조성해놓은 작은 공원이 있기 마련이었다. 공기 중에 떠돌아다니는 탄소와 미세 먼지들을 상쇄시키기 위한 것이다. 유라는 유준의 입에서 산수유나무나 소나무에 대한 정보가 쉴 새 없이 흘러나오던 것을 떠올리며 바람에 이따금 머리를 흔드는 커다란 나무 아래로 걸어갔다. 멀리에서 자전거라도 타는 것인지 신이 나서 소리 지르는 아이의 목소리가 가늘게 뻗어 왔다. 유라는 공원 가장 후미진 구석에서 여자 화장실을 찾았다. 아무도 지나다니지 않은 것을 확인한 뒤에 칸막이 안에 들어가 문을 잠근 채로 기다란 임신 테스트기를 꺼냈다. 치마 옆 주머니에서는 휴대폰 진동이 지겹도록 계속되었다. 절대 벗어날 수 없는 사슬 같은 알람이었다. 주말에는 어김없이 위스퍼가 지정해서 메시지로 보낸 지도를 보고 매번 새로운 모텔로 찾아가야 했다.

유라는 처음으로 그의 명령을 거부했다. 휴대폰은 끝도 없이 울렸다. 유라는 여전히 그에 대해 아는 것이 없었다. 그는 음침할 정도로 말수가 적었지만 옷을 한 꺼풀씩 벗으면서 점점 말이 많아졌다. 알몸일 때의 그는, 입안에 차오르는 침을 어쩌지 못하고 잔뜩 튀기며 끝도 없이 이런저런 말들을 중얼거렸다. 그러나 유라의 눈을 마주

보고 말을 거는 적은 없었다. 바로 곁에서 몸을 엉킨 채로 있어도 그는 늘 혼잣말을 했다. 유라는 딱딱한 철사 위에 솜뭉치를 입힌 인형이 된 것 같았다. 그는 여전히 유라에 대해 모르는 것이 없었다. 끊임없이 울리던 휴대폰 진동이 갑작스럽게 끊기는 순간, 유라가 숨 멎을 듯이 두려워하고 있을 거라는 것도 그는 이미 알고 있을 것이다. 유라는 달리기를 하는 도중인 것처럼 거칠게 숨을 내뱉으며 손끝에 쥔 테스트기를 꾹 쥐었다. 괜찮을 거야. 스스로 다독일 힘이 아직은 남아 있다는 것에 유라는 조금 놀랐다. 그러나 테스트기에 뚜렷이 두 줄로 나타난 표식을 보았을 때, 스스로에게 아무 말도 걸 수 없었다. 그녀는 자신의 마음은 물론, 몸에 대해서도 아는 것이 전혀 없었던 것이다.

유라는 쓰고 있던 종이 마스크를 화장실 쓰레기통 속에 벗어 던졌다. 뾰족하게 솟은 임신테스트기 위에 마스크가 깃발처럼 걸렸다. 공원의 하늘에는 벌써 검붉은 저녁놀이 물에 녹듯 빠르게 흘러내리고 있었다. 이어폰을 낀 남자가 스포츠 타월을 목에 건 채 가벼운 걸음으로 뛰어 지나갔다. 밤공기가 싸늘하게 유라의 뺨을 긁었다. 입술 사이로 희미한 입김이 새어나와 공기 중에 흩어졌다. 휴대폰 진동이 다시 시작되었다. 죽었다가 살아난 사람과 마주친 것처럼 유라는 길 중간에 우뚝 멈춰 섰다. 주머니에서 휴대폰을 꺼내 발신자를 확인할 자신이 없었다. 그럴 필요도 없었다. 심장 박동보다 일정하게 울리는 진동은, 꾸준하게 속삭이듯 제 존재를 유라에게 과시하고 있었다. 위스퍼를 벗어날 수 없을 거라는 생각이 유라의 머릿속에서 단단하게 응어리처럼 굳어졌다. 그리고 그녀가 선택할 수 있는 길은 하나뿐이었다.

유라는 공원에서 머지않은 곳의 낯선 맨션 계단으로 터덜터덜 걸어 올라갔다. 한 계단씩 위로 올라갈수록 어쩐지 몸이 가벼워졌다. 껌이 눌어붙은 부분을 밟아서 발바닥이 계단에 붙들렸지만, 이내 다시 무릎을 움직였다. 옥상으로 향하는 문은 잠겨 있지 않았다. 기분 나쁜 마찰음과 함께 무거운 옥상 문이 열리자, 머리를 잔뜩 풀어 헤친 바람결이 유라의 얼굴에 마구 달라붙었다. 어느 집에선가 옥상의 빨랫줄에 걸어놓은 흰 러닝셔츠와 검은 양말 두 짝이 빨래집게에 겨우 몸을 의지하며 사선으로 나부꼈다. 엄지만 한 빨래집게는 금방이라도 옷가지를 놓아버릴 것처럼 기운이 없었다. 펄럭이는 빨랫감 아래를 지나 낮은 펜스 앞에 섰다. 유라의 흰 컨버스 운동화는 어디서 묻었는지 모를 오물로 여기저기 더럽혀져 있었다. 더러울 수밖에 없다. 그동안 유라는 너무 많은 곳으로 불려 다녔다. 집 밖의 아스팔트 위는 어디나 더럽다. 당연한 일이다. 흰 천에 묻은 오물은 아무리 여러 번 닦아내도 완벽하게 사라지지 않는다.

유라는 천천히 몸을 숙여서 현관에 들어서듯이 운동화를 벗고 맨발로 서서 옥상 밑의 풍경을 내려다보았다. 여전히 낯선 동네였지만 어쩐지 어릴 적부터 살았던 익숙한 동네처럼 포근한 기운이 느껴졌다. 진녹색으로 뭉뚱그려진 공원 안에서 뱅뱅 도는 자전거 두 대가 눈에 들어왔다. 유라는 잠시 산책하는 여인처럼 그 광경을 멀찍이 바라보며 숨을 골랐다. 지친 노을이 낮은 지붕들의 기와 사이사이에서 은은한 빛을 냈다. 유라는 아직 얄팍한 아랫배를 손바닥으로 가만히 쓰다듬어 보았다. 아무런 느낌도 들지 않았다. 어쩌면 이 모든 것이 거짓말일 수도 있다. 임신 테스트기나 위스퍼나 SNS를 떠돌아다닐 헐벗은 사진들. 다 거짓말. 유라는 고개를 저으며 터져 나오는 웃음을 막지 않았다. 동생의 터무니없는 질문들보다 유라가 처한 현실은 훨씬 유치했다. 논할 가치가 없을 만큼 허무했다. 유라는 펜스를 넘어가기 위해 발가락으로 펜스 사이를 딛고 올라서다가, 경사진 지붕 사이를 기어오르는 무언가를 발견했다.

검은 그림자를 꼬리처럼 길게 늘어뜨린 그 생명체는 몸을 웅크리고 있는 성인 남자 정도의 크기였다. 그렇다고 해서 제 앞에 있는 것이 평범한 사람이라고 생각되지는 않았다. 민첩하게 네 발로 발돋움해서 허공으로 뛰어올랐기 때문이다. 그건 사람이 아닌 짐승이었다. 유라는 갈 곳이 없는 길고양이들이 태연한 얼굴로 나뭇가지 위에 열매처럼 올라앉은 사진을 인터넷에서 본 적이 있었다. 그들은 어디라도, 그곳이 위험하고 면적이 작은 곳이라 할지라도 개의치 않고 올라갈 수 있다. 그러나 유라의 눈앞에 있는 것은 분명, 평범한 고양이가 아니었다.

불그스름한 노을을 한껏 흡수하듯이, 모닥불이 피어오르는 모양으로 털이 나부꼈다. 주둥이가 긴 그 짐승은 마치 늑대 같았다. 어쩌면 멀리 산에서 먹을 것을 찾으려고 내려온 개과의 야생동물은 아닐까. 그러나 유라는 그 짐승과 눈이 마주치는 순간 알 수 있었다. 그 녀석이 누구인지. 섬광처럼 강렬하게 빛나는 눈동자. 도대체 어디까지가 꿈일까. 중심을 잃은 몸이 휘청거리다가 가까스로 멈춰 섰다. 찬바람이 가냘픈 목덜미를 휘감았다 흩어졌다. 유라는 방금 자신이 이번에야말로 절대 빠져나올 수 없는 구렁 속으로 몸을 들이밀고 있었다는 것을 실감했다. 죽음은 악몽처럼 깨어날 수 있는 성질이 아니다. 현실이다. 노을 같은 눈동자가 어디론가 사라졌다. 유라는 정신을 차리고 무릎의 힘이 풀리지 않도록 천천히 발을 내려 펜스에서 한 발자국 벗어났다. 맨발바닥으로 콘크리트 바닥의 찬 기운이 스며들었다. 참았던 숨이 깊이 내쉬어졌다. 유라는 이미 어두워진 옥상 주위를 둘러보았다. 그러곤 작게 목소리를 내었다.

"너, 어디 간 거니?"

지붕 위에서 그녀를 내려다보던 꿈속의 들개는 흔적도 없이 사라졌다. 노을이 자취를 감춘 캄캄한 밤하늘 아래 러닝셔츠처럼 이따금 바람결에 흔들리는 그녀가 홀로 남아 있을 뿐이었다.

도시 괴담

〈정말이에요! 그 짐승이 담배 연기처럼 공기 중에 흩어졌어요. 공사장에는 저 혼자만 남아 있었어요. 그 눈빛이 머릿속에서 지워지지 않아요. 괴물 같은 것은 아니라고 생각해요. 뭔가, 감정이 살아 있는 눈빛 같았거든요. 저에게 무슨 말을 전하려는 것처럼. 정말이에요, 정말.〉

정지된 화면 속에서 소년은 우스꽝스럽게 입을 오므린 상태로 마지막 대답을 끝마치지 못하고 있다. 화면을 바라보는 두 눈 속에 의구심이 가득하다. 목진오는 의자 등받이에 허리를 웅크린 상태로 깊게 한숨을 내쉬었다. 마우스를 클릭해 동영상 파일 제목을 바꿨다.

'먼지괴물 목격담 세 번째. 공사장.'

"어떻게 생각해요?"

기연은 그의 옆으로 고개를 숙여 함께 모니터를 바라보며 물었다. 그러곤 무의식적으로 귀 뒤로 머리카락을 꽂았다. 목진오는 유난히 흰 기연의 귓불 쪽으로 시선을 옮기며 살짝 고개를 저었다. 지금으로써는 목격자도 많이 찾지 못했다. 인터넷상에 흩어진 목격담이나 정보글은 허위 사실이나 과장된 이야기가 태반이었다. 목진오는 안경을 벗고 엄지와 검지로 미간을 짓누르며 말했다.

"이 상태로 가다간 특집기사가 아니라 유머 사이트 인기글도 못 되겠어."

지금까지 그가 확인한 목격자는 기연이 인터뷰해 온 남학생까지 합해서 고작 세 명에 불과했다. 그마나도 그세 명이 목격한 일명 '먼지괴물'이라는 생명체는 확실한 특징이 없었다. 기연과 함께했던 대학교 신문 동아리 기사였다면 이 정도로도 충분히 알찬 내용을 써낼 수 있었을 것이다. 하지만 그는 이제 기연과 학과 커플이던 06학번 목진오가 아니었다. 기연은 발 벗고 나서서 인터뷰까지 따온 자신의 수고에 대해 고마워하기는커녕 심각한 얼굴로 앉아 있는 그에게 서운한 마음이 들었다. 더는 사귀는 사이가 아니라고 하더라도 기본적인 감사 인사는 예의가 아닌가. 그의 자취방 구석에 내려놓던 백팩을 주워 매며 기연은 떠날 채비를 했다.

"그럼 이만 가볼게요."

기연의 차분한 목소리에 꿈에서 깨어난 듯이 그는 의자를 돌려 기연 쪽으로 일어섰다. 그러고는 자연스럽게 두 팔로 기연의 왜소한 몸을 안아 등을 두들겨주었다. 담배 냄새가 밴 후드 티셔츠에 코를 박고 잠시 숨을 들이쉬며 기연은 살며시 눈을 감았다가 떴다. 몇 초간 타임머신을 타고 과거로 돌아간 것 같았다. 목진오는 기연에게 특별한 남자였다. '남자'라고 할 수 있는 유일한 사람이라는 말이 더 맞을 것이다. 기연은 낯선 남성과 서로 어깨만 스쳐도 턱이 떨릴 정도로 소름이 끼쳤다. 턱수염이 무수한 점처럼 돋아난 남자들의 턱이 징그럽게 느껴져 바라보기도 힘겨웠다. 특히 중년 남자들의 검붉은 입술에서 새어나오는 입김이 꺼림칙해 만원 지하철에서 숨을 참곤했다. 그들과 가까운 거리에서 한 공간의 공기로 숨을 쉬는 것마저도 그녀에겐 고역이었다. 그런 기연에게 목진오는 구세주나 다름없었다. 그의 부탁이 아니었다면 기연은 기말 과제를 다 제쳐두고 인터뷰를 따러 가는 일 따위는 하지 않았을 것이다. 기연은 그의 가슴팍에 새겨진 대학교 로고를 잠시 바라보다가 뒤돌아서 나왔다.

사실 먼지괴물 같은 것에는 조금도 관심이 없었다. 그러나 카페 옆자리의 사람들 시선 따위는 신경 쓰지 않고 목격담을 늘어놓던 남학생의 눈빛에는 숨길 수 없는 진실함 같은 것이 있었다. 소년의 그 진실한 눈빛은 처음 만났을 때의 목진오를 닮아 있었다. 그와의 첫 만남을 기연은 이따금 떠올리곤 했다. 학교 축제 때 교문 벽에 기대 무너진 채 속을 게워내고 있던 기연에게 그가 다가왔다. 그러곤 기연의 등을 두들겨주었다. 놀란 그녀가 목진오를 밀어냈을 때 그는 말했다.

"하나도 안 더러워."

고개를 들어 그의 얼굴을 마주보면서 기연은 그가 진심이라는 것을 알았다. 먼지괴물이 공기 중에 흩어졌다고 말하던 그 여드름 난 소년 목격자의 눈빛에서 기연은 목진오의 고백을 떠올렸다. 그러나 이내 기운 없는 웃음이 새어나왔다. 이제 그녀도 대학 졸업반이었다. 달콤한 약속이 먼지처럼 흩어지기 쉬운 성질이라는 것을 알 때가 된 것이다.

단순한 환각은 아닐까? 사람은 너무 외로운 순간 마

주치는 상대를 운명이라고 착각하기 쉽다. 그건 누군가에게 기대고 싶은 사람의 나약한 심리가 만들어낸 환상과도 같은 것이다. 사막 한가운데에 내던져진 사람이 말라비틀어지는 목을 부여잡고 눈앞에 어른거리는 오아시스를 찾아 달려가는 것과 마찬가지이다. 결국 그 오아시스는 신기루가 만들어낸 환상일 뿐이라는 것을 알아채는 데에는 그리 오랜 시간이 걸리지 않는다. 실제로 기연이 인터뷰했던 남학생은, 기르던 개를 잃어버려 마음 아파하고 있었다. 먼지괴물은 그 개를 다시 찾고 싶은 간절한 마음이 불러낸 환각일 가능성이 충분했다. 하지만 그 남학생을 제외한 다른 사람들은 왜 하나같이 먼지 뭉치 같은 생명체를 눈앞에 구현해낸 것일까? 그런 괴물을 만들어내 위로받을 일이 있을까?

집 앞 골목길에 유일하게 하나 남은 가로등이 결막염에 걸린 것처럼 점멸했다. 길 위를 비추는 홍차 색의 불빛이 사라지는 짧은 순간마다, 기연은 빠르게 발걸음을 옮겼다. 아스팔트 바닥 위에 사라졌다가 다시 생겨나는 기연의 그림자는 너무 가늘고 길어 어느 순간에는 하나의 선이 되어버릴 것만 같았다.

집 앞까지 길게 이어질 기연의 발자취를 거꾸로 따라

가다 보면 목진오의 자취방이 나올 것이다. 그렇다면 지금 이 순간 기연이 사라질 경우, 가장 먼저 용의자로 지목되는 것은 목진오가 될 것이다. 그는 제대 후 복학 당시 입학생이던 황기연과 사귀기 시작해 약 2년간 열애를 나누었다. 취업 활동과 성격 차이로 사이가 소원해지기 시작해 연인과 선후배 사이를 줄타기하듯 오락가락하다가 졸업 즈음에는 완전히 이별. 헤어진 기연에게 오랜만에 연락해 인터뷰를 도와줄 것을 요청, 자취방으로 유인, 다시 사귈 것을 종용하다가 거부하는 기연과 가벼운 말다툼 끝에 폭행하게 됨. 살해 동기? 미련을 버리지 못하고 기연에 대한 집착으로? 기연은 거기까지 생각하다가 고개를 가볍게 저었다. 그런 일은 있을 수가 없다. 미숙하고 어설펐던 그 연애에 미련을 가지고 있는 것은, 말하자면 오히려 기연 쪽이었다. 헤어지면서 마음을 다잡아놓고, 이제 와서 그의 다정한 연인이라도 되는 양 어려운 일을 함께 해주고 되돌아가는 제 그림자가 처량해 보였다. 이제 목진오는 인터뷰 중 가까워진 커리어 우먼을 만나게 될 것이다. 대학 선배들과의 술자리가 불편해 눈물을 참고 있던 어린 여자애 따위를 잊기에 충분할 만큼 멋진 여자가 나타날 것이다. 아직은 그런 상상이 기연의 마음을 울적하게 만들었다.

기연은 머릿속으로 또 다른 용의자를 찾으며 걸음을 옮겼다. 아마도 그다음 용의선상에 오르는 자는 황병욱이 아닐까. 황기연의 부친으로 집 근처 골목길에서 집에 돌아오는 막내딸 기연을 기다린 끝에 손바닥으로 입을 막고 유괴. 뒷산으로 데려가 자신의 범행에 대하여 기연이 알고 있는 것에 대해 추궁, 기연이 실토하자 결국 목을 졸라 살해. 그러나 어떻게 기연이 자신의 범행에 대해 알고 있을 거라 확신하고 일을 꾸몄을까? 아마도 초등학교 저학년 때부터 써온 기연의 일기장을 무심코 발견했을 것이다. 황병욱은 두 딸을 비롯한 집 안의 모든 물건을 자신의 소유라고 생각하며 딸들의 방에도 거리낌 없이 들어갈 수 있는 인물이기 때문이다. 십 년 전부터 딸아이가 적어온, 황병욱의 무심함과 가정불화에 대한 보고서와 다름없는 일기는 법원에서 그녀를 보호하는 진술이 될 수 있을까? 황당무계한 동화로 치부되어 결국 정황 증거만으로는 아버지를 잡아넣을 수 없어 무죄가 선고되지는 않을까? 현관 밖을 나서면 평범한 회사원에 불과한 그가 기연을 살해한다면, 그런 그를 의심해줄 사람은 이 세상에 단 한 사람, 황기은뿐일 것이다. 기은은 하나뿐인

여동생의 억울한 죽임을 파헤치기 위해서라면 무엇이든 해줄 것이다. 기연은 그렇게 믿어 의심치 않았다. 두 자매가 어머니에게 물려받은 것이라곤 세상에 대한 두려움이 가득 담겨 있는 두 눈망울과 가냘픈 체구뿐이었다. 스러지듯 집 안에서 녹아버린 어머니와는 전혀 다른 삶을 살자고 약속한 자매였다.

길게 고양이 울음소리가 멀어져 갔다. 기연은 이 밤 골목에서 그녀가 납치된다면, 사실상 면식범 소행이기는 힘들 것이라는 생각으로 현관에 들어섰다. 열 적외선 감지기 조명이 그녀를 맞이했다. 홀로 켜진 티브이가 빈 소파와 기연을 향해서 중얼거리고 있었다.

서울 지하철 플랫폼에서 극심한 두통을 호소하던 삼십 대 여성이 구토를 하다가 응급실로 옮겨졌습니다. 석면에 의한 과민 반응이라는 소견이 나오고 있으나 자세한 검사는 아직 이루어지지 않은 것으로 보입니다. 2008년부터 서울 매트로는 지하철 120여 곳에 전수 조사를 시작했고, 석면과 미세 먼지 제거 작업에 나섰으나 제거 비율이 절반도 채 되지 않는 것으로 드러났습니다. 피부 질환과 호흡 장애를 비롯해 폐암을 유발할 수 있는 석면

가루는 소리 없는 암살자로 불리어 왔는데요. 이번 사건으로 인해 석면에 대한 시민들의 불안은 더욱 커지고 있습니다. 서울 지하철 공식 사이트에는 지하철의 석면을 제거할 방안을 하루 빨리 모색해달라는 시민들의 불평이 쏟아지고 있습니다.

"너, 언제 왔니?"

기은은 가방을 맨 채 티브이 앞에 서 있는 기연의 등을 살짝 쳤다. 뒤돌아보자 손바닥만 한 아령을 든 기은이 서 있었다. 땀에 젖은 흰 티셔츠가 몸에 달라붙은 탓에, 안에 받쳐 입은 보랏빛 스포츠브라가 선명하게 드러났다. 방에 들어간 기은은 수건을 목에 걸친 채 다시 거실로 나왔다. 보지도 않는 티브이를 하루 종일 틀어놓는 것은 두 자매의 공통된 습관이었다. 집 안에 들어섰을 때의 고요한 침묵은 난방이 들어오지 않는 한겨울 베란다처럼 발을 들여놓기 힘들게 했다. 외로움은 사람을 병들기 쉬운 체질로 만든다. 어머니는 약을 삼키지 않고는 한 시간도 홀로 버틸 수 없는 상태가 되고 나서야 자신에게 문제가 생겼다는 것을 알았다.

자매는 주말이면 가까운 공원에서 자전거를 탔고 각

자 배드민턴부와 농구부에 들었다. 되도록 끼니를 거르지 않기로 서로 약속했고 눈이 마주치면 의식적으로 입술을 늘어뜨려 미소 지었다. 서로가 감시해주고 지켜봐주면서 어머니를 잊었다.

"아버지는 아직 퇴근 전인가 보네?"

기은은 고개를 끄덕였다. 어머니를 잊는 데에 그만한 노력이 필요하지 않았던 사람이 있다면 단연 황병욱, 기은과 기연의 아버지일 것이다. 초등학교 졸업을 앞둔 기연의 뼈대만 남은 두 어깨를 잡고 아버지는 당부했다.

〈장례식이 끝나면 밖에서는 울지 마라. 절대 울지 마라.〉

기연은 아버지를 미워하지 않았다. 미움이라는 것은 사춘기 이전에 모두 탕진해버렸다. 이제 아버지에 대한 감정이란 겉으로 쉬이 드러나지 않는, 단단한 피부 가죽 속에 숨어버린 암세포 같은 것이 되었다. 사실상 그 감정이 얼마나 깊은 병이 되었는지는 모른 채 살고 있는 셈이었다. 미지근하고 거친 혓바닥이 기연의 복사뼈를 핥자, 그제야 기연은 발밑을 내려다보았다. 소리도 없이 민들레 꽃씨 같이 보드라운 꼬리를 가볍게 한 번 흔들며 세모가 다가왔다. 머루 알처럼 반질거리는 그 새까만 눈망울과 마주할 때면 기연은 가끔 울고 싶어졌다.

봉사자의 말에 따르면, 세모가 발견된 곳은 아이들이 다 떠나간 폐교 운동장이었다고 했다. 밤이면 낡은 교실의 마루가 흡수해두었던 아이들 소음을 뿜어냈다. 작은 털 뭉치는 운동장 구석에서 모래바람을 견디며 홀로 웅크리고 앉아 있다가 밤이 되면 아이들 목소리에 이끌려 어두운 교실로 들어갔다. 그러나 교실에는 아무도 없었다. 어린 아이의 웃음소리 같던 그 소음은 나무로 만든 마룻바닥이 몸을 부대끼며 내는 괴이한 바람 소리로 변해 있었다. 세모는 천장을 돌아다니는 수많은 쥐들의 잇소리에 몸을 떨며 밤을 지새웠다. 버려진 작은 고양이를 에워싼 학교 담벼락 안에는 온통 모래 먼지뿐이었다. 주워 먹을 것이 없는 날에는 울음소리도 나오지 않았다. 세모는 울지 않는 고양이였다. 병원에서는 성대에 아무런 문제가 없다고 했다. 어릴 적에 폐병을 앓은 것 같지만 울음소리를 내는 데에는 아무런 문제가 없을 것이라고 했다. 어차피 울어봐야 소용없다는 것을 일찍 깨달은 탓일 게다. 기연은 그렇게 믿었다.

세모라고 이름을 지어준 것은 목진오였다. 그는 기연과 함께 곰팡이가 번식한 세모의 등을 치료하고 조그맣고 세모난 콧잔등을 닦아내고 깨끗한 물을 주었다. 목진오를 따라간 유기동물 봉사활동 장소에서 눈이 마주친 순간부터 기연은 이 고양이를 품에 안고 싶어 견딜 수가 없었다. 세모는 누군가를 오랫동안 기다리고 있었던 것 같았다.

"눈매가 어딘지 슬퍼 보여. 너를 꼭 닮았어."

목진오가 말했다. 기연은 언젠가 이 작은 고양이가 어리광을 부리고 재촉하듯 종아리에 몸을 비비고 가르릉거리며 울어주기를 바랐다.

"값이 좀 나가는 동물이냐?"

아버지가 세모를 보며 처음 물은 말이었다. 기연은 대답하지 않았다. 소파 밑에 똬리를 틀고 누운 세모를, 아버지는 처음이자 마지막으로 가늘게 눈을 뜨고 몇 초간 바라보았다.

"버려진 것은 함부로 주워오지 마라. 깊은 병은 쉽게 눈에 보이지 않는 법이다."

세모는 작은 소음에도 잘 깼고 유난히 아버지의 발걸음 소리를 잘 따랐다. 아버지의 기다란 그림자에 몸을 뉘이고 쉴 때 가장 평안하게 몸을 늘어뜨렸다. 자매는 그런 세모의 행동이 야속했다. 세모는 더럽고 어두운 곳을 돌아다니는 아버지의 발끝을 쫓으며 곰팡이처럼 거실 구석에 꽂혀 있는 양말 뭉치에 코를 박고 잠이 들었다. 폐교에서 지내던 버릇일까. 어둡고 습한 곳을 좋아했다. 폭력을 당할수록 더욱 난폭해지는 반항아처럼 세모는 아버지가 매몰차게 굴수록 더 아버지의 흔적을 찾아다녔다. 온종일 냄새를 맡았다. 그래야만 스스로가 살아 있는 것이 느껴지기라도 하는 듯이. 자매는 포기해버린 지 오래였다. 아버지는 기껏해야 늦은 새벽에 돌아와 여행객처럼 머물렀다 떠나는 사람이었다. 자매는 집 밖에서 만나야만 그를 타인에게 아버지라고 설명했다. 집 안에서는 그를 무엇이라고도 부르지 않았다. 죽은 어머니의 원혼처럼 둥둥 떠다니는 두 쌍의 도깨비불 같은 눈동자로 그저 바라볼 뿐이었다. 아버지는 많은 진실이 담긴 침묵을 견디기 어려웠을 것이다. 여간해서는 자매에게 말을 걸지 않았다. 사실 두 딸과 대화를 이어나갈 수 있을 정도로 자매에 대한 정보를 많이 알고 있지 못했다.

자매가 어릴 적에는 어땠던가. 기억하고 있을 리 없다. 자매에게도 가족이라고는, 폐허처럼 텅 빈 눈동자로 두 딸을 바라보는 어머니뿐이었으니까. 기연은 가끔 생각했다. 첫 생리가 터질 때까지만이라도 엄마가 살아 있었더라면. 언젠가 아이를 가지게 될 때까지만 엄마가 곁에 있었더라면. 하지만 사실 그랬더라도 달라지는 것은 없었을 것이다. 기연도 알고 있었다. 빈 집에는 굳이 문이 달려 있지 않더라도 도둑맞을 것이 없는 법이다.

"어떻게 생각해?"

기연은 언니 기은에게 휴대폰 화면을 내보인 채 물었다. 화면 속 남자는 두 손바닥을 날개처럼 펴 붙이며 제가 본 것을 묘사했다.

〈큰 새였어요. 처음에는 가오리연인가 싶었는데, 펄럭이는 움직임이 분명히 살아 있는 동물이었거든요. 근데 갑자기 사라졌어요. 가까이 다가오고 있었는데 사라졌단 말예요! 희한하죠. 포토샵을 한 것처럼 말끔하게 하늘 풍경 안에서 사라졌어요. 굉장히 부자연스러운, 이상한 느낌이 들었어요. UFO 같은 거 아니었을까 싶어요. 그런 거 안 믿는 성격인데, 직접 보고 나니까 기분 이상해지데요. 꿈은 분명히 아닌데.〉

화면을 물끄러미 바라보는 기은은 화면 속의 남자가 두 손바닥을 새의 날개처럼 펼쳐 흔드는 것에 몸서리를 쳤다. 기은은 오리고기나 닭고기를 먹지 않았다. 가까운 곳에 비둘기가 있으면 벤치에 앉지 않았고, 멀리서 새가 날고 있어도 의식적으로 고개를 돌리곤 했다.

"날개가 달린 것은 끔찍해."

언니가 그렇게 말할 때면 기연도 덩달아 몸서리가 쳐졌다.

"근데 이거, 헛것일 가능성이 크지 않을까? 보고 싶은 것을 생각하다 보면 눈앞에 그게 환각으로 나타나는 것처럼, 보기 싫은 것을 끔찍하게 싫어하다 보면 강박 증상처럼 싫은 장면이 머릿속에서 펼쳐지곤 하잖아. 그런 것처럼 말이야. 예전에 기연이 너도 그랬잖아. 차에 치여서 죽은 고양이 한 번 본 뒤로, 길에 비닐 봉두가 떨어져 있어도 울어댔잖아. 기억 안 나?"

끄집어내기 싫은 기억은 애써 떠올리려고 노력하지 않아도 어느 순간, 거울을 보면 돋아나 있는 여드름처럼 무의식의 표면을 의뭉스레 뚫고 나온다. 상처 사이로 스며들어 아릿하게 정신을 깨우는 축축한 물기처럼, 가끔 그것들은 상처가 있었다는 사실을 인식시켜준다. 기은은 말을 멈추고 가다랑어 포를 꺼내 든다. 바스락거리는 소리에 귀를 쫑긋 세운 세모가 발밑으로 다가왔다.

"그런데 그 남자도 참 할 일 없다. 세상에는 더욱 현실

적이고 충격적인 사건이 얼마든지 있어. 그런 괴물 이야기는, 소설가나 만화가들이 얼마든지 재미있게 다룰 수 있는 소재야. 기자라면 더 생활에 밀접한 사건을 알려줘야 하는 게 아닐까? 굶어 죽어가는 전쟁고아들이나 끝 모르고 치솟는 물가, 술 취해 도난한 차를 몰고 거리를 위협하는 비행청소년들, 살인마, 그런 것들이 눈앞에 나타났다가 흐지부지 흩어지는 괴물 따위보다 훨씬 더 악몽이야. 게다가 헤어진 너한테까지 손 벌려가며 자료를 모을 정도로 중요한 일은 아니라고 보는데. 무슨 피터 팬 콤플렉스 같아. 아직 소년처럼 판타지에 젖어 사는 거 아니야?"

기연은 언니의 말을 들으며 아랫입술에 보푸라기처럼 일어난 살점을 잇새로 뜯어냈다. 가다랑어 포를 물고 방 안을 두리번거리던 세모가 조금 열린 문을 머리로 밀어 거실로 나간다. 아늑한 음지를 찾아 나섰으리라. 여전히 켜져 있던 티브이가 문 틈새로 목소리를 냈다.

한강 마포대교 부근에서 신원 미상의 시신이 발견되었습니다. 50대 남성으로 추정 중인 시신은 두 팔과 왼쪽 발목 등, 신체 일부가 훼손되어 떨어져 나간 상태로 약 열

흙간 방치되어 있었던 것으로 보입니다. 국과수에서 신원 확인을 위해 모발 채취 검사를 한 결과, 시신에서 마약류 성분이 검출되었습니다. 여러 번의 검사 끝에 국과수는, 시신에서 검출된 마약이 화학구조를 변형한 신종 합성 마약이라는 것을 밝혀냈다고 보고했습니다. 검찰은 신종 마약의 유통 경로와 시신의 신원에 대해 조사 중입니다.

"누가 또 다녀갔나봐."

주방으로 나가 찬장에서 라면 봉지를 꺼내던 기은이 소리쳤다. 개수대가 말끔하게 비어 있었다. 냉장고를 열어보니 붉은 양념에 범벅이 된 무언가가 불투명한 반찬통에 밀봉된 상태로 차곡차곡 쌓여 있다. 자매의 고모일 확률이 높았다. 하지만 어머니가 돌아가신 이후 친인척 중 누구와도 안부 전화 한 통 없던 터였다. 발길이 끊긴 지 근 십 년이 되어갔다. 혹시 아버지의 애인이라도 찾아오는 게 아닐까. 스치듯 머릿속에 떠오른 의심 탓에 자매는 냉장고 안의 반찬통은 건드리지도 않게 되었다. 그 안에 무엇이 들어 있든 상관하지 않았다. 음식물들이 형태를 알 수 없는 상태가 되어, 악취가 플라스틱 반찬통의 고무 뚜껑을 밀치고 올라오려고 할 때까지 내버려두었다. 아버지는 집 안에서 식사를 하지 않았다. 스스로가 마실 만큼의 캔맥주와 음료만 사와 냉장고에 넣어두고 마셨다. 자매도 마찬가지였다. 냉장고 속 반찬통들은 저마다 섬처럼 떠 있을 뿐이었다. 기은은 그것들을 물끄러미 바라보다가 이내 냉장고 문을 닫았다. 유통기한이 적혀 있지 않은 음식은 자매를 불안하게 만들었다. 어쩌면 오늘 밤에도 아버지는 집에 돌아오지 않을지 모른다. 아버지는 한마디 말도 없이 외국으로 일주일 이상 출장을 가기도 했다. 그런 때 자매는 폭신한 세모의 몸을 옆구리에 끼워두고 거실에서 함께 잠을 잤다. 불 꺼진 천장을 바라보며 저마다 다른 생각에 빠져 있다가도 혼잣말처럼 이야기를 꺼냈다. 대화는 길게 이어지지 않았다. 늘 중요한 얘기는 꺼내지 못했다. 어느 쪽이 먼저 잠든 것인지 알 수 없게 세모가 고른 숨소리를 내어 숨겨주곤 했다. 거실 벽면의 전자시계가 새벽 두 시를 넘어갈 때 즈음 자매는 거실에 이불을 깔았다. 현관문을 잠그는 것도 잊지 않았다.

티브이는 지진으로 폐허가 된 외국의 한 마을을 비췄다. 인터뷰를 하는 주민들은 모두 쌍둥이 같은 눈동자를 하고 있었다. 세모는 몸을 동그랗게 말고 꿈을 꾸는지 등뼈가 간헐적으로 튀어 올랐다. 라면 냄새가 아직 가시지 않은 거실에 자매는 불을 끄고 누웠다. 집 안의 온기가 빠져나갈까 봐 창문도 모두 닫았다.

"언니."

기연의 부름에, 선잠이 든 기은의 대답은 창밖의 바람 소리만큼이나 희미해서 잘 들리지 않았다. 기연은 불 꺼진 방 안을 유유히 떠다니는 먼지 한 올에 시선을 집중하며 뜸을 들였다. 기은에게서 느리게 한숨처럼 날숨소리가 났다.

"그 사람, 피터팬 같은 거 아니야. 기자니까 무슨 이야기든 소홀히 대하지 않는 거야."

웃을 때면 면도 자국이 남은 그의 볼에 어설프게 한쪽만 보조개가 파였다. 처음 그걸 발견했을 때 기연은 나는 듯이 기뻤다. 짧은 찰나에 몇 번씩이나 그와의 결혼 생활을 상상해보곤 했다. 나른한 휴일의 아침 식탁이나 둘 만의 소파 위, 함께 걷는 신혼여행지에서 그 보조개를 볼 수 있을 거라고 생각했다.

그날은 누군가의 이별 위로 모임이었다. 어차피 연애란 그런 거라고, 나이 많은 복학생 선배 하나가 잔뜩 꼬인

발음으로 욕지기를 내뱉으며 울었다. 지루하게 이어지는 술자리에서 목진오는 먼저 자리를 피했고, 기연은 테이블 한쪽에 빈 술병처럼 꼿꼿하게 앉아 있었다. 참담했다. 복학생 선배가 테이블에 엎어졌고 누군가 일어서서 그런 그의 등을 도닥였다. 기연은 눈물을 참는 데에 온 신경을 다 쏟는 중이었다. 목진오와 그렇게 헤어지게 될 거라고는 예상하지 못했다. 그가 없는 술자리에 남겨져 있는 것은 혼자 외지에 덩그러니 내버려진 것 같은 아득한 두려움을 주었다. 다른 사람을 위로해줄 신경이 그날의 기연에게는 남아 있지 않았다. 목진오는 기연이 그의 뺨을 매섭게 올려붙이거나 울부짖으면서 소리를 지를 만한 기회도 주지 않았다. 왜냐하면 그는 기연에게 무엇 하나 잘못한 것이 없었기 때문이다. 합리적인 이별이었다. 그는 기연을 다정하게 껴안아주었다. 그러고는 언젠가 준비해둔 대사를 읊는 것처럼 차분하게 말을 꺼냈다.

"너는 감성적인 성격인데 나는 메말라 있고, 늘 다정하길 바라겠지만 그럴 만한 에너지가 내겐 부족해. 네가 원하는 것도, 네가 받을 수 있는 것도, 나에겐 없는 것 같다."

그날 기연은 집에 돌아와서 옛날 일기장을 꺼내 복잡

한 마음을 취한 글씨로 적어 내려갔다. 전부 헛소리였다. 빼곡하게 적은 그 일기에 마침표를 찍은 뒤 한 번도 읽지 않았다. 책장 사이에 꽂아 숨겨두고 먼지가 내려앉아주 길 기다렸다. 어느 순간부터 목진오는 기연에게 다시 자 연스레 연락하기 시작했고, 그의 졸업과 함께 새 학기가 시작되었다. 우연히 지하철에 서서 책을 읽고 있던 그와 마주쳤을 때 기연은 깨달았다. 그녀와 몸을 부대끼며 지 하철 안에 함께 서 있는 이 모두가 그녀에게는 남이라는 것을. 한때는 몸을 부대낄 만큼 가까이에 서 있을지라도, 문이 열리면 뿔뿔이 흩어져 다른 곳으로 떠나가는 수많 은 타인들. 수많은 목진오들. 기연은 익숙하지만 어딘지 낯선 그의 옆모습을 멀리서 바라보다가 스크린 도어가 열리자 뒤돌아보지 않고 내렸다.

"가지 마."

생각에 잠긴 기연 옆에서, 기은은 혼잣말처럼 잠꼬대 를 했다. 잠이 오지 않는 밤이면 기연은 언니의 잠꼬대 소리를 들으며 그녀의 꿈속으로 함께 들어갔다. 잠꼬대 답지 않게 발음이 깨끗한 그 목소리는 가끔 그녀가 잠든 척을 하는 게 아닐까 착각하게 만들었다. 자매는 슬픈 꿈 을 자주 꾸었다. 어릴 적 꿈속에서부터 터져 나오는 눈물을 참지 못해 베갯잇을 적시며 엄마를 찾았다. 선잠에서 깨어난 어머니는 그녀를 부드러운 품안에 안아주며 다독였다.

〈크느라고 그런단다. 쑥쑥 자라나기 위해서는 많이 울어야 해.〉

그 다정한 목소리를 주문처럼 외며 다시 잠에 빠져들면 어느새 아침이 올 때까지 꿈을 잊은 채 잠들곤 했다. 기연은 젖은 속눈썹을 손가락으로 문질렀다. 발소리도 없이 세모가 곁에 다가와 그녀의 머리맡에 작은 몸을 웅크리고 누웠다. 동물은 슬픔의 소리를 듣는 것일까. 기연은 살짝 손을 위로 뻗어 어둠 속을 더듬었다. 세모의 통통한 발바닥을 주물러 만지다 보면 꿈처럼 평온해졌다.

동물을 키워보는 게 좋을 거라던 목진오의 조언은 맞았다. 누군가를 계속 굳게 미워하다 보면 결국 그 감옥 같은 감정에 갇히고 마는 것은 자신일 것이라던 그의 예언도 사실 맞았다. 정작 자매가 경멸의 시선으로 바라보는 아버지는 그녀들을 감옥에 가둬놓고도 미련 없이 구두를 꿰어 신었다. 어린 시절의 낡은 기억 하나도 버리지 못해서인지 자매는 왜소하고 키가 작았다. 기은은 어둠에 익은 눈으로 고개를 돌려 잠든 언니의 옆얼굴을 바라보았다. 고단한 눈꺼풀이 파르르 떨리며 입술이 옴찔거렸다. 악몽을 꾸면서 그 꿈속에서 또다시 더 깊은 잠 속으로 빠져들 수는 없는 것일까. 기은은 아랫배까지 밀려 내려간 언니의 이불을 가슴께까지 올려 덮어주었다.

"언니, 자?"

세모가 흠칫 몸을 떤다. 기연은 바로 누우며 눈을 감았다. 숨을 크게 들이쉬고 속으로 숫자를 열까지 세었다. 그리고 천천히 내뱉는 동안 현관문이 열렸다. 아버지가 돌아온 것이다. 그는 익숙하게 문틈으로 새어 들어온 새벽바람처럼 두 자매 머리맡을 가볍게 통과해 안방으로 들어갔다. 세모가 작은 발소리로 그 뒤를 따랐지만 이내 문은 굳게 닫혔다. 기연은 눈을 떴다. 훈훈하던 거실 공기 속에 담배 냄새와 함께 지하철을 타고 온 거리의 냄새들이 무겁게 가라앉았다. 멀리서 사이렌 소리가 잠꼬대처럼 들려왔다. 깊은 밤이 시작되었다.

"더스트 빈이라는 거, 들어본 적 있어?"

목진오는 뜬금없이 기연에게 전화를 걸어서는 그렇게 물었다. 헤어진 연인의 인터뷰 따위를 더는 도와주지 않겠다는 다짐을 한 뒤였다. 그러나 그녀는 '더스트 빈'이라는 말에 휴대폰을 귓가에 더 가까이 가져다 댔다. 그녀의 관심을 끌어올리는 자석 같은 단어였다. 기연은 광화문에서 진행되었던 '더스트 빈 수입 판매 반대 집회'에 참여했었다. 그날, 기연은 유기묘(猫) 후원 카페 회원들과 함께 분홍색 조끼를 맞춰 입고 있었다. 세모를 집 안에 들이면서부터 유기묘에 대한 관심이 커져서 카페 활동에 적극적으로 참여하기 시작하던 때였다. 생각보다 많은 인파가 몰렸고 취재진의 열기도 뜨거웠다. 두어 명의 기자들이 그녀에게 인터뷰 요청을 했지만 모두 거절했다. 지금 생각해도 어떤 결심으로 그런 집회에 참여하게 되었는지 스스로도 신기했다. 기연은 하루 종일 목소리를 한 번도 내지 않아도 전혀 불편하지 않을 만큼 말수가 적고 내성적인 성격이었다. 그 많은 사람들과 함께 목소리를 합해 노래를 부르고 구호를 외쳤던 일은 마치 꿈에서 일어난 일처럼 어렴풋했다.

처음 더스트 빈을 외국에서 발명했다는 기사를 읽었을 때에는 마치 판타지 소설 속으로 들어온 것처럼 허황된 얘기라고 생각했다. 설사 누군가가 그런 놀랍고도 요상한 약품을 발명해냈다고 하더라도 그 비인간적인 상품이 현실화될 것이라고는 생각지 못했다. 그러나 얼마 지나지 않아서 더스트 빈은 상품화되었고 한국 대기업들은 그 제품의 라이선스를 얻기 위해서 앞다투어 더스트 빈 회사와 연결을 시도했다. 처음으로 더스트 빈의 광고를 티브이에서 보았을 때, 기연은 학교 식당에서 점심을 먹던 중이었다. 식판에 담긴 뭇국을 떠먹던 중, 식당 구석 천장에 매달린 티브이에서 그 광고를 보게 되었다. 잇새로 물컹이며 으스러지는 무 조각이 역겹게 느껴져 기연은 헛구역질을 했다. 금빛의 귀여운 물고기 캐릭터 '더스트 빈'은 변기 속에서 수형당하는 것이 기쁜 것처럼 지느러미와 꼬리를 흔들었다. 기연은 집에서 제품에 박힌 로고와 똑같은 것이 인쇄된 서류를 본 적이 있었다.

"바보같이 대기업에 맞서지 마라. 그건 땅을 딛지 않고 걷겠다는 것과 같은 말이야."

아버지는 집회에 가기 위해서 조끼를 입은 채 운동화 끈을 매고 있던 기연에게 말했다. 소름 끼칠 정도로 조용한 발소리가 등 뒤에서 사라졌다. 그때의 아버지는 꼭 유령 같았다. 다행인 점이 있다면, 아버지는 한 번도 더스트 빈 관련 제품을 집으로 가져오지 않았다는 것이다. 아버지가 집으로 가지고 들어오는 것은 허망한 한숨 소리와 바깥의 먼지뿐이었다.

기연은 목진오에게 더스트 빈에 대해서 알고 있는 정보들을 더듬더듬 얘기했다. 미국을 비롯한 여러 나라에는 손톱만큼 작은 물고기부터 시작해서 대형 어종까지 더스트 빈으로 제품화해서 판매 중이지만 아직 한국에는 큰 물고기에 대한 거부감이 있어서 대부분 손가락만 한 작은 어종을 변형시킨 더스트 빈을 수입해서 판매하고 있었다. 그러나 기연은 아직 한 번도 실제 더스트 빈을 본 적이 없었다. 대형마트에서는 주말이면 수조 속에 폐유를 풀어 넣고 그 안에 더스트 빈 두어 마리를 던져 넣는 쇼가 열렸다. 제품 판매를 위한 시범용 이벤트이지만 어른 아이 할 것 없이 모두 몰려서 휴대폰으로 영상을 찍으며 관람했다. 기연은 사람들이 물건이 담긴 카트를 버려둔 채 몰려가 환호성을 지르는 모습을 멀찌감치 떨어져 바라보았다. 기괴한 장면이었다. 한 편의 블랙코미디를 보는 것 같았다.

"그럼 너, 더스트 몬스터라는 것은 아직 모르지?"

"더스트 몬스터요?"

"더스트 사의 신제품이야. 아직 기업들이 쉬쉬하고 있는 얘긴데, 이번에는 작은 생선이 아니라 쥐야."

"쥐?"

기연은 저도 모르게 새된 비명이 흘러나와 손바닥으로 입을 가렸다.

　"그래, 쥐. 더스트 약물을 주입시킨 쥐를 더스트 몬스터라고 하는데, 이번에 우리나라의 한 제과업체에서 국내 최초로 그 더스트 몬스터를 도입한다는 얘기가 있어. 그걸 취재하러 가려고 해."

　입사 지원을 원하는 대학생들을 위해 대학신문 기사를 쓰러 온 것으로 위장해서 함께 가달라는 그의 부탁은 기연의 귀에 잘 들리지 않았다. 말도 안 되는 일이 벌어지고 있다. 기연은 고개를 저으며 가볍게 실소를 터뜨렸다.

　"그게 뭐야. 말도 안 돼. 그럼 쥐가 물에 녹기라도 한다는 소리예요?"

　그러나 목진오도 그에 대한 자세한 설명은 할 수 없었다. 더스트 미국 본사에 문의 메일을 보냈지만 한 달이 다 되어가도록 회신 메일은 오지 않았다. 제과업체에 방문한다고 해도 그럴싸한 정보는 얻지 못할 것이다. 기연에게는 그가 동경의 대상일지 모르지만 인터넷 신문사에서는 말단이나 다름없었다. 만약 그가 조금 더 높은 직책을 맡았다면 이런 허무맹랑하고 막막한 소재를 쫓지 않았을지도 모른다. 기연은 진오의 부탁을 받아들였다. 전화를 끊은 뒤에는 바로 그 제과업체에 대한 정보를 검색했다.

주로 유아용 과자와 유기농 시리얼을 간판 제품으로 내걸고 있는 제과업체 '유아랑'은, 재작년부터 부모들의 불신을 사고 있었다. 처음에는 유통기한이 지난 상품들의 유통기한 표시를 바꿔서 재판매하는 것이 아닌가 하는 의혹이 불거져 방송을 탔다. 어린 아이들의 입으로 들어가는 과자이기 때문에 네티즌들은 예민하게 반응했고 유아랑 제품 보이콧 서명 운동을 시작했다. 그러나 유아랑은 그런 재난에 발 빠르게 대처해서 오해를 풀고자 노력했다. 각종 정정 기사들이 났고 부모들은 그제야 안심했다.

그러나 얼마 지나지 않은 작년, 다시 새로운 사건이 터졌다. 유아랑의 대표 제품 중의 하나인 손가락 모양 과자에 이물질이 섞여 나온 것이다. 처음에는 너무 작아서 그 이물질이 무엇인지 알 수 없었으나 같은 공장에서 만드는 유기농 시리얼에서 좀 더 분명하게 알아볼 수 있는 크기의 이물질이 등장했다. 바퀴벌레 유충이었다. 소비자들은 혼란에 빠졌다. 그때부터 제과업체 유아랑은 뜨거운 불판 위에 올랐다. 유아랑의 시리얼과 각종 과자를 대량 구매했던 쇼핑몰에서 소송을 걸었다. 티브이를 틀면 어느 채널에서나 유아랑에 대한 기사를 볼 수 있었다. 기연도 유아랑 제과의 시리얼을 자주 사다 먹었다. 집에서 제대로 된 식사를 하기 힘든 자매에게 시리얼은 우유와 함께 곁들이는 최고의 아침 식사였다. 간편하면서도 배부르고, 무엇보다 감칠맛이 있었다.

그 사건이 있은 뒤, 기연은 식탁에 남아 있는 시리얼을 갖다 버렸다. 그녀는 유아랑 제과가 더 이상 일어설 수 없을 거라고 예상했다. 그러나 그 제과업체 본사에서 장문의 사과문과 함께 공장의 모든 공정 과정을 촬영한 다큐멘터리를 내보냈다. 헛수고처럼 느껴졌다. 사람들의 반응은 냉담했고 대형마트 어느 곳에서도 유아랑 제과의 세품은 찾아볼 수 없었다.

그러나 시간이 흘러 올해가 되면서 반응이 바뀌었다. 유아랑 제과는 다시는 같은 실수를 반복하지 않겠다는 참회 광고를 티브이에 내보내고 오랫동안 미혼모를 돕는 후원금을 지원해 왔다는 사실을 알렸다. 그리고 유아랑은 신제품을 선보였다. 바쁜 현대인이 한 손에 쥐고 출근할 수 있는 영양바로, 기존의 제품들과는 다르게 촉촉하여 따로 물을 마시지 않아도 부드럽게 씹어 먹을 수 있었다. 각종 견과류가 많이 들어 있는 데다가 칼로리를 줄인 제품이라 젊은 여성들에게 먼저 인기를 끌었다. 잘못을 반성하고 더 깨끗한 공정 과정으로 거듭난 회사 이미지를 구축하는 데에 어느 정도 성공한 것이다. 바퀴벌레 유충 사건으로 완전히 폐업 위기에 처했던 유아랑은 재출발을 시작하는 중이었다. 목진오의 정보는 설득력이 있었다. 유아랑 제과는 청결한 이미지를 얻기 위해서라면 지금 못할 것이 없다. 한 회사에는 수천 명의 인생이 걸려 있다. 큰 모험이 되더라도 '더스트 몬스터'를 들이려 할 수도 있다.

"그런데 그게 회사 이미지에 도움이 될까요? 돌연변이 쥐를 이용한다니, 어쩐지 섬뜩하고 잔인해요."

진오는 핸들을 왼쪽으로 꺾으며 기연의 말을 경청했다.

"오히려 역효과가 나지 않을까요? 물속에 사는 어류와 다르게 쥐는 우리와 함께 땅을 딛고 사는 설치류잖아요. 제 아무리 공장 안의 병원체를 말끔히 제거한다고 해도 그 뒤엔 아까 선배 말처럼 풍화된다는 건데, 물속에 있는 더스트 빈보다는 살생하는 느낌이 적나라해서 사람들이 꺼림칙하다고 느끼지 않을까요?"

"너는 쥐를 디즈니의 미키마우스 캐릭터처럼 아이들의 친구로 생각하는 거야? 이미 우리는 각종 실험용으로 셀 수도 없이 많은 설치류를 이용하고 있어. 게다가 페스트가 유행했던 중세시대 때부터 이미 쥐는 사람들에게 악마나 다름없는 존재였어. 음식물을 도적질하고 배설물로 오염시켜서 살모넬라 중독을 일으키는 동물이야. 그뿐인 줄 알아? 전깃줄이나 가스관을 갉아서 건물 전체의 입주민을 위협하기도 한다고. 각종 진드기와 기생충을 퍼뜨리는 것도 바로 쥐야. 사람들은 차라리 쥐라는 생물이 세상에서 완전히 제거되기를 바라지. 오히려 '더스트 몬스터'가 상품화가 되려면 그런 쥐의 존엄성 따위가 아니라 혐오감을 줄이는 데에 힘을 쏟아야 할 거야. 쥐떼가 죽는 것은 대중들에게 아무 상관이 없어. 다만, 그런 병균 덩어리 짐승에 약물을 주입시켜 각종 병원균을 제거하는 데에 이용한다는 것을 납득할 수 없을 거야. 더스트 약물을 주사하고 난 뒤, 무균 생쥐 상태가 되는 것은 물론이고 오직 인간에게 해가 될 만한 병원균을 핥아 먹는다는 것을 대중에게 제대로 이해시켜야 할 거야. 바퀴를 비롯한 각종 해충을 씹어 삼키는 것은 물론이고, 그 뒤로 자연스럽게 풍화될 때, 소화시킨 어떤 유해물질도 재배출하지 않는다는 것은 가히 놀랄 만한 일이지. 물론 더스트 빈과 마찬가지로 더스트 몬스터의 상품화를 반대하는 사람들도 넘쳐날 거야. 그렇다고 해서 상품화를 막을 수 있을까? 제과 회사는 바보가 아니야. 분명 더스트 몬스터는 회사 이미지에 도움이 될 거야. 그 이용 횟수와 방법에 따라 해충과 병원균을 99.8% 제거하는 상품을 사용한다는데, 얼마나 깨끗한 공정 과정이 되겠어?"

여러 경로를 통해 '더스트 몬스터'에 대한 정보를 많이 얻은 목진오는 매우 들떠 있었다. 마치 더스트 빈 회사의 팬이라도 된 것처럼 돌연변이 쥐를 만드는 그 약품을 찬양하고 있었다. 기연은 체한 듯 속이 더부룩했다. 그의 운전 솜씨는 부드럽고 안정적이었다. 멀미가 날 리 없었지만 어지럼증이 느껴졌다. 조수석 문 안쪽의 버튼을 눌러 창문을 조금 내렸지만 고속도로의 매연이 창틈으로 손길을 뻗쳤다. 기연은 이내 창문을 틈 없이 닫아버렸다.

"하지만, 나라면 그런 더스트 몬스터를 사용하고 광고하는 회사 제품을 먹지 않을 거예요."

어느새 제과 회사 건물이 가까워지고 있었다. 건물 전면에는 새로 출시된 영양바 광고판이 크게 붙어 있었다.

목진오는 한숨처럼 가벼운 바람소리를 내며 웃었다.

"그건 네가 미혼녀이기 때문이야. 네 자신보다 소중한 아기가 생긴다면 마음이 달라질 거야."

기연의 가슴 안에 차가운 빗장이 내려졌다. 목진오의 목소리와 말투는 여전히 나지막하고 다정했지만, 그건 그저 분위기일 뿐이었다. 기연은 투명한 벽 같은 것이 운전석과 조수석 사이를 가로막는 기분이 들었다. 어쩌면 그 벽은 전부터 있었지만 기연이 눈치채지 못했던 것뿐인지도 몰랐다. 주차를 마치고 두 사람은 공장 안으로 들어섰다. 사전 연락을 해둔 데다가 허락도 이미 받은 덕분에 회사 관계자는 반갑게 두 사람을 맞이했다.

기연은 공장 안에 쉴 새 없이 돌아가는 컨베이어 벨트를 중심으로 사진을 몇 장 찍었다. 멸균모를 쓰고 마스크로 눈을 제외한 얼굴 전부를 가린 직원들이 종이 인형처럼 얌전하게 움직이고 있었다. 티브이 다큐멘터리로 이미 한 번 보았던 곳이라서 그런지 기연은 공장 안 풍경이 낯익었다. 인터뷰는 멸균 가운을 벗고 사무실로 들어가면서 시작되었다. 회사 관계자는 커피와 함께 신제품 영양바를 권했다. 기연은 평소, 물 없이도 목이 메지 않으면서 씹는 맛도 살린 영양바를 한 번쯤 먹어보고 싶다는 생각을 했었다. 그러나 충혈된 눈동자의 괴기한 쥐 형상이 머릿속에 떠오르면서 식욕이 사라졌다. 그녀는 커피가 담긴 종이컵에도 손을 대지 않았다. 목진오는 능숙하게 인터뷰를 이어갔다. 대부분은 어느 기사에서나 다룰 법한 얘기였다. 지난 유통기한 사건과 바퀴벌레 사건이 몰고 온 파문에 대한 이야기가 주를 이뤘다. 어색하지 않은 순간에 '더스트 몬스터'에 대한 질문을 끼워 넣는 그의 말솜씨에는 기연도 놀랐다. 서툴게 사랑을 고백하던 때와는 전혀 다른 사람이었다. 기연은 어쩌면 그 동안 자신이 목진오라는 사람의 스펙트럼 안에 있는 한줄기의 면모에 매달리고 있었던 것은 아닌가 싶어졌다. 잠시 다른 생각에 빠져 있다가 목진오 쪽을 바라보자, 안경 안의 날카로운 눈빛이 회사 관계자의 당황하는 기운을 읽고 있었다.

"그렇다면 곧 완벽한 무균 공정 제품이 탄생할 수도 있다는 얘기군요?"

"아, 노력 중입니다."

"천연 채소과일보다 더 깨끗한 과자라니, 정말 기대가 됩니다."

꽤 오랜 시간 인터뷰를 이어갔지만, 두 사람은 어떤 확실한 단서도 얻지 못한 채로 돌아서야 했다. 기연으로서는 전혀 도움이 되지 못한 인터뷰였다. 그러나 돌아가는 길에 목진오는 충분한 기삿거리를 얻었다고 말했다.

인도 한편에 말간 전구 빛이 새어나오는 포장마차가 있었다. 목진오는 그녀에게 함께 즉석 우동을 먹고 가자고 제안했지만 기연은 기운 없이 고개를 저었다. 데이트할 때에 자주 먹던 메뉴였다. 소주를 곁들이다 보면 서로 진솔한 얘기가 흘러나왔다. 생각해보면 그해 겨울은 참 따뜻했다.

밤이 되자 느닷없이 빗물이 뚝뚝 떨어지기 시작했다. 와이퍼를 작동시키고 그는 라디오를 틀었다. 주파수를 맞추자 올드 팝송이 흘러 나왔다. 기연은 그가 기타를 치며 유치한 사랑 고백이 잔뜩 들어 있는 팝송을 불러주던 일을 회상했다. 긴 손가락이 기타 줄을 튕기는 것을 볼 때면 가슴이 벅차올랐다. 그러나 그것도 이미 철지난 가요처럼 기억 속에서 희미한 일이 되어버렸다. 빗물이 이따금 차창을 두들겼다. 두 사람이 탄 차는 도로에 정체된 상태였다. 목진오는 핸들을 손가락으로 가볍게 두드리며 팝송을 허밍으로 따라했다.

"아직도 네 아버지를 의심하니?"

그의 은근한 목소리가 기연의 회상을 밀어냈다. 빗물

에 젖어 아롱지는 앞 차들의 헤드라이트를 바라보던 기연은 뻣뻣하게 굳은 고개를 돌려 목진오의 옆모습을 바라보았다. 그는 기연의 속엣 얘기들을 하나도 잊지 않고 있었다. 기연은 조금 후회가 되었다. 사람과 사람 사이는 헤어질 수 있지만 이미 꺼내놓은 속마음은 거두어 갈 수가 없는 것이다. 그녀는 대답하지 않았다.

"그냥 잊는 게 좋아. 예민할 때에 사람은 자신이 원치 않는 쪽으로 망상하게 되어 있잖아."

시간과 장소가 바뀌고, 그의 태도도 바뀌었다. 포장마차를 지나다가 떠올랐을 것이다. 맑은 소주가 담긴 자그마한 유리잔을 눈앞에 두고 기연은 어릴 적에 목격했던 얘기를 저도 모르게 꺼냈었다. 그녀에게는 트라우마처럼 기억 속에 남아 있는, 얼룩진 잔상 같은 것이었다. 꺼내기 힘든 그 얘기를 하게 된 것은, 목진오의 선명한 눈빛과 너른 어깨가 그녀를 기대고 싶게 만들었던 탓이었다. 그때의 목진오는 입술을 꾹 다문 채로 기연의 마음을 이해하는 듯이 그녀의 떨리는 입술을 바라보고 있었다. 그러곤 그녀의 속눈썹을 적시는 눈물을 손가락으로 섬세하게 닦아주었다.

망상 따위가 아니었다. 친 핏줄인 기은에게도 말하지

못한 얘기를 어째서 완벽한 타인에게 늘어놓았던 것일까. 어머니가 잠들어 있던 이른 저녁, 약통을 꺼내보던 아버지의 뒷모습은 누가 보아도 수상했다. 심장 수술이 완벽하게 이루어졌는데도 점점 고목처럼 말라가던 어머니는 잠든 것처럼 그렇게 세상을 떠났다. 그날 보았던 아버지의 뒷모습은 감기로 열이 오르는 밤이면 흡사 악마 같은 모습으로 꿈속에 등장할 정도로 기분 나쁜 기운을 풍겼다. 기연의 무의식이 그 뒷모습을 놓아주지 않았던 것이다.

"네가 아직 어린 거야, 기연아. 부모님 사이에 지금의 네가 이해 못할 복잡한 사연이 있겠지. 함부로 의심해봤자 결국 나중엔 쓸데없는 망상이라는 걸 깨달을 뿐이야. 그냥 잊고 훌훌 털어버려. 결국엔 너만 후회하게 되어 있어. 내 말을 믿어."

기연은 대답하지 않았다. 팝송이 끝난 뒤로 주파수가 잘 맞지 않아 시끄러운 잡음이 섞여 나왔고, 목진오는 신경질적으로 라디오 전원을 껐다. 도로 정체가 뚫리고 그가 운전하는 차는 빗길을 유유히 달렸다. 차 안은 숨이 막힐 정도로 조용했다. 기연의 집 앞 골목에 차가 멈춰섰다. 비에 젖은 아스팔트 바닥을 가로등 불빛이 굽어보고 있었다.

"선배."

기연이 그에게 말했다.

"질문이 생기면 답을 찾아야 하는 거예요. 그 전에 멈추면 그게 바로 망상이죠."

목진오는 기연에게 뭔가 대답을 하려고 입을 벌렸지만, 동그랗게 벌린 입에서는 이산화탄소 섞인 한숨만 빠져나왔다. 차에서 내린 기연은 허리를 숙여 인사하고 문을 닫았다. 그녀가 현관문을 닫기도 전에 시동을 걸고 후진하여 떠나가는 찻소리가 들려왔다. 뒤돌아보니 빗물로 청결해진 거리 위에 매연이 흩뿌려져 있었다.

거짓말

이른 새벽, 지하철 안에 그가 있다. 가득 찬 좌석에는 회사원들이 앉아 병든 닭처럼 졸고 있었다. 그들은 전날 밤 미처 소화시키지 못한 알코올을 날숨과 함께 뱉어냈다. 차창으로 햇살을 받은 한강의 전경이 빠르게 지나가고 있었다. 미세 먼지 농도가 높은 탓에 창밖 풍경은 낡은 사진처럼 희뿌옇게 바래 있었다. 손잡이를 잡고 서 있는 황병욱은 유리창에 반투명하게 비치는 자신의 모습을 보았다. 키가 작달막하고 얼굴이 둥근 중년의 남자가 낯선 얼굴들 사이에 껴 있었다. 그러나 그 얼굴들 중에서도 정면에서 뚫어지게 자신을 노려보는 자신이 가장 낯설었다. 미간에 세로로 깊게 패인 주름은 일자 드라이버로 찍어놓은 상처처럼 깊어져 있었다. 몇 년 새에 결막염은 고질병이 되어 눈을 깜빡일 때마다 미간을 찌푸리게 되었다. 항생제가 섞인 안약을 처방받았지만, 안약은 회사 책상 서랍에 넣어둔 채 늘 잊었다.

황병욱은 바로 앞에 앉아 있는 젊은 여자 승객이 입을 막고 고개를 수그리는 것을 꺼림칙한 눈길로 내려다보았다. 과음을 한 탓에 속을 게워내려는 것은 아닐까. 창백하게 질린 여자의 얼굴을 보면서 그는 제 심장이 불안한 속도로 뛰는 것을 느꼈다. 죽은 아내 탓이다. 밖에서 낮빛이 좋지 않은 가녀린 여자를 볼 때마다, 가슴께를 부여잡고 쓰러지던 아내의 모습이 떠올랐다. 몸을 떨며 금붕어처럼 입술만 뻐끔거리던 그 얼굴은 십 년이 지나도 머릿속에 선명했다.

처녀 시절 아내는 유난히 얼굴이 하얗고 갸름했다. 가냘픈 어깨로 긴 머리카락이 흘러 내려오던 그녀는 매우 아름다운 아가씨였다. 목소리도 조그맣고 원체 몸이 약했으며, 어릴 적부터 심장이 좋지 않았다고 했다. 그것마저 그녀의 비극적인 아름다움을 더 돋보이게 했다. 그는 그녀와 결혼하지 않으면 실패한 인생이 될 것이라고 확신

했다. 그러나 아내는 막내딸이 걸음마를 떼기도 전에 흉통을 호소하다가 이내 실신까지 하기에 이르렀다.

대동맥판막 협착증이었다. 아내의 가슴을 갈라, 좁아진 판막을 새로운 인공 판막으로 교체하는 수술을 해야 했다. 의사는 멸균 돼지의 세포를 변형시켜 만든 판막을 권했다. 그 수술은 막 옹알이를 시작한 막내딸이 대학에 들어갈 때까지 아내의 심장이 건강하게 뛸 수 있도록 도와줄 것이라고 했다. 수술을 하지 않으면 딸에게 '엄마'라는 말 한마디 듣지 못하고 세상을 떠날 수도 있었다. 선택권이 없었다. 고민할 필요도 없었다. 수술비용은 충분히 마련되어 있었고 아내는 같은 증상으로 고통받은 환자들보다 비교적 젊었기 때문에 수술 성공률이 높았다. 그러나 아내는 수술을 받기 전날까지도 황병욱을 향해 고개를 저었다.

"여보, 나는 수술 받고 싶지 않아요."

말수가 적고 내성적인 아내는 황병욱의 다그침에도 고개만 숙일 뿐이었다. 어쩌면 그때부터 이미 우울 증세가 있었던 것은 아닐까. 수술은 성공적이었다. 아내는 등교를 시작한 두 딸에게 매일 도시락을 싸줄 수 있을 만큼 상태가 호전되었다. 그때에는 황병욱도 아내가 싸주는 보온 도시락 통을 들고 출근했다. 그러나 그런 안정적인 행복은 오래 가지 않았다. 무엇이 문제였을까. 수술 뒤에 겨우 깨어나 그를 바라보던, 유순한 동물 같은 눈동자가 오래 기억에 남았다.

교대역에서 정차하고 스크린도어가 느릿하게 열리자마자 황병욱의 앞에 앉아 있던 여자는 입을 가린 채 황급하게 내렸다. 주위의 모든 사람들이 몇 초간 그런 그녀를 바라보았지만 이내 문이 닫히면서 승객들의 관심도 함께 닫혔다. 빈자리가 났지만 황병욱은 좌석에 앉지 않았다. 휴대폰을 꺼내 든 채 길게 목을 빼고 앉은 승객들 사이에 어깨를 맞부딪히며 끼어 앉고 싶은 생각은 없었다. 대중 속에 섞이는 일은 늘 불쾌하고 속이 메스꺼웠다. 두 딸과 함께 식사를 하지 않게 되면서부터는 사람이 붐비는 맛집에서 점심을 먹는 일도 없어졌다. 숟가락 부딪히는 소리가 끔찍했기 때문이다. 맛을 보장할 수 없더라도 손님이 적고 쾌적한 가게에서 주로 식사를 했다. 아침은 회사로 배달되는 유기농 도시락 업체를 이용했다. 제법 인기가 있는 가게라서 똑같은 로고가 박힌 포장용기가 아침마다 사무실 여러 책상 위에 똑같은 시간에 나란히 놓여 있는 광경을 볼 수 있었다.

황병욱은 오 년째 파티션 하나 바뀌지 않는 창가 자리에 앉아 컴퓨터 본체를 켰다. 부팅이 되는 동안 흰 플라스틱 도시락을 열었다. 유기농 방울토마토와 브로콜리, 파프리카 위에 무염 리코타 치즈를 곁들인 샐러드, 얇은 살라미 소시지와 블루베리를 넣은 크루아상 샌드위치가 주 메뉴였다. 당분을 첨가하지 않은 오렌지 과즙 주스가 비닐 팩에 포장되어 있었다. 샐러드 위에 발사믹 소스를 뿌리는 와중에 메일 자동 알림이 대기 화면 밑에서 고개를 들이밀었다. 밤사이 백 통에 가까운 메일이 도착해 있었다. 황병욱은 회사 전용 메일로 접속했다. 무차별하게 발송되는 스팸 메일을 미리 한 번 걸러주는 프로그램을 통해서 그는 읽어야 할 메일을 걸러낼 수 있었다. 메일 제목은 대부분 단순하게 그가 처리해야 할 회사 일과 관련된 내용을 간결하게 표현하고 있다. 그중에 눈에 띄는 제목에서 그의 시선이 멈추었다.

〈당신은 곧 쥐덫에 걸려 비참하게 죽을 것입니다.〉

내용을 일부러 확인할 필요는 없었다. 더스트 빈 광고 페이지에 책임자로 이름과 메일 주소가 올라간 그에게 이런 안티성 메일은 일상이었다. 직접 회사로 편지가 온 적도 있었다. 더스트 빈의 물고기 캐릭터를 신문 방송과

지하철역 플랫폼, 잡지 등에 대대적으로 광고를 싣는 것은 단순한 업무였다. 정의의 사도처럼 그에게 반쯤 물에 녹아 눈알과 아가미 부분만 남은, 버터 덩어리 같은 더스트 빈의 사진을 메일에 첨부해서 보내는 것이 무슨 의미가 있을까. 황병욱은 그들이 원하는 대답이 무엇인지 알수 없었다.

그는 각막염이 심해지기 전까지 매일 아침 승용차로 출근했다. 음주 운전을 경계하고 이십 년이 넘는 시간을 무사고로 이어왔다. 유니세프에 후원금을 보내는 일도 꾸준히 해왔다. 미숙아로 태어난 아이의 수술비 때문에 고통스러워하던 직장 동료를 남몰래 뒤에서 도와준 적도 있었다. 심장판막 수술로 고생하던 아내가 생각났기 때문이다. 지금은 금연을 했지만 담배를 피울 때에도 개인용 재떨이를 들고 다녀서 직장 여직원들이 신기해하며 바라보곤 했다. 길거리에 가래침을 뱉거나 쓰레기를 던지는 일도 해본 적이 없다. 그러나 타인에게 특별히 피해를 준 적이 없는 그에게 매일 〈공중 화장실 변기에 얼굴을 처박고 죽으라〉는 제목의 메일이 왔다.

처음에는 그들도 난폭한 단어를 사용하지 않았다. 맨처음 그들의 요구는 더스트 빈 광고를 사실적으로 바꾸

어달라는 것이었다. 놀이공원에 온 아이처럼 들떠 있는 표정의 물고기 캐릭터 대신에 실제로 더스트 빈 약물을 주입해 상품으로 판매하는 알비노 나비 비파의 사진을 이용해달라고 요구했다. 그런 광고에 대해 최종적으로 결정을 내리는 것은 바로 황병욱이었다. 어떻게 번호를 알아낸 것인지 전화로 요구를 하는 이들도 있었다. 그는 정중하게 거절했다.

"불가능합니다."

"어째서죠?"

"이미 정해진 일이기 때문입니다."

그러나 그들 중 누구 하나 이해시키기 힘들었다. 세상 어느 부모도 자신의 아이에게 돼지 불고기를 먹이기 전, 날카로운 바늘에 꿰어 올린 돼지를 산산조각 내어 도살하는 장면을 보여주지 않는다. 만약 보여준다면 어떤 아이가 맛있게 볶아진 그 불고기를 입안에 넣을 수 있을까. 아이들은 그런 잔인한 일을 알 필요가 없다. 그가 하는 일이란 아이를 돌보는 것과 다를 것이 없었다. 소비자를 괴롭히는 일 따위는 하지 않았다. 사람들은 열심히 일한 대가로 스트레스를 풀 대상을 찾는다. 소비자들이 잠시 숨을 돌리면서 힘들게 번 돈을 쓰며 삶의 보람을 느끼는 일에 도움을 주는 것이 바로 광고 홍보 일의 역할일 것이다. 황병욱의 팀에서 맡은 더스트 빈 프로젝트는 시작부터 난관에 봉착했다. 신상 운동화를 홍보하거나 새로 문을 연 프랜차이즈 카페를 홍보하는 것과는 달랐다. 예민하고 어려운 문제가 가로막고 있었다. 그건 바로 소비자들의 거부감이었다. 돌연변이 생물을 이용하는 신개념 제품에 대한 소비자들의 거부감을 무너뜨리는 것이 관건이었다. 예상했던 대로 제품 홍보에 반발심을 드러내는 무리들이 생겨났지만 프로젝트는 성공적이었다. 더스트 빈은 날개 돋친 듯 팔려나갔다. 그런 황병욱 팀의 수고 덕분에 외주 업체는 다시 새로운 제품의 광고마저 맡겨주었다.

"더스트 몬스터라는 제품 이름 자체가 가지고 있는 불쾌감을 줄일 수는 없을까요? 그게 중요합니다."

"맞습니다. 〈몬스터〉라는 단어가 주는 부정적인 이미지와 상품의 괴물 같은 외모가 소비자들의 호응을 얻기는 힘들 겁니다. 현재 판매 중인 더스트 빈은 아주 작고 물속에만 있기 때문에 거부감이 비교적 적었지만, 이번에는 전과 같은 방식으로 광고할 수 없을 겁니다."

조용히 회의실로 들어온 회사 1층 커피숍 파트타임 직

원은 고개를 숙이고 목례를 한 뒤, 테이블 위에 테이크아
웃 커피 컵을 여러 개 올려놓았다. 갓 뽑아낸 드립 커피
의 향긋하고 고소한 향이 플라스틱 뚜껑을 비집고 새어
나왔다. 황병욱은 짧게 고개를 저었다.

"이번 제품은 일반 가정을 겨냥한 제품이 아닙니다. 상
품 제조 과정에서 복잡한 기계 부속품 사이에 이물질이
들어가는 것을 경계하는 식품 생산 공장이 제1의 소비자
가 될 것입니다. 그건 이미 미국 사례로 충분히 알 수 있
지 않습니까? 그렇기 때문에 〈몬스터〉라는 단어가 주는
강렬한 이미지가 중요하다고 봅니다. 아이들이 볼 수 있
는 가정집 변기나 욕조에 쓰일 제품이 아닙니다. 친근할
필요는 없지요. 강력한 분진 제거력과 날쌔고 놀라운 활
동력을 특징으로 부각시키는 점이 오히려 상품 판매에
도움이 될 것입니다. 모든 일을 오차 없이, 오점 없이 처
리하지 않으면 승산이 없기 때문입니다. 괴물이 필요한
시대입니다."

더스트 몬스터는 아직 실직적인 홍보를 시작하지도
않았는데 소비자들이 먼저 연락을 취하며 큰 관심을 받
고 있는 제품이었다. 이미 미국과 중국, 일본을 비롯한 많
은 나라에 퍼져 있는 식품 생산 공장에서는 시범적으로

더스트 몬스터를 사용하고 있었다. 청소용 물고기를 만들기 위해 어류 생물에 주입했던 더스트라는 약물을, 이번에는 설치류 동물에 주입하는 실험에 성공한 것이다. 이번 실험 결과로 인해서 쥐 같은 작은 동물뿐만 아니라 더 많은 생물을 효과적으로 이용할 수 있게 되었다. 회의가 끝나갈 무렵 황병욱은 전화번호가 생략된 익명의 누군가에게 문자를 받았다.

〈당장 멈추시오. 우리는 억울한 나비 비파들의 원령이오. 우리는 흐르는 바다에서 돌고 돌아 당신들의 몸속에 독약으로 되돌아올 것이오.〉

그는 바로 삭제 버튼을 눌렀다. 인간을 제외한 다른 동물에게는 복수의 개념이 없다. 수많은 익명의 동물해방단체 단원들은 복수라는 메시지를 위해서 물고기들을 이용하여 일종의 광고를 하는 것이나 다름없었다. 다만 광고의 방식이 세련되지 못하고 고압적이기 때문에 황병욱은 어떤 마음의 동요도 느낄 수 없었다.

회의가 끝나자 앞치마를 두른 커피숍 직원이 트레이를 밀고 들어와서 빈 종이컵과 커피포트를 수거했다. 아주 마르고 키가 큰 아가씨였다. 황병욱의 두 딸은 아내를 닮아서 몸이 마르고 선천적으로 약한 체질이었지만 다행히도 유전적인 고질을 앓지는 않았다. 아르바이트를 할 필요가 없도록 충분히 생활비를 주었지만 단 한 번도 고맙다는 말을 들어본 적이 없다. 두 딸은 말이 없었다. 그를 향해 알 수 없이 깊은 원망을 가지고 있다는 것을 황병욱도 느끼고 있었다.

몇 년 전, 신종 인플루엔자가 유행했을 때 큰딸이 고열에 시달렸다. 무너져 내린 딸의 왜소한 등과 부러진 나뭇가지처럼 널브러진 팔다리가 지금도 선명하게 머릿속에 떠올랐다. 고열에 시달리는 그녀는 가쁜 숨을 내뱉으며 금방이라도 녹아내려 사라질 것 같았다. 오래 삶은 수육처럼 물컹거리는 그녀의 옆구리와 팔을 잡아 일으켜 세웠을 때, 그녀는 황병욱의 손을 쳐내며 물 위로 건져낸 활어처럼 발작적으로 몸을 떨었다. 황병욱을 가장 두렵게 한 것은 딸의 눈동자였다. 눈꺼풀 사이로 드러난 눈동자는 영화 속 좀비처럼 탁하고 안개에 뒤덮여 있었다. 다른 세상을 보고 있는 것 같았다. 만약 그녀가 정신을 잃고 쓰러지지 않았다면 황병욱의 품에 안겨서 응급실에 가는 일은 없었을 것이다. 연락을 받고 찾아온 막내딸이 응급실 침대 맡에서 흐느껴 울었다. 황병욱은 딸들이 밖에서 사람들의 시선 아래 눈물을 흘리는 것을 극도로 싫어했다. 사람들의 관심과 동정을 받는 일은 인격을 멸시당하는 것과 다름없다고 느꼈다. 그러나 파리한 얼굴의 두 딸은 아직 너무 어렸고 그런 세상의 온정을 어미젖처럼 다정하게 여겼다. 고열로 인해 사경을 헤매던 큰딸은 급기야 입술 각질이 하얗게 말라 냉동생선처럼 되었다. 그녀는 병원에서 인플루엔자 바이러스 치료제를 처방받았다. 붉게 충혈된 눈으로 어두운 병실 천장을 올려다보고 있는 그녀의 얼굴은 섬뜩한 느낌을 주었다. 치료제를 먹기 시작한 뒤로 열은 금방 내렸지만 어지러워서 도저히 눈을 감고 잠을 잘 수 없다고 했다. 큰딸은 끊임없이 어지럼증을 호소했다. 소화제를 함께 복용하고 있는데도 불구하고 희멀건 미음뿐인 식사도 자주 게워냈다. 부작용이 의심되었다. 그러나 의사는 결단코 부작용이 일어날 리 없다고 고개를 저었다. 막내딸은 인터넷에서 여러 부작용 사례를 찾아보았다며 반박했다. 의사는 무테안경을 올려 쓰고는 막내딸이 아닌 황병욱 쪽으로 몸을 돌려 대답했다.

"환자들은 모두 자신이 앓고 있는 질환을 두려워하지요. 그 공포에 대한 반발심을 약에 대고 쏟아놓습니다. 지금 타미플루에 부작용이 있다는 괴담도 마찬가지입니다. 괴담은 두려움을 매개로 병원균처럼 퍼지고 있습니다. 걱정 마십시오. 시간이 지나면 유야무야 사라질 거짓말일 뿐입니다."

황병욱은 그 말을 잘 이해했지만 막내딸은 그러지 못했다. 이십 대에는 세상의 이치를 소화시키는 능력이 부족하다는 것을 그는 알고 있었다. 다행히도 큰딸은 일주일 내에 기운을 차렸고 신문 기사에 났던 어느 가냘픈 여대생처럼 신종 인플루엔자에 목숨을 빼앗기는 일은 없었다. 막내딸은 그 일이 있은 뒤로 황병욱을 더 경계했다. 마치 낯선 곳에서 마주친 길고양이처럼 그를 바라보곤 했다. 부작용이 의심되는 치료제를 계속 복용할 것을 큰딸에게 종용했기 때문이다. 그러나 황병욱은 후회하지 않았다. 그 약을 먹지 않았다면 그 애는 목숨을 잃었을 것이다. 황병욱은 거의 확신하고 있었다. 그는 얼굴 한 번 본 적 없는 인터넷 속의 수많은 사례들보다 권위가 흐르는 흰 가운을 걸치고 확신에 찬 눈으로 해답을 내리는 의사를 더 믿었다. 그 결과로 큰딸은 지금도 건강하게 숨쉬고 있는 것이다. 그러나 막내딸 기연의 생각은 달랐던 모양이다. 치료제를 복용한 뒤 속을 모두 게워내고 겨우 수면유도제에 의지해서 잠이 든 큰딸을 바라보다가 막내

144

딸이 그를 돌아보며 속삭였다.

"엄마도 그렇게 죽였어요?"

가끔 그녀는 놀라울 정도로 공격적인 인격으로 돌변하곤 한다. 어린 딸은 세상에 대한 분노와 스트레스를 안전하게 발산하는 방법을 아직 익히지 못했다. 어미를 잃은 자매의 슬픔은, 가장 가까이에 있었던 황병욱에게 화살이 되어 날아왔다. 그는 성인이 된 딸들과 두 마디 이상 이어지는 대화를 해본 적이 없었다. 의무적으로 같은 집에 기거하고 있을 뿐이다. 두 딸이 평소에 무얼 먹고 사는지는 걱정할 필요가 없다. 삼시 세끼 영양가 있는 음식으로 챙겨 먹을 수 있도록 충분한 생활비를 입금해주기 때문이었다.

그는 점심에도 아침과 같은 브랜드의 배달 도시락을 주로 먹었다. 점심 메뉴는 바삭하게 튀긴 조기 튀김과 참나물 겉절이, 톳, 콩자반이었다. 일주일 동안 같은 메뉴가 겹치지 않는 것이 이 배달 음식 전문점의 자랑이었다. 김치를 좋아하지 않는 그의 식성을 미리 설문지에 체크해 두었기 때문에 그에게는 김치 대신 늘 피클이 든 도시락이 왔다. 샐러리와 사과를 갈아 만들었다는 영양 주스도 배달되었다. 그는 식사를 모두 마친 뒤에 짙은 녹색의 주스가 담긴 비닐 팩을 뜯어 단번에 들이켰다. 목 뒤로 넘어가는 주스의 점도가 높아 꿀처럼 끈적인다는 느낌이 들었다. 그러곤 금세 목구멍이 타들어갈 것 같이 거북해져 숨을 멈췄다. 급기야 책상 위에 녹색 주스와 핏물이 섞인 검푸른 액체를 쏟아내며 토악질을 했다. 파티션 너머로 각자 이어폰을 끼고 앉아서 식사를 하던 직원들이 뒤늦게 웅성거리며 그를 에워쌌다. 황병욱은 소리를 지르는 여직원의 목소리에 눈살을 찌푸리며 손을 저었다. 그는 겉옷을 챙겨 입고 지갑을 든 채로 조용히 택시를 타고 병원으로 향했다. 그가 택시 안에서 반쯤 실신하자 택시기사가 그를 병원으로 옮겨주었다.

"아무래도 강력접착제인 것 같습니다. 식도를 타고 들어와 위벽까지 상했습니다. 혹시 자살 시도를 하신 건 아닙니까?"

젊은 의사가 걱정스러운 목소리로 물었지만 황병욱은 목 안쪽이 찢어진 것처럼 쓰라려서 대답을 하지 못한 채 가만히 고개를 저었다. 매일 같이 쏟아지던 협박 문자와 메일이 떠올랐다. 황병욱을 향한 그들의 분노가 정말로 독약이 되어 그를 찾아왔다. 온몸의 피가 뜨겁게 순환하는 느낌이었다. 화가 나는 것인지 두려움을 느끼는 것인지 알 수 없이 흥분 상태가 되었다. 황병욱은 더스트 빈을 광고하는 회사의 책임자일 뿐이다. 그는 더스트 빈이라는 약물을 발견한 과학자도 아니며 그것을 물고기와 쥐에 주입하고 실험을 하거나 그들을 이용해서 제품을 만든 사업가도 아니었다. 엉뚱한 곳으로 쏟아지는 분노의 덫에 걸린 것이다.

두 딸에게는 입원 사실을 알리지 않기로 결정했다. 며칠 집에 들어가지 않아도 그녀들은 황병욱의 부재를 전혀 느끼지 못할 것이다. 그래도 만약을 위해 연락이라도 해줄까 싶어서 휴대폰을 찾던 그는, 두 딸이 자신의 휴대폰 번호조차 모른다는 것을 깨달았다. 몇 개월 전 작동에 문제가 생겨서 휴대폰 기기를 바꾸며 전화번호까지 바꾸게 되었다. 휴대폰 가게에서는 연락처에 있는 모든 사람들에게 전화번호가 바뀌었다고 알려주는 문자를 일제히 보내주는 서비스를 실시해주었다. 그러나 큰딸에게 보내진 문자가 반송되어왔다.

〈존재하지 않는 번호입니다.〉

그날 집에 돌아가니 딸들의 방문은 굳게 닫혀 있었고, 주워온 고양이가 방문을 발톱으로 긁는 소리만 방 안에서 삐져나오고 있었다. 결국 황병욱의 바뀐 전화번호를 모든 거래처 사람들과 국민학교 시절 동창들까지 알고 있었지만 두 딸은 알지 못했다. 응급실에서 선잠이 든 그는 아내가 살아 있던 시절의 꿈을 꾸었다.

"거기서 뭘 하고 있어?"

두 딸은 해가 질 때까지 놀이터에서 숨바꼭질을 했다. 퇴근길에 전봇대 뒤에 선 막내딸을 보았지만 대답을 들을 수는 없었다. 아이는 지금 조용히 숨어 있는 역할이었기 때문이다. 술래가 누군지는 알 수 없었다. 온 집안은 정전이 된 것처럼 어두웠다. 거실의 전등을 켜자 부엌 쪽에서 냉장고를 바라보며 아내가 앉아 있었다. 냉장고 문을 티브이 화면이라도 되는 양 바라보고 있는 그 모습은 어딘지 섬뜩했다.

"거기서 뭘 하고 있어?"

아내는 아무 대답도 하지 않았다. 그의 기척마저 느끼지 못하는 것 같았다. 가까이 다가가자 아내는 조그맣게 입을 벌리고 작은 풀벌레처럼 숨을 일정한 속도로 내뱉으며 소음을 만들어내고 있었다. 수술 후 건강을 회복하며 평소보다 활기찬 모습을 보여주던 아내가 거짓말처럼 망가져 가고 있었다. 황병욱은 늘 일에 지쳐 집에 들어오면 조금씩 달라지는 아내의 모습에 어떻게 반응해야 하는지 알 수 없었다. 그는 수술만 끝나면 모든 것이 해결되리라 믿었다. 그러나 성공적인 수술이라는 의사의 말과는 다르게 아내는 시들어가고 있었다. 아내는 아스팔트 바닥에 구둣발로 짓밟혀 반쪽 남은 날개를 파드득거리는 잠자리처럼 기운 없는 숨소리를 일정하게 뱉어냈다. 가까이 다가가 무릎을 굽혀 앉은 황병욱은 아내의 날카로운 어깨 뼈 위에 조심스레 손을 올렸다. 냉장고에서 옅은 냉기와 함께 일정한 기계음이 흘러나오고 있었다. 아내는 그 기계음에 맞춰서 똑같은 소리를 내었다. 드디어 황병욱을 바라보며 아내가 대답했다.

"잘 들어봐요. 숨소리가 나요."

"숨소리라니?"

"조그맣고 어린… 돼지 숨소리 말이에요."

아내의 손에 수면제를 쥐어주기 시작했다. 아내에게는 깊은 잠이 필요한 것이다. 체력적으로도, 정신적으로도, 아내에게는 견디기 힘든 수술이었다. 무엇보다 딸들이 그런 아내의 모습을 보는 것이 두려웠다. 황병욱은 숨소리조차 희미할 정도로 죽은 듯이 잠든 아내의 모습을 봐야 비로소 마음이 놓였다. 수면제 복용 후, 아침에 일어나면 아내는 악몽을 꿨던 것처럼 다시 말끔하게 개인 얼굴로 부엌에 서서 국을 끓이고 채소를 씻었다. 아내는 늘 딸들에게 다정했고 그에게도 소홀하게 대한 적이 없었다. 와이셔츠는 반듯하게 다려져 있었고 속옷마저 단정하게 각이 잡혀 있었다. 그러나 아내는 한낮에 빈 수화기를 들고 끝없이 이어지는 송화 음을 듣고 있느라 전화를 받아도 대답하지 않았다. 일상생활은 가능했지만 어딘가 부속품 하나가 잘못 끼워져 있는 것 같은 모습이었다. 이상행동이 늘어가자 딸들이 그녀의 눈치를 보기 시작했다.

황병욱은 아내의 수면제를 두 알로 늘렸다. 그다음엔 세 알이었다. 아내는 더 이상 가족들의 식사를 차려줄 수 없었다. 아침에도 잠을 잤고, 밤에도 잠을 잤다. 언젠가부터 황병욱은 그런 아내의 곁에 누워서는 잠이 오지 않았다. 바로 옆에 송장이 누워 있는 것처럼 꺼림칙했다. 바닥에 이불을 깔고 누워 잠을 자기 시작하면서 늘 몸살이 걸린 것처럼 온몸이 아려왔고, 차라리 아내가 죽어버렸으면 좋겠다는 생각을 하기도 했다. 그러나 그것은 아주 잠시, 공기 중에 떠다니다가 피부에 달라붙는 티끌처럼 하찮은 상상이었다. 아내가 갑자기 베개에 얼굴을 파묻은 채 숨을 거뒀을 때 황병욱은 한 줌의 죄책감도 느끼지 않았다. 그가 잘못한 일은 하나도 없었기 때문에 당연한 일이었다. 남은 수면제는 옷장 속에 넣어두었다. 사인은 심장마비였고 여동생 부부의 의견에 따라 의료 소송을 벌였지만 의사의 과실은 아닌 것으로 판결이 났다. 황병욱은 모든 죽음에는 이유가 없다고 믿었다. 죽음의 이유는 오직 죽음일 뿐이다. 어린 딸들은 동화 속에 나오는 늑대를 보듯 황병욱을 두려워했다. 밀가루 칠을 해보아도 늑대가 양이 될 수는 없다. 그러나 꿈속에서 아내는 계속 되물었다.

〈들어봐요, 당신은 안 들려요? 이 소리가?〉

고장 난 기계처럼 다정한 목소리는 계속 질문했다.

〈안 들려요?〉

휴대폰 진동이 그를 깨웠다. 잔뜩 가라앉은 목소리가 흘러 나왔다. 그는 바로 퇴원 수속을 밟았다. 의사는 집으로 돌아가서 휴식을 취할 것을 권고했고, 그는 적막한 집 안으로 돌아갔다. 두 딸은 밖에 있을 시간이었다. 발소리도 내지 않는 고양이가 귀신처럼 그의 다리를 스치고 지나갔다. 그는 그 작은 동물을 모른 체하며 샤워를 하고 옷을 갈아입었다. 지면 광고에 '더스트 몬스터'에 관한 광고를 싣지 않겠다고 입장을 밝혀온 잡지사에 가야 했다. 황병욱은 잡지사로 향하기 전에 더스트 몬스터에 대한 설명 파일을 챙겨 가방 안에 넣었다.

사람의 손길이 닿기 힘든 공장의 거대한 물탱크 속, 지하철 플랫폼의 천장 안, 굴뚝이나 지하 속까지 더스트 몬스터가 가지 못하는 길이란 없다. 더스트 약품을 주입하여 멸균 처리된 시궁쥐는, 혈안이 되어 병원균이 숨어 있는 후미진 공간을 핥고 돌아다닐 것이다. 더스트 몬스터는 미세한 분진부터 슬러지, 석면 가루, 유해 곤충까지 모조리 씹어 삼키지 않으면 목구멍이 타는 듯한 목마름에서 벗어날 수 없다. 더스트 몬스터로 제품화된 설치류의 위장은 그대로 어린 아이의 배 속에 들어간다고 해도 전혀 해가 되지 않는다는 연구 결과가 있다. 그 청결한 시궁쥐의 위장은 이물로 가득 찬 뒤에야 비로소 성질이 변화하기 시작한다. 더스트 몬스터의 온몸을 이루는 세포들은 적정 수준 이상의 병원균과 결합한 이후에는 풍화되어 공기 중에 아주 작은 입자로 퍼지게 된다. 그러나 이때 공기 중에 섞이는 세포의 입자는 현재 물리학에서 밝혀낸 가장 작은 입자, 쿼크에 비견될 만큼 미세하기 때문에 생물이 감지할 수 없다고 한다. 신제품 괴생명체 더스트 몬스터는, 병원균과 제 몸의 세포를 혼합하여 스스로 입자가속기 역할을 하게 되는 것이다. 공기 중에 퍼지는 그 입자는 미세 먼지보다 작으면서도 인체에 해를 끼치지 않는다는 연구 결과를 가지고 있기 때문에 미국과 유럽에 이어 아시아까지 진출할 수 있었다. 이미 미국 현지에서는 더스트 몬스터 사용 제도를 도입하기 시작한 회사가 많았다. 주로 주문 생산 공장에서 더스트 몬스터를 사용했는데, 찬반론이 아직 뜨거운 와중에도 판매율은 상승 곡선을 그리고 있었다.

황병욱은 간단한 브리핑을 위해서 버스에 선 채로 파일을 읽었지만, 정류장마다 콩나물시루처럼 사람들이 가득 들어차서 어쩔 수 없이 파일을 접어 옆구리에 끼워야 했다. 버스 안에는 유난히 마스크를 낀 사람들이 많았다. 콧잔등 위까지 깊숙이 여러 겹으로 덮인 황사 방지용 마스크가 자주 보였다. 콜록거리는 소리가 들려와 황병욱은 잠시 숨을 참았다. 버스 안에는 귀가 따가울 정도의 음량으로 라디오 소리가 흘러나오고 있었다.

오전에 수도권부터 대기 중 미세 먼지의 농도가 높아져 오후에는 전국 대부분 지역에서 미세 먼지가 최고도 수준까지 오를 것으로 보여 노약자는 외부활동을 자제하는 것이 좋겠습니다.

곧이어 의미를 알 수 없는 외국어로 똑같은 음정이 반복되는 대중음악이 흘러 나왔다. 황병욱은 마스크를 챙기지 않은 것을 후회했다. 목 안쪽이 아직도 쓰라렸다. 되도록 부드러운 음식을 먹고 말을 삼가며 정신적인 안정을 위해 휴식을 가질 것을 권고하며 의사는 많은 양의 약을 처방해주었다. 그러나 황병욱은 희뿌옇게 앞을 가로막은 미세 먼지를 마시며 버스 문밖으로 내려섰다. 잡지사는 도심 속에 작은 간판을 내걸고 있었다. 엘리베이터 안에서 그는 기침이 나와 손수건을 꺼내 입을 막고 기침을 두어 번 했다. 푸른 체크무늬 손수건 위에는 불그스름한 피가 섞인 타액이 묻어났다. 곁에 서 있던 사람들이 모두 엘리베이터 귀퉁이로 물러났다. 문이 열리자 모두 내리고 황병욱만이 남아 있었다. 객혈이 그를 기피해야 할 오물 인간으로 만들었다.

그는 잡지사의 미팅 룸으로 안내되었다. 플라스틱 컵에 음료를 담아 내주며 나이 어린 말단 사원은 뒤통수를 긁적였다.

"드세요. 팀장님은 곧 오실 거예요. 이건 새로 나온 에코 음료에요. 장 청소 기능을 하는데요, 배 속에 들어찬 숙변과 함께 우리가 모르는 새에 삼킨 유해 물질을 제거해준다고 해요. 제가 입사해서 제일 처음 쓴 게 바로 이에코 음료 돌풍에 관한 거라서 아주 잘 알죠."

황병욱은 플라스틱 컵을 한 손으로 가볍게 쥐었다. 해초류의 비린내가 물씬 풍기는 불투명한 청록색의 음료는 새로 나온 살균세정제와 흡사한 빛깔을 띠었다. 컵 안에서 찰랑이는 그 음료를 보자 끔찍한 기억이 되살아났다. 식도와 위벽을 잘 벼린 나이프로 긁어 내려가는 느낌이었다. 테러의 기억이 그의 손을 덜덜 떨리게 했다. 그러나 말단 사원은 자리로 되돌아가면서도 곁눈질로 그를 관찰하고 있었다. 황병욱은 숨을 참으며 컵을 입술 끝에 살짝 가져다 대는 시늉을 했다. 막 테이블 위에 컵을 다시 올려놓았을 때, 유리문을 밀며 담당자가 들어왔다. 황병욱은 일어나서 공손하게 그 담당자를 맞이했다. 가느다란 눈썹을 신경질적으로 밀어 올리며 황병욱과 눈을 마주친 담당자는 인사하는 시간마저 아깝다는 듯이 고개를 숙이며 동시에 의자에 걸터앉았다. 그러곤 팔목에 찬 전자시계를 바라보며 뭔가 골똘히 생각하는 양 침묵했다. 붉은 LED 조명으로 숫자를 나타내는 전자시계가 선명한 빛을 내고 있었다.

"바쁜 시간 내주셔서 감사합니다. 저는 일전에 연락드렸던 황병욱이라고 합니다."

명함을 내밀었지만 담당자는 고개를 빼 테이블 너머로 명함을 훔쳐볼 뿐이었다. 황병욱은 잠시 목젖 위를 어루만지며 목소리를 가다듬었다. 주검이 되살아나 입을 여는 것처럼 그의 목소리는 엉망으로 가라앉아 있었다. 그러나 담당자는 그의 목소리 따위는 안중에도 없다는 표정으로 테이블을 짚었다.

"헛걸음하셨네요. 저희는 그런 비도덕적인 상품 광고는 싣지 않기로 결정했습니다. 여기까지 오는 데에 쓴 그 에너지를 다른 회사 지면에 쏟아보시는 건 어떨는지요."

황병욱은 아직도 눈앞에서 시퍼런 빛깔을 자랑하고 있는 에코 음료를 내려다보았다. 밭에서 자란 채소만으로는 절대 얻을 수 없는 형광 물질의 색이었다. 담당자의 단호한 표정은 이제 그만 황병욱이 자리에서 일어나 떠나주기를 바라는 것 같았다. 황병욱은 웃음이 났다.

"도대체 뭐가 문제죠?"

또다시 손목시계를 내려다보고 있던 담당자가 날이

선 목소리에 놀라며 그제야 황병욱의 눈을 마주보았다.

"우리 모두는 지금, 소리 없이 종말을 맞을지도 모르는 위기에 처해 있습니다. 아무리 과학이 발전하고 생활이 편리해져도 공해를 다스리지 못하면 결국 생죽음을 당하고 맙니다. 자동차 매연, 공업 폐수, 변종된 축산물에서 나오는 각종 바이러스, 절대 썩지 않는 각종 폐기물까지, 하루에도 끝도 없이 여기저기서 살해 위협이 쏟아져 나옵니다. 지금으로써는 어떤 조물주도 해결해줄 수 없는 일입니다. 현재 인류가 가진 유일한 약점이라고 할 수도 있습니다. 그걸 해결해주는 상품이 개발된 겁니다. 비도덕적이라고 하셨나요? 그럼 묻죠. 최근 일주일 안에 삼겹살이나 쇠고기, 닭 가슴살을 드신 적이 있습니까?"

"대체 무슨 얘기를 하고 싶으신 거예요?"

"당신은 직접 돼지를 기르고 닭을 치고 있습니까? 그렇지는 않겠죠. 아마도 전문가가 도축한 고기를 드셨을 겁니다. 그렇다면 각종 질병에 걸리지 않도록 미리 항생제 섞인 사료를 먹인 소를 드셨겠군요. 통통한 살집을 위해서 동족인 소의 뼈를 갈아 먹여 키운 소를 드셨을 수도 있겠습니다. 이미 부리를 잘라내고 피 묻은 대가리로 죽을 때까지 알을 낳도록 호르몬을 주사한 닭을 드시진 않았을까요? 아마 드셨어도 모를 겁니다. 그 폐닭은 잘 저며진 패티가 되어 치킨 버거에 들어간 상태로 담당자님 책상에 올라왔을 테니까요. 이 모든 것은 비도덕적인 일이 아니라고 하실 겁니까? 그저 어쩔 수 없는 일인가요? 더스트 몬스터는 각종 공장, 공공기관뿐만 아니라 더 큰 오염까지 해결해줄 수 있다고 합니다. 중국에서 몰려오는 황사에 대한 연구도 호의적입니다. 게다가 구제역으로 살처분된 돼지와 소의 무덤에서 흘러나와 많은 지역을 괴롭히는 침출수 문제도 말끔하게 해결할 수 있다는 전망입니다. 동물 사체의 비린내가 나는 식수와 지울 수 없는 악취로 괴로워하는 많은 사람들, 아이들을 구원해줄 수 있다는 얘깁니다. 이게, 비도덕적입니까? 이런 일을 해내는 더스트 몬스터가 비도덕적인 상품이라고 단정할 수 있습니까?"

황병욱은 집으로 돌아가는 길에 도시락 회사로부터 연락을 받았다. 경찰 조사를 받는 도중에 새로 뽑은 배달 아르바이트생의 자백을 받아냈다는 소식과 함께 사과의 말을 전해왔다. 경찰서에서 갓 스무 살이 된 청년을 봤을 때, 그는 아무 말도 할 수 없었다. 고개를 폭 숙이고 있는 청년의 새하얀 귀에 솜털이 난 것이 눈에 띄었기 때문이다. 두 딸 만큼이나 피부가 맑고 보드라워 보였다. 청년은 입술을 꾹 다문 채 끝까지 황병욱에게 사과를 하지 않았다. 미수에 그쳤지만 주스에 주입한 본드의 양에 따라서는 충분히 살인 의도가 있었다고 생각할 수 있는 일이었다. 연락을 받고 달려온 청년의 부모는 황병욱과 비슷한 나이 대였다. 동창회에서 마주친다고 해도 어색하지 않을 정도로 평범한 부모였다. 청년의 어머니가 흐느껴 울며 무릎을 꿇었다. 청년의 아버지도 고개를 숙인 채였다.

"나는 정의를 위해 결단을 내린 거예요. 생명을 존중하지 않는 사람은 죽어도 싸요."

청년이 중얼거리자 아버지는 청년의 등을 손바닥으로 세게 내리치며 소리 없이 울었다. 황병욱은 깊은 피로감을 느꼈고 그만 집으로 돌아가서 잠들고 싶은 마음뿐이었다. 청년은 흡사 결사 단체의 리더처럼 단호한 표정을 짓고 있었지만 담요에 둘둘 감긴 채 모아진 두 손이 덜덜 떨리는 것은 감출 수 없었다.

황병욱은 미리 봐두었던 더스트 몬스터의 실험 영상을 떠올렸다. 물이 찬 용기에 담겨 시판되는 더스트 빈과는 다르게 더스트 몬스터는 회사 직원들이 직접 현장에 도착해서 우리에 갇혀 있던 더스트 몬스터를 적합한 장소에 투입하는 방식으로 이루어지고 있었다. 어둠 속에서 붉게 빛나는 눈동자들은 철창 안에서 귀퉁이에 서로 몸을 붙인 채 모여 있다가 밖으로 통하는 문이 열리는 순간 쏜살같이 달려 나갔다. 마약에 중독된 환자처럼 고개를 이리저리 움직이며 발작적으로 떠는 모습은 흉측했지만 생물이라기보다는 기계에 가까운 그 몸놀림에 현혹되어 계속 관찰하게 되는 힘이 있었다. 자동차 부품 생산업체의 하수처리장에서 사고로 누출된 독성 슬러지 위로 쥐들이 헤엄쳐갔다. 곧 질식해서 둥둥 떠다니던 쥐들은 영상을 빠르게 돌리자 점점 수가 줄어들었다. 기름 찌꺼기도 함께 빠른 속도로 사라졌다. 마치 바람에 날려 재가 되어 흩어지듯 더스트 몬스터는 악성 유해 물질을 떠안고 사라졌다. 놀라운 일이었다. 어떤 속임수도 없는 마술 공연을 보는 것 같았다.

더스트 몬스터가 되기 전, 멸균 쥐의 모습도 보았다. 그때의 쥐들은 청년의 흰 손처럼 작고 연약한 생물일 뿐이었다. 황병욱은 사과를 받지 못했지만 청년을 용서하고 이 일로 소송을 건다거나 문제 삼지 않겠다는 약속을 했다. 택시를 탄 뒤에 사이드미러로 청년의 부모가 끝까지 허리를 숙여 인사하는 모습을 보았다. 침을 삼킬 때에도 이물감과 함께 통증이 느껴졌다. 현관에서 그의 발소리에 놀라 담벼락으로 뛰어오르는 짐승의 그림자를 보았다. 혹시 딸들이 집에서 기르는 고양이가 아닌가 싶어 긴 꼬리를 감아올리며 멀리 뛰어가는 그 길짐승의 뒷모습을 지켜보다가 그는 집으로 들어왔다.

〈중단하라. 그렇지 않으면 우린 또 다른 비밀 병기를 준비할 것이다.〉

알람처럼 문자가 왔다. 두 딸은 방 안에 있는 모양이었다. 방문 틈 사이로 불빛이 새어나왔다. 황병욱은 샤워를 마친 뒤 바로 안방으로 들어가 노트북 전원을 켰다. 업무가 끝난 뒤에도 많은 메일이 도착해 있었다. 그중에 눈에 띄는 제목이 있었다. 황병욱은 〈더스트 휴먼을 구합니다〉라는 제목을 클릭했다.

〈실례를 무릅쓰고 메일을 보냅니다. 관계자 분들은 더스트 원액으로 만든 약, 더스트 휴먼을 구할 방법을 알고 있다고 들었습니다. 현재 뒷거래로 구입 가능한 약은 대부분 밀가루를 섞은 가짜 마약이라는 것을 알고 있습니다. 더스트 휴먼을 복용하면 창공을 가르며 나르는 기분을 느낄 수 있다고 하는데, 제가 이렇게 연락을 드리는 것은 그런 고급 마약을 얻고자 하는 것이 아닙니다. 저는 이 세상에서 사라지고 싶습니다. 농약을 먹거나 절벽에서 떨어지면 되지 않느냐고요? 저는 그렇게 추한 모습을 세상에 보이고 싶지 않습니다. 여태까지 누구에게도 해를 끼치지 않고 살아왔습니다. 그렇기 때문에 떠날 때에도 풍화되어 거짓말처럼 사라지고 싶습니다. 처음에는 이런 약이 존재한다는 사실을 저도 믿지 않았습니다. 그러나 더스트 빈 광고를 보고 그것을 실제 사용해보면서 더스트 휴먼의 존재를 믿게 되었습니다. 결국, 저에게 해답은 더스트 휴먼밖에 없다는 생각이 들더군요. 저는 더스트 휴먼을 손에 넣는다고 해도 남을 해치거나 그 밖의 어떤 악용도 하지 않을 것입니다. 저를 믿어주십시오. 불쌍한 사람을 돕는다는 생각으로 제 말에 귀 기울여주셨으면 좋겠습니다. 얼마여도 상관없습니다. 커미션을 바라신다면 최대한 원하시는 금액에 맞춰드리려고 노력하겠습니다. 더스트 휴먼, 어디서 구할 수 있나요? 제발 한 알만 구할 수 있도록 부탁드립니다.〉

처음에 황병욱은 장문의 메일을 두 번 읽지 않고 바로 삭제 버튼을 눌렀지만, 이내 삭제된 메일을 다시 복구해

두었다. 그 허구의 마약에 대한 소문은 익히 들어 알고 있었다. 더스트 빈이 한국에서 출시될 때부터 이미 '더스트 휴먼'이라는 새로운 이름을 단 마약이 불법 유통되기 시작했다. 그러나 실제로 적발된 밀수 마약 중에는 더스트 빈으로 변종된 물고기처럼 형체도 없이 몸이 녹아 사라지거나 더스트 몬스터의 시궁쥐처럼 공기 중에 사라지듯 흩어질 수 있는 효과를 가진 마약은 없었다. 당연한 일이었다. 그런 약물이 사람의 신체에 똑같은 결과를 미치지 않는다는 연구 결과에 대해 알고 있었다. 사람들은 새롭게 발견된 약물을 비상구 삼아 헛꿈을 꾸고 있는 것이다. 뉴스에 보도되자마자 더스트 휴먼은 포털 사이트 검색어에 올랐지만, 실체가 없는 마약이기 때문에 사람들의 관심에서 멀어져갔다. 그러나 곧 꺼질 듯 작아졌던 불씨는 다시 음지에서 타오르고 있었다. 잠이 들려고 하는 순간, 문득 황병욱은 눈을 떠 천장을 바라보았다. 쥐에게 듣는 약은, 돼지나 소, 개와 고양이에게도 통할 가능성이 높다. 그렇다면 사람에게 통하지 않는다는 말은 진실일까. 문밖에서 고양이 울음소리가 길게 흘러나왔다.

그는 이불 속에서 좀비처럼 부스스 일어나 앉았다. 책

상 위 스탠드를 켜고 옷장을 열었다. 신문지에 쌓인 채로 옷장 구석에서 그를 얌전히 기다리고 있던 플라스틱 통을 몇 개 꺼냈다. 수면제는 음식처럼 쉽게 썩거나 무르지 않았다. 그 효과도 오랫동안 변치 않는다. 그는 통 안에서 흰 알약을 한 알 꺼내 목뒤로 넘겨 삼켰다. 그러곤 뚜껑을 닫으려다가 잠시 망설였다. 다시 한 알을 꺼내 반쯤을 어금니로 깨물어 부셨다. 씁쓸한 향이 나는 약가루가 혀 돌기 표면에 깔렸다. 황병욱은 살짝 인상을 썼지만 이내 그 불쾌한 쓴맛에 익숙해졌다. 수면제를 과용하는 일은 없을 것이다. 황병욱은 스스로의 절제력과 판단을 믿었다. 아내가 잠의 그늘을 벗어나지 못하고 무기력하게 웅크리고 누워 약에 잠식당했던 것은 그녀의 정신력이 약하기 때문이었다. 스스로 약의 노예가 된 것이나 다름 없다. 그는 절대로 아내처럼 지지 않을 자신이 있었다. 의사보다도 자신을 더 믿었기 때문에 따로 처방을 받을 마음은 없었다. 그러나 약의 양을 제대로 조절하기 위해서 알약을 가루로 빻아 소분할 필요는 있어 보였다.

현대 의학은 속임수에 불과하다. 얼마나 더 그럴 듯한 말로 사람들을 설득시키느냐 하는 것이 치료의 승패를 좌우한다. 황병욱은 이내 머릿속 한가운데를 뭉근하게 가르며 들어오는 몽롱한 기운에 침대로 향했다. 이불을 목까지 끌어올려 덮었다. 잠이 드는 것은 약의 힘을 빌린다고 해도 전원이 꺼지듯 깔끔하게 바로 진행되는 것은 아니다. 황병욱은 늘 그것이 못내 아쉬웠다. 어쩌면, 공기 중에서 정신이 흩어지듯 빠르게 잠속으로 빠져드는 약이 시판되고 있지는 않을까. 그것이 만약 더스트 휴먼이라는 가면을 쓰고 있는 것이라면? 바다에서부터 올라오는 서늘한 한기가 황병욱의 몸을 은근하게 감쌌다.

먼지인간

거대한 골격의 분진 청소차 두 대가 멀리서 다가오고 있었다. 소나기가 쏟아지듯 웅장한 소음을 내며 물을 뿜어내는 청소차는 중생대 수장룡처럼 느릿하게 사차선 도로 위를 헤엄치듯 지나갔다. 지환은 횡단보도 앞에 선 채로 주머니에서 분진용 마스크를 꺼내 급하게 코와 입을 틀어막았다. 사흘에 한 번 꼴로 역 주변 도로를 청소하던 차량은 어느새 매일 두 대씩 짝지어 나타나기 시작했다. 미세 먼지 경보를 알리는 LED 교통 표지판이 신호등마다 설치되어 시간을 보듯 정확하게 먼지 농도를 확인할 수 있었다. 두 달 전만 해도 미세 먼지 농도를 알려주는 기능이 탑재된 전자시계가 인기를 끌었는데, 아무 소용이 없게 된 것이다. 지환은 미세 먼지 경보 시계가 출시되자마자 구입했기 때문에 그 시계를 일찍 중고 사이트에 되팔 수 있었다. 그 돈은 운동화를 구입하는 데에 보태썼지만, 운동화는 일주일도 안 되어서 누런 흙먼지에 뒤덮여 그 새하얀 빛깔을 잃었다. 어린 양가죽을 무두질하여 만든 최고급 스웨이드 원단 신발이기 때문에 가죽이 상할까봐 자주 세탁 업체에 맡길 수도 없었다. 한바탕 소낙비가 쏟아진 뒤가 아니라면 매연에 휩싸인 거리에 신고 나가기에는 너무나 아까운 신발이었다. 신호등에 초록불이 들어왔다. 아스팔트 도로는 분진 청소차 덕분에 진하고 어두운 색으로 변해 축축하게 젖어 있었다. 청바지 뒷주머니에 들어 있던 휴대폰에 진동이 왔다. 늦은 새벽, 인터넷 사이트에 올렸던 질문 글에 드디어 답변이 달린 모양이었다.

〈저는 지식 왕국의 깊은 우물입니다. 패스트 님의 가설에는 일리가 있습니다. '더스트'를 주입한 '더스트 빈' 물고기와 '더스트 몬스터' 쥐는 완벽한 멸균 상태가 되는 것으로 알려져 있습니다. 당장 사람이 씹어 삼킨다고 해도 아무런 해가 없을 정도로 깔끔하게 멸균된 그들은 거

침없이 먼지를 먹어 치웁니다. 위장을 악성 물질로 가득 채운 뒤에는 물에 녹아 없어지거나 바람에 날려 없어지는 것이 바로 '더스트'의 효과인 것입니다. 그런 약물을 사람의 신체에 맞는 용도로 제조한 '더스트 휴먼'에 대한 루머가 많습니다. 그러나 시중에 돌아다니는 것은 그저 성적 흥분을 주는 마약 엑스터시와 다르지 않다고 합니다. 그러나 실제로 더스트 휴먼은 물고기나 쥐에게 적용되었던 효과와 똑같이 사람을 멸균 상태로 만든다고 합니다. 결국 마약이 아니라 독약이라는 뜻입니다. 그런 더스트 휴먼을 이용한다면 완벽한 살인이 가능할 것으로 보입니다. 송장이 깔끔하게 사라지니 용의자에 대한 의혹이나 살인죄마저 추궁 불가능하기 때문입니다. 실제 그런 이유로 더스트 휴먼은 전쟁용으로 개발 중에 있다는 말이 있습니다. 더스트 휴먼이 지금 판매 중인가, 하는 두 번째 질문에는 저도 확답을 드리기가 어렵습니다. 그러나 첫 번째 질문, 더스트 휴먼을 복용하면 자연스러운 낙태가 가능한가에 대해서는 그럴 가능성이 높다는 말씀을 드리고 싶습니다. 멸균 상태란 무엇입니까. 몸 안에 필요 없는 균은 전부 제거되고 순수하게 청결한 상태가 된다는 뜻입니다. 어떠한 균도 기생할 수 없는 몸이라면 태아도 살 수 없습니다. 그러니 더스트 휴먼을 복용하면 자연스럽게 낙태가 가능할 것으로 보입니다. 그러나 그것은 일차적인 현상이고 결국 복용한 사람은 먼지가 되어 사라질 것입니다. 답변이 마음에 들었다면 점수를 매겨주십시오. 감사합니다.〉

지환은 별을 네 개 달아주는 것으로 깊은 우물의 답변에 대한 점수를 보냈다. 다섯 개를 다 주지 않은 것은, 깊은 우물의 답변으로 그의 고민이 전부 해결되지 않았기 때문이다.

유라에게서는 잊을 만하면 한 번씩 연락이 왔다. 점점 배가 불러오는 것 같아서 교복 치마가 갑갑하다는 말을 할 때에는 두려운 마음보다도 짜증이 났다. 유라는 아직 고등학생임에도 불구하고 지환을 포함해서 여러 남자와 자주 어울려 놀았다. 둘만의 데이트에도 이따금씩 낯선 목소리의 남자로부터 연락이 왔다. 그런 그녀와 헤어진 지 벌써 몇 달이나 지났다. 그 여자애의 배 속에서 자라고 있는 생물이 정말 나와 상관이 있을까. 지환은 입술을 입안으로 말아 넣으며 생각에 잠겼다. 의문은 꼬리에 꼬리를 물고 이어졌다. 지환이 어떤 의심을 품은 질문을 하기도 전에 전화기 너머로 유라는 단호하게 말했다.

"믿고 싶지 않은 일이라고 해서 진실이 거짓이 되진 않아. 포기해."

울컥, 화가 치밀어 올라서 욕지기를 내뱉는 지환의 태도에도 유라는 흔들림이 없었다. 조용히 휴대폰을 통해서 고른 숨소리를 내뱉던 유라가 차분하게 그를 달랬다

"나도 이런 소식 전하고 싶지 않아. 네 전화번호가 남아 있는 것도 신기할 정도로 너에 대해서는 잊고 지냈어. 그런데 일이 이렇게 되어버린 걸 어떡해? 둘이 속옷 바람으로 찍은 사진이라도 들고 네 가족 찾아가서 눈물 뿌리면서 신파라도 찍을까? 그래야 너도 인정할 거니?"

"뭐? 너 이 기집애가, 지금 나 협박하는 거야?"

"일이 이렇게 됐는데, 그럼 나 혼자 죽어? 너도 가족한테 면이 안 설 테니까 나도 그런 짓은 관두고 싶어. 그러니까 포기해. 이 지옥에서 벗어나고 싶다면 나도 데리고 나가야 해. 그게 네 유일한 미션이야."

협박인 듯 하면서도 한편으로는 아이 달래듯 지환에게 속삭이는 유라의 목소리는 어쩐지 전과는 좀 다르게 느껴졌다. 묘하게 긴장되어 있으면서도 이상할 정도로 차분했다. 유라는 지환보다 훨씬 다혈질이었다. 생각나는 대로 말을 지르긴 했어도 바로 사과하고, 금세 다른 타협

점을 찾을 줄 알았다. 그래서 말싸움을 해도 금방 끝났다. 가볍고 깔끔한 성격이라 다루기가 쉬운 편이었다. 생각지 못한 임신이 그 애의 성격을 이렇게 단번에 변하게 한 걸까. 지환은 어쩐지 그녀가 낯설어졌다. 전이라면 제 성질대로 악을 쓰며 화를 낼지언정, 지환에게 속삭이듯 협박을 하지는 않았을 것이다. 유라의 눈빛 너머에 알 수 없이 깊은 그늘이 보였다. 내일이라도 당장 유라가 집으로 찾아와 초인종을 누를지 모른다는 생각이 지환의 마음속에도 짙게 그림자처럼 깔렸다.

"생각 좀 해볼게. 기다려줘."

"고민할 만큼 기다렸다가 태어나는 아이는 없어. 정 그러면 같이 죽을래?"

지환은 아무 대꾸도 못한 채로 돌아와야 했다. 만취해서 며칠을 보냈지만 해결책은 떠오르지 않았다. 예전이었다면 동생 지후에게 전부 털어놨을 것이다. 제대로 된 해결책을 내놓지는 못할지라도 지후는 진중한 표정으로 함께 고민해줄 것이었다. 그러나 그 애는 몇 달 전부터 정신과 클리닉에 다니고 있었다.

처음에는 가벼운 스트레스성 여드름이라고 했다. 얼굴에 자글자글하게 돋아나기 시작한 그것들이 금세 흔적도 없이 사라질 것이라고 여겼다. 열일곱 청소년기 소년의 얼굴에 여드름이 나는 것은 당연한 일이었다. 그러나 그 여드름 때문에 동생은 휴학을 하게 되었다. 별일 아닐 거라고 여겼던 피부 트러블이 지후의 앞날을 전부 집어삼켰다. 값비싼 치료를 받고 약을 꼬박꼬박 먹으면서 식사도 유기농 채소 위주로 바꿨지만 그 어떤 것도 지후의 이마와 뺨, 콧잔등을 분화구처럼 채우기 시작한 여드름을 잠재우지 못했다. 곧 폭발할 것이라고 예고하는 분화구처럼 지후의 피부 표면 위에서 그것들은 진물을 터뜨리고 곪으면서 내내 숨 쉬고 있었다. 가까이 관찰하는 것조차 역겨워서 지환은 제 동생의 얼굴을 마주 보는 일마저도 점점 피하게 되었다.

집 안의 모든 거울에는 신문지를 붙여 덮어두었다. 지후는 정신과 클리닉에 갈 때를 제외하고는 늘 방문을 잠갔다. 방 안에서는 하루 종일 아무런 소리도 들려오지 않았다. 차라리 비명을 지르거나 난동을 부리기라도 한다면 부모님은 그 애를 정신과 병동에 집어넣는 수밖에 다른 방법이 없었을 테지만, 지후는 죽은 듯 얌전했다. 그래서 지환은 제 동생이었던 괴물이 웅크린 채로 갇힌 집 안에서 함께 생활해야 했다. 그 악몽 같은 변화가 고작 작은 여드름과 함께 찾아와 집 안을 이렇게 엉망으로 뒤흔들었다는 것이 지금도 도저히 믿기지 않았다. 그러나 이미 일상이 되어버린 암울한 분위기는 집안 곳곳에 이끼처럼 달라붙어 도사리고 있었다. 지후는 이상한 망상에 시달렸다.

"이건 단순한 피부병이 아니야. 미간에 난 것 보이지? 짜내고 터뜨려도 계속해서 생겨나. 이 고름이 점점 커져서 내 몸을 집어삼킬 거야. 난 알아. 곧 내 얼굴을 알아볼 수도 없게 될걸. 내가 누구인지 아무도 못 알아볼 거야. 집 안에 괴물 같은 게 누워 있다고 생각하겠지. 결국 내가 어떻게 될 건지 알아? 난 혼자 쓸쓸하게 죽게 될 거야, 형."

그게 그가 지후와 마지막으로 나눴던 대화였다. 보드랍던 지후의 얼굴을 매서운 기세로 뒤덮었던 스트레스성 여드름은 지치지 않고 그 애의 등과 팔뚝까지 매섭게 진격했다. 레이저 시술과 항생제 복용을 병행해도 잠시 수그러드는가 싶으면 다시 은밀하게 그 기세를 떨치며 돋아났다. 여러 번 면역을 거쳐 단단한 철갑처럼 지후의 피부 표면을 덮어가고 있었다. 가려움증을 완화해주는 코르티 스테로이드 크림은 다른 약보다 효과가 좋은 편이었다. 그러나 부작용으로 얼굴이 달덩이처럼 붓기 시작해서 오래 사용할 수 없었다. 지후는 짧게 깎은 손톱 끝이 뒤집힐 만큼 세게 온몸을 긁어대기 시작했다. 집착적인 그 행동은 어느 순간에는 가려움증과 관련이 없어 보였다. 불안에서 시작된 강박장애의 일환이라는 의사의 말에 어머니는 무너져 내렸다.

'장애'라는 단어가 주는 파급효과는 아주 컸다. 그 말은 곧, 지후가 평범한 인간의 범주를 벗어났다는 것을 알리는 선고 같았다. 어머니는 눈에 띄게 안색이 나빠졌다. 지환은 몇 번인가 병원에 함께 따라갔지만, 언젠가부터 혼잣말을 중얼거리는 그 녀석의 곁에 가까이 다가가 앉으면 저도 모르게 몸이 경직되었다. 피부병이나 정신병, 그중 어느 것 하나가 옮아 붙을 것 같아 두려웠다. 일단 그런 망상이 머릿속에 깃들기 시작하자 걷잡을 수 없었다. 결국 함께 식사를 하다가 동생의 뺨으로 흐르는 진물을 본 뒤 헛구역질이 나왔고, 지후는 그런 제 형의 반응에 느리게 일어나서 아무 말 없이 방으로 들어갔다. 그 뒤로 어머니는 쟁반에 따로 차려진 식사를 들고 하루에 두 번 씩 지후의 방문을 두드렸다. 동생의 얼굴을 보고 구역질을 해대는 지환을 혼낸다거나 지후를 위로하는 일도 하지 않았다. 어머니는 그저 해야 할 일을 처리해내는 녹슨 기계처럼 몸을 움직였다.

막상 비밀을 함부로 발설할 수 없는 곤경에 처하고 보니, 지환에게는 식탁의 한 자리가 빈 것뿐만이 아니라 고민을 털어놓고 얘기할 수 있는 동생이 한순간 사라진 것이었다.

유라는 한적한 시간을 골라 패스트푸드점의 구석진 자리에서 지환을 기다렸다. 평소 그녀가 자주 먹던 불고기 버거 세트가 테이블 위에 놓여 있었지만 손도 대지 않았다. 플라스틱 컵에 꽂힌 빨대를 손끝으로 건드리며 침묵할 뿐이었다. 지환은 마음이 조급해져서 테이블 밑으로 오른쪽 다리를 떨었다. 빨대가 움직일 때마다 콜라에 담긴 기포가 하나둘 기어 올라와 터졌다.

"돈이 더 필요해. 동의서 관계없이 떼어준다는 곳을 내 친구가 알고 있어. 대신 두 배는 더 내놔야 할 거야."

"야, 나도 학생이야. 잊었어? 넌 내가 무슨, 비밀번호 누르면 지폐 뱉어내는 ATM 기계라도 되는 줄 아는 모양인데, 나 더 이상 중고로 팔 수 있는 물건도 없어. 사실 이게 내 잘못이냐? 나만 즐겼어? 너도 양심이 있다면, 팔 수 있는 것은 다 내다 팔아."

"하! 뭘 내다 팔아? 너, 지금 내가 뭘 팔기를 바라는 건데? 아쉽겠지만, 난 지금 재활용도 안 되는 폐기물이나 마찬가지야. 누구 때문에 말이지. 너는 참, 쓰고 버리는 것밖에 할 줄 아는 게 없구나? 네가 아직 잘 모르는 모양인데, 이건 시한폭탄이나 마찬가지야."

그녀는 책가방으로 가린 제 아랫배에 손을 올리며 말했다.

"기한 내에 돈을 구해 오지 않으면, 열 달도 안 되어서 잔뜩 부풀어 오르다가 펑! 터질 거야. 나 하나만 목숨을 잃는 게 아니야. 이지환, 너를 포함해서 너희 가족, 우리 가족까지 피해자는 넓게 퍼져나갈 거야. 뉴스에서 원전 폭발 사고 난 것 봤지? 비슷한 거야, 이 일은. 방사능에 노출되면 지금 당장은 너한테 아무 문제없어 보여도 점점 속부터 썩어 들어갈 거야. 자퇴는 당연한 수순이고, 이 동네에서도 멀리 떠나야겠지. 어쩌면 피해를 줄이기 위해서 가족이 우릴 암 덩어리처럼 가차 없이 떼어낼 수도 있어. 그러면 너랑 나는 길거리에 나앉아서, 엉엉 우는 것밖에 할 줄 모르는 그 갓난애 떠안고 어디로 가야 하는 줄 알아? 한강 다리. 거기서 뛰어내리는 것만이 답이야. 다른 고급스러운 자살 방법은 생각할 수도 없어. 다른 방법으로 죽는 건 다 사치야. 돈이 드니까. 죽고 싶지 않으면 우리 내장을 다 팔아도 모자랄 만큼의 비용이 필요하겠지. 늦을수록 불어나는 빚이나 다름없어. 그러니 차라리 지금 큰돈을 구해 오는 게 낫다는 뜻이야. 지금은 어떻게든 감당할 수 있을 정도의 액수잖아? 너희 집, 흙 파먹고 살 만큼 가난한 것도 아니잖아. 해결책이라고 해봐야 네 머리에서 나올 수 있는 건 기껏해야 베이비 박스에 가져다 버리자는 거겠지. 뻔해. 뻔하고 단순해. 캄캄한 골목길에 숨어 있다가 베이비 박스에 그걸 버리고 도망친다고 해도 우린 벗어날 수 없어. 이미 세상에 태어나면 그땐 흔적을 깨끗하게 지울 수가 없어. 공기 중에 먼지처럼 사라지지 않는단 말이야. 그러니까 제발 구해 와. 무슨 짓을 해서라도!"

얼마나 물어뜯었던 걸까. 유라의 아랫입술은 사막 한가운데처럼 바짝 말라 갈라져 있었다. 가장자리에는 적갈색 피딱지가 달라붙어 있었다. 여태껏 유라와 만나면서 지환은 이렇게 초라한 몰골의 그녀를 본 적이 없었다. 무슨 일이 벌어지고 만 걸까. 지환의 두 어깨에서 힘이 쭉 빠졌다. 무슨 일이든 한번 틈이 생기기 시작하면 걷잡을 수 없이 틀어지고 만다. 지환은 자신도 피해갈 수 없다는 걸 이미 알고 있었다. 두 주먹을 꾹 쥐었다. 유라는 내내 울리는 휴대폰 진동에 신경이 곤두서 있는 터라, 더는 지환을 닦달하지 못했다. 이내 누군가와 계속 메신저로 연락을 주고받더니 빠르게 자리를 떴다.

지환은 빈자리를 앞에 둔 채로, 기포가 다 빠져 미지근하고 아무런 식감이 없는 콜라를 마셨다. 가게 안에서는 가사가 없는 빠른 박자의 음악이 쏟아지고 있었다. 드럼 소리가 귀를 찢을 듯이 스피커를 타고 튀어 나왔지만 자리에 앉거나 줄을 서 있는 그 누구도 신경 쓰지 않았다. 모두 이미 혓바닥 위 돌기나 귓속 달팽이관이 마비된 것은 아닐까. 온통 붉은 테이블과 의자로 꾸며진 가게에 앉은 모두가 무언가를 마시거나 씹고 있었다. 고무를 씹듯이 그들의 턱관절은 탄력 있게 움직였다. 지환은 유라가 손도 대지 않은 불고기 버거의 포장을 벗겨서 급하게 한 입 씹었다. 익숙한 단맛의 고기 양념이 양상추 밖으로 진득하게 삐져나오더니 손등을 타고 흘렀다. 지환은 뻣뻣한 냅킨으로 양념을 닦아내고 계속해서 혼자만의 식사를 이어갔다. 붉은 모자와 셔츠를 맞춰 입은 아르바이트생들이 카운터 안쪽에서 기계처럼 신속하게 팔을 뻗어

감자튀김을 건져 올렸다. 서랍장처럼 생긴 컨테이너 벨트 위로 어디서 공급된 것인지 알 수 없는 버거들이 포장지에 쌓인 채 끝도 없이 밀려나왔다. 패스트푸드 전문점처럼 기본 시급을 받는 아르바이트로는 유라의 배가 불러오기 전까지 큰 금액을 모을 수 없다. 그러나 지환은, 고급 스웨이드 운동화를 신은 채로 건설 현장에 나가 짐을 나르는 일을 하고 싶지는 않았다. 패션 브랜드의 로고가 새겨진 셔츠를 입고 지하철 역 안에서 구걸을 하는 것도 말이 안 되는 일이다. 배 속에 시한폭탄을 품고 있는 그녀의 눈빛은 살인을 공모하는 사람의 눈빛처럼 섬뜩했다. 이제 그녀는 유라가 아닌, 어떤 다른 존재가 되어버렸다. 지환은 어떻게든 금액을 구하지 않으면 절대 지워낼 수 없는 오물로 뒤덮인 인생을 살아야 한다는 상상에 몸서리쳤다.

유라에게 말하지 않고 유학을 떠나는 것은 어떨까. 고개를 저었다. 절대로 가만히 있지 않을 것이다. 유라는 지환과 거의 알몸으로 뒤엉켜 키스하는 사진 따위를 몇 십 장이나 가지고 있다. 그땐 그게 그저 추억이고 즐거운 에피소드가 될 거라고 생각했다. 찰칵, 짧은 찰나가 지환의 발목을 옭아맸다. 절대 벗어날 수 없다. 방문을 걸어 잠그고 칩거 중인 지후에게 부모님의 정신이 온통 쏠려 있다는 것이 그나마 불행 중 다행이었다.

지후는 이제 억지로 문을 열고 아버지 등에 업혀야만 병원에 갈 수 있다. 한동안 전공 수업에 빠지는 한이 있더라도 지금은 고수입을 낼 수 있는 아르바이트를 찾아야만 한다. 지환은 급한 제 사정을 적은 문의 글을 인터넷에 몇 번이나 올렸지만 줄줄이 소시지처럼 매달린 답변들은 전부 쓸데없는 정보뿐이었다. 대부분 방 안에 가만히 앉아서 고수입을 낼 수 있다는 재테크 근무를 홍보하는 글이 많았다. 그러나 지환은 그런 뻔한 사기에 속아 끌려다닐 만큼 순진하지 않았다. 나이 많은 중년 여성들의 술시중을 드는 아르바이트도 있었다. 비교적 짧은 시간을 일하면서도 역량에 따라 큰 금액을 얻어갈 수 있다는 문구에서 한동안 눈을 뗄 수 없었다. 그러나 그것보다 더 구미가 당기는 답변이 가장 마지막에 달려 있었다.

〈동물을 좋아하십니까? 세상을 구하는 영웅이 되고 싶다는 생각을 해본 적은 없습니까? 당신의 도움을 애타게 기다리는 생명들을 구하면서 동시에 짭짤한 수입을 얻을 수 있는 아르바이트를 소개해드립니다. 많은 곳을 돌아다녀야 하기 때문에 몸이 고되어 그에 걸맞은 금액을 드립니다. 그러나 막노동이나 기타 3D 직장과는 다르기 때문에 너무 걱정하실 필요는 없습니다. 일의 내용은 간단히 말해서, 거리에 흩어져 방황하는 동물들에게 제자리를 찾아주는 일입니다. 특별한 자격증이나 기술이 필요하지 않기 때문에 동물을 좋아하신다면 바로 일을 시작할 수 있습니다. 늦은 시간까지 일할 필요도 없습니다. 성과급으로, 방황하는 개나 고양이를 얼마나 많이 사로잡아 오느냐에 따라서 보수를 드립니다. 불법 행위가 아니니 걱정하실 필요 없습니다. 생명을 구하는 일입니다. 자부심을 가지고 일할 수 있을 것입니다. 자세한 내용은 메일로 보내드립니다.〉

그 개가 생각났다. 큰 덩치로 현관에 앉아서 동생이 올 때까지 기다리던 개. 지후가 후야, 하고 부르면 긴 꼬리를 여유롭게 흔들며 다가와 길쭉한 주둥이로 지후의 허리를 찌르며 몸을 부비고 뺨을 핥던 그 개. 후는 지환을 좀처럼 따르지 않았지만 그렇다고 으르렁거리며 배척하지도 않았다. 지환과 후는 서로 같은 집 거실을 공유하기로 약속한 하숙생들 같았다. 후는 지후라는 매체를 연결고리로 가족들과 그럭저럭 잘 어울려 지냈다. 늦은 밤, 낯선 기척에 재빨리 반응하는 것을 볼 때는 밤새 보초를

서는 지원병을 얻은 것처럼 듬직하게 느껴질 때도 있었다. 한낮의 햇살을 받으며 양탄자 위에 몸을 동그랗게 말고 자는 것을 바라보면서 왠지 모를 친근감을 느낀 기억도 남아 있다. 가족 모두에게 지후를 대할 때처럼 살갑게 애교를 부리는 동물은 아니었지만 후는 영특했다. 동생이 산책을 시키기 위해서 목줄을 꺼낼 때가 아니라면 날뛰거나 신경에 거슬리는 행동을 하지도 않았다. 자신이 사람들에게 환영받지 못하는 처지라는 것을 알고 있는 것처럼 얌전했다. 그 개가 지금도 지후의 곁에 있었다면, 지후는 스스로 문을 열고 나오지 않았을까. 개는 사람처럼 전염병을 두려워할 줄 모른다. 그 개는 고름이 터지고 흉측한 나병 환자처럼 두드러기가 난 지후의 뺨이나 손등을 봐도 아랑곳하지 않고 언제나 제 혀로 핥아주었을 것이다. 어쩌면 좁은 거실에서 마음대로 움직이지도 못하는 그 개를 위해서 지후는 어쩔 수 없이 산책을 나가게 되었을지도 모른다. 그러다 보면 교복을 입고 자연스럽게 학교로 향하게 될 수도 있지 않을까. 터무니없는 생각이었다. 어차피 이젠 찾을 길이 없는 미아나 다름없는 개였다. 태생이 유기견이었던 그 개는 다시 제 삶으로 돌아간 것이다. 지환은 그렇게 결론지으며 후에 대한 생각을 접었다.

마지막 답변을 단 아이디로부터 쪽지가 와 있었다. 더는 고민할 시간도 없었기 때문에 쪽지에 적혀 있는 주소와 연락처를 복사해 메모장으로 옮겨 놓았다. 패스트푸드점 안의 음악이 더욱 빠른 것으로 바뀌고 한 시간 동안 특가로 버거 세트를 구입할 수 있는 이벤트가 시작되었다. 유리문 바깥쪽까지 사람들이 줄을 길게 이어 섰다. 지환은 잇자국이 남은 버거를 쓰레기통에 던져 넣고는 사람들 사이를 빠져나왔다.

"우리 아이들이 위협당하고 있어요! 그냥 지나치지 말고 서명 한번만 해주세요."

대학생처럼 보이는 젊은 여성이 지환의 앞을 다짜고짜 가로막았다. 화장기 없는 얼굴에 머리를 하나로 질끈 묶은 그녀는 손짓으로 거리 한편을 차지하고 있는 테이블을 가리켰다. 제과 회사 유아랑에 대한 불매 운동 중이었다. 평소라면 지환은 이어폰을 꽂은 채로 음악을 듣느라 거리에서 누가 말을 걸어도 듣지 못했을 것이다. 몸에 두드러기가 난 아이들 사진과 함께, 새까만 몸체에 붉은 눈을 한 쥐 떼의 사진도 모자이크 처리하여 패널로 만들

어 세워놓았다. 멈춰 서 있는 그의 옷깃을 끌어가며 여자
는 볼펜을 지환의 손에 억지로 쥐어주었다. 오랜 시간 밖
에 서 있던 여자의 손이 석고 모형처럼 차갑고 단단했다.
지환은 흠칫 어깨를 떨었다. 그녀는 찬바람에 언 붉은 손
을 앞으로 모아 쥐고 준비된 말을 외웠다.

"관심 가져주셔서 정말 감사합니다. 제과회사 유아랑
의 횡포에 맞서 싸우기 위해서 서명 운동을 진행 중이에
요. 유아랑이 몇 년 전, 유기농 간식이라며 유아용 과자
를 홍보하면서 유통기한이 지난 제품들을 재판매했던
사실을 알고 계시나요? 그 뒤에는 우리 아이들이 먹는
과자에서 바퀴벌레 유충이 나오는 끔찍한 일도 일어났어
요. 우리 아이들 입으로 들어가는 건데 그런 불결한 회
사에서 만든 과자는 안 되겠죠? 저희는 그 양심 없는 회
사를 규탄하기 위해 이렇게 서명 운동 중이에요. 우리 아
이들은 우리 손으로 지켜야 하지 않겠어요?"

"우리 아이들이란 게 누구죠?"

여자는 고개를 비스듬히 돌려 지환의 얼굴을 몇 초간
찬찬히 쳐다보았다. 여태까지 사람이라고 착각하고 말을
걸었는데 알고 보니 그 상대가 사람이 아닌 낯선 괴생명
체라도 되는 것처럼 경계하며 관찰하는 태도였다.

"누구긴요, 바로 우리 모두의 아이들이죠."

납득할 수 없었지만 고개를 한 번 끄덕이자 여자는 다시 웃는 낯으로 되돌아왔다. 서명 목록에는 낯선 필체로 각양각색의 이름과 주소가 적혀 있었다. 그걸 내려다보고 있으니 여자는 지환의 팔을 잡으며 다시 입을 열었다.

"게다가 제과회사 유아랑은 현재 끔찍한 일을 저지르고 있어요. 돌연변이 쥐, 더스트 몬스터들로 공장 안을 청소하고 있다고 해요. 믿어지세요? 그 시커먼 쥐들이 밟고 다니며 여기저기 핥아낸 기계들이 청결하다고 믿고, 그곳에서 과자를 만드는 거예요. 결국 우리 아이들이 쥐와 함께 과자를 나눠 먹는 것과 다름이 없어요."

"더스트 몬스터라는 게 뭐죠?"

여자는 기다렸다는 듯 전단지를 꺼내 내밀었다. 사진 속에는 설치류라고 보기 힘들 정도로 일그러진 표정과 누런 이를 드러낸 괴물이 정면으로 크게 찍혀 있었다. 공포 영화에나 등장할 것처럼 비현실적으로 귀가 작았다. 몸체는 말라서 머리 부분만 크게 강조되어 있었다. 조그맣게 몸통에 달린 네 다리는 금방이라도 부러질 것처럼 가늘었지만 발톱만은 뾰족했다. 마치 빠른 속도로 이동하기 위해 진화한 것 같았다. 붉은 눈이 카메라 정면을 바라보고 있어서 가까이 들여다보면 섬뜩한 느낌이 들었다. 지환은 전단지를 내려놓고 서명란에 이름을 갈겨 적었다. 여자는 감사의 표시로 포장된 사탕을 한 알 주었다. 딸기맛이라고 적힌 사탕이 쥐의 눈알처럼 꺼림칙하게 느껴져 길을 걷다가 우체통에 집어넣었다. 그러자 옆쪽에서 걷고 있던 남자가 지환을 따라서 손에 쥐고 있던 사탕을 우체통에 집어넣었다. 주머니의 진동음이 연속으로 두 번 울렸다.

〈그 병원, 알아냈어. 예약 선금이 필요해. 되도록 빨리 연락 줘.〉

〈첫날부터 바로 현금으로 급료 지불. 내일부터 바로 시작합니다.〉

지환은 어느 쪽에도 답장을 하지 않고 휴대폰을 주머니에 집어넣었다. 집 현관으로 들어서자마자 어머니가 흐느껴 우는 소리가 가느다랗게 들려왔다. 지환이 들어오면서 현관문에 매달린 풍경이 흔들려 쨍그랑, 무언가 깨지는 듯한 소음을 냈다. 어머니는 뒤늦게 리모컨을 눌러 티브이를 켰다. 그러곤 소파 위에 앉아서 고개를 티브이 화면 쪽으로 감추듯이 돌렸다.

"밥은 먹었니?"

목소리가 잠겨 있었다. 지후의 방 안에서 퇴화한 유인원의 울음소리 같은 것이 들려왔다. 이제 정말, 괴물이 되어버린 걸까. 지환은 저도 모르게 입을 벌렸다. 한숨이 되지 못한 옅은 숨이 목구멍에서 흘러나왔다. 어머니는 리모컨을 들어 볼륨을 높였지만 뉴스를 진행하는 앵커의 목소리는 동생의 성난 목소리를 가리지 못했다. 이유를 알 수 없는 불안장애는 나날이, 급속도로 심각해져갔다. 의사는 지후의 주위를 늘 깨끗하게 청소하고 거울을 치워둘 것을 지시했다. 문을 잠그고 틀어박힌 지후에게 문 앞에 서서 이것저것 질문을 건네며 참을성 있고 다정한 목소리로 대화를 시도하는 것도 좋다고 했다. 하지만 그 어떤 것도 효과가 없었다. 지후는 지금 자신의 눈에만 보이는 투명한 괴물과 싸우고 있었다. 침대에서 뛰어내렸다가 다시 뛰어올라가는 발소리가 계속해서 들려왔지만 어머니는 귀머거리가 된 것처럼 소파에 앉아 티브이에 시선을 둘 뿐이었다. 아무런 간섭도 하지 않은 채 제풀에 지쳐 나가떨어지기를 기다리는 것이다. 지환은 하루 종일 식사라고는 버거를 반쯤 먹은 것뿐이었지만 식욕이 일지 않았다. 뉴스 앵커는 피부가 아주 하얀 여자였다. 티브이 화면이 바뀌었다. 바닥에 부상을 당한 남자가 쓰러져 있고 붉은 피가 쏟아져 나오는 옆구리의 상처 부위는 시청자에게 잘 보이지 않도록 희뿌옇게 흐려져 있었다. 남자는 구급차 간이침대에 실려 가고 남은 곳에는 그가 흘렸을 법한 뜨거운 핏물과 사냥용 엽총, 웅성거리는 사람들이 남아 있었다.

〈오늘 오전, 쉰세 살 이 모 씨는 야산에 버려진 들개떼의 습격을 받았습니다. 엽총으로 방어를 해보려고 했지만 역부족이었습니다. 야산에 모여 무리를 지어 생활하는 들개들은 보통 유기된 애완동물부터 사냥꾼이 버리고 간 사냥개까지 그 종류가 다양하고 점점 그 수가 늘어나고 있습니다. 야생화된 들개들은 보통 개보다 이빨이 두 배로 길고 날카로우며 공격적인 성향을 드러내는 것으로 알려져 있습니다. 전문가는 그들이 무리 생활을 하며 우두머리를 정해 훨씬 조직적인 형태로 변했을 것이라고 예측하고 있습니다. 늦은 밤, 인가로 내려와 소와 같은 가축을 죽이고 물어뜯어 먹는 장면도 CCTV에 포착되었습니다. 농산물 피해뿐만 아니라 가축과 주민들을 위협하는 들개 무리 때문에 주민들은 골머리를 앓고 있습니다. 해가 갈수록 그 사태가 심각해져 결국 주민들은 불법적으로 야생화된 들개를 사살하는 일이 많아지고 있습니다. 이 모 씨의 경우, 상처가 크지 않고 응급처치를 바로 하여 생명에 지장을 주지는 않을 것으로 보입니다. 하지만 최근 몇 달 간 서른 명에 가까운 사람들이 야생 유기견으로부터 습격을 당했으며 그중에는 십여 명이 중상을 입은 것으로 전해집니다. 일부 지역에서는 들개를 유해 동물로 지정해서 자유 사냥을 허락해달라는 요구와 함께 밤마다 두려움에 떠는 고충을 토로하고 있습니다. 다음 뉴스입니다.〉

방 안이 잠잠해졌다. 그러자 지후의 고성이 물러간 자리를 티브이의 소음이 차지했다. 어머니는 급히 음량을 줄였지만 누군가 문밖에서 초인종을 눌렀다. 늘 그랬듯이 가까이에 사는 이웃 중의 누군가일 것이다. 아버지의 퇴근은 늦어지고 있었다. 지환은 방문에 기대어 서서 양말을 벗었다. 알맞게 데운 목욕물에 몸을 반쯤 담그고 앉아 쉬고 싶은 마음이 굴뚝같았다. 그는 제주녹차를 말려서 만들었다는 입욕제를 뜨거운 물 안에 풀어 넣고 알몸으로 천천히 욕조 안에 들어갔다. 지환에게는 평소 삼십 분 이상 반신욕을 즐기는 취미가 있었다. 남자치고는 별난 취미라며 유라는 웃었다. 그러곤 말했다.

"너는 현재 삶에 만족하지 못하는 게 분명해. 발가벗

고 좁은 욕조에 들어가서 그 커다란 덩치로 웅크리고 앉아 있는 걸 상상만 해도 충분히 알 수 있어. 너는 미지근하고 찰랑이는 그 물속에 가능하다면 머리꼭지까지 푹 담그고 눈을 감은 채로 쉬고 싶을 거야. 하지만 이미 물속에서 숨 쉬는 방법을 잊었으니 그건 불가능하겠지. 몸을 반만 물속에 구겨 넣고 코로는 공기를 마시며 숨 쉬는 걸로 만족해야 하는 거야. 한마디로 말해서 너는 다시 태아 상태로 회귀하고 싶은 거지. 어머니 배 속에 알몸으로 들어가 앉아 현실은 잊고 싶은 거야. 너의 반신욕은 그러니까, 매우 안쓰러우면서도 변태적인 취미라고 볼 수 있지."

원래부터 유라는 뾰족하게 가슴을 찌르듯 차가운 말을 잘했다. 그녀의 반지르르하고 얇은 입술 사이에서는 높고 가느다란 음성으로 바늘 같은 말들이 날아왔다. 그게 처음에는 신선하게 느껴졌다. 도로 위에 꽉 들어찬 차들의 클랙슨 소리 사이에서 지저귀는 새소리 같았다. 그러나 자극적인 것은 쉽게 질리기 마련이다. 제 아랫배를 습관적으로 매만지던 유라의 모습이 떠오르자 지환은 숨 쉬기가 답답해졌다. 곧 지구에 종말이 올 것이라는 예언자들의 말에도 지구 위의 인류가 태연하게 살아가고 있듯이, 지환은 유라의 배 속에 사람이 들어 있다는 말이 그저 허무맹랑한 21세기 예언 혹은 악담처럼 느껴졌다. 그런 지환의 반응을 미리 예상한 유라가 병원에서 찍었다며 흑백으로 잔뜩 번진 심령사진 같은 것을 가져다 주었지만 사진 정중앙에 하얗게 세포처럼 덩어리진 것이 아기라는 확신은 들지 않았다. 어쩌면 근심이 많고 망상이 지나친 까닭에 물혹이나 종양 같은 것이 자라난 것은 아닐까.

누군가 욕실 문을 두드렸다. 지환은 대답하지 않았다. 그러나 문득, 문틈으로 누군가가 욕조에 웅크려 앉은 자신의 모습을 지켜보는 상상을 하니 소름이 끼쳤다. 거울 속에 비친 머리칼은 물에 잔뜩 젖어 머리통에 거머리처럼 달라붙어 있었다. 뜨거운 물에 붉게 달아오른 피부가 익힌 문어처럼 흉해 보였다. 지환은 마치 이목구비가 뭉개진 채로 비린내를 풍기는, 갓 태어난 태아의 모습을 하고 있었다. 그는 빠르게 욕조 수챗구멍을 막은 고무마개를 뽑아내고 옷을 꿰어 입었다. 욕실을 빠져나왔지만 문앞에는 아무도 없었다. 거실은 이미 형광등이 꺼진 채로 어둠에 가라앉아 있었다. 지환의 발소리가 계단을 따라 올라갈 때까지 아무도 욕실 쪽으로 가지 않았다. 충분히 반신욕을 하지 못한 아쉬움 때문인지 지환은 잠이 오지 않았다. 습관적으로 손을 뻗어 휴대폰을 쥐고 인터넷에 접속했다. 그는 불면의 밤이면 화제의 동영상을 연이어 보면서 졸음을 맞는 경우가 종종 있었다.

〈혐오감 주의! 더스트 빈 해부 영상〉

추천 수를 많이 받은 영상이었다. 지환은 조금도 고민하지 않고 영상 재생 버튼을 클릭했다. 화면 속, 더스트 빈이라는 글씨가 적힌 녹색 통이 테이블 위에 놓여 있었다. 잠시 후, 두 팔이 화면에 등장하고 투명한 유리 그릇 안에 녹색 통을 기울여 내용물을 부었다. 통의 입구에서 액체와 함께 자그마한 물고기가 여러 마리 튀어나왔다. 그 물고기들은 티브이 광고로 몇 번 본 적이 있는 모양새였다. 물이 빠진 고무지우개처럼 밋밋한 색상에 붉은 눈을 한 물고기들은 빠르게 지느러미를 흔들며 유리그릇의 벽 쪽으로 달라붙었다. 몸을 세로로 세워 그릇의 바닥을 향해 직각으로 움직이는 녀석들도 있었다. 화면은 좀 더 가까이 다가가서 작은 물고기들을 자세하게 찍기 시작했다. 그릇이 투명한 덕분에 입을 벌리고 그릇에 달라붙은 물고기들의 표정을 볼 수 있었다. 초점 없는 붉은 눈과 맹렬한 기세로 입을 벌리고 몸을 밀착한 채 꿈틀거리는 모습이 어딘지 비현실적으로 느껴졌다. 유리그릇을 뚫고 나올 수도 있을 것 같았다. 물고기라고 하기엔 지나치게 강해 보였다. 의료용 라텍스 장갑을 낀 두 손이 조심스레 그릇 안에서 더스트 빈 한 마리를 낚아챘다. 지환은 저도 모르게 목 뒤로 침을 삼키며 눈도 깜빡이지 않고 화면에 집중했다. 모은 두 손안에서 작은 물고기가 빠르게 움직이며 라텍스 장갑 표면에 제 주둥이를 밀착하고 있었다. 지환은 저도 모르게 자신의 손을 옷가지 위에 대고 문질렀다. 어느새 손바닥에는 식은땀이 나 있었다. 더스트 빈이 얇은 고무로 된 장갑을 뚫고 그 사람의 손바닥을 물어뜯지 않을까 걱정되는 찰나에 영상 속의 두 손은 흰 천을 깐 도마 위에 그 괴물 같은 물고기를 올려놓았다. 물이 없는데도 더스트 빈은 한참 동안이나 입을 뻐끔거리며 지느러미를 급하게 흔들었다. 건전지를 넣어 쓰는 장난감처럼 일정한 움직임이었다. 두 손은 화면 밖으로 나갔다가 은빛으로 빛나는 나이프를 들고 화면에 다시 나타났다. 영상을 빨리 돌리는 기능을 이용해 어서 해부 화면을 보고 싶었다. 날카로운 나이프로 그 팔딱이는 움직임을 잠재웠으면. 지환은 그 나이프가 빨리 비늘을 뚫고 들어가 두 동강을 냈으면, 하고 바랐다. 어째서 그런 마음이 생기는지는 모르지만 이상한 기대감 같은 것이 생겨났다. 지환의 바람대로 나이프는 망설임 없이 그 물고기의 아가미를 꿰뚫었다. 그런데 이상한 일이 일어났다. 아무런 먼지나 유해물질이 섞인 오물을 먹지 못한 그 더스트 빈 물고기는 몸이 두 동강 나는 것과 동시에 축축하던 몸체의 비늘이 말린 꽃잎처럼 색이 짙어지며 오그라들었다. 열에 녹는 마쉬멜로우처럼 점점 형태 없이 녹더니 결국 도마 위의 천에 소변처럼 스며들었다. 그러나 붉게 충혈된 두 눈알만큼은 녹지 않고 그대로 남아 있었다. 왜인지 지켜보기 메스꺼운 광경이었다. 그러나 화면 속의 라텍스 장갑은 연이어 또 다른 더스트 빈을 도마 위에 올려놓고 가차 없이 두 동강 냈다. 컨베이어 벨트 위의 기계손처럼 일정한 움직임이었다. 도마가 흥건해질 때까지 그렇게 네 마리를 더 해부하고 나서는 도마 위의 천을 새것으로 바꾸었다. 그리고 또 다시 유리그릇 안에 얼마 남지 않은 물고기를 집어 들었다. 주위에 동료들이 하나둘 사라져도 더스트 빈들은 깨끗한 유리 그릇 안에서 무언가를 찾아 헤매고 있었다. 지느러미의 움직임이 초초해 보였다. 몇 번이나 똑같은 결과가 나오는데도 불구하고 화면 속의 손은 멈출 생각이 없는 모양이었다. 마지막 한 마리를 도마 위에 올리고 나이프를 가져다 대기 전에 동영상을 중지시켰다. 동영상의 댓글에는 한국어뿐만이 아니라 영어와 일어를 비롯해 아랍어까지 적혀 있었다. 전 세계의 수많은 사람들이 이 영상을 즐겨보고 추천했다. 연관된 영상 중에는 햄스터나 작은 참새를 해부하는 것도 있었다. 끔찍한 어둠의 소굴로 발을 잘못 디딘 기분이 들었다. 눈을 감으면 나이프가 배를 가르는 순간까지 옆으로 누워 아가미를 움찔거리던 그 물고기의 모습이 떠올랐다. 몽롱하게 잠 속으로 빠져들면서 어쩌면 악몽을 꿀지도 모른다는 생각이 들었다. 그러나 알람 소리에 깼을 때는 아무런 기억도 없었다.

"위험하지는 않나요?"

검붉은 선지는 젓가락으로 부술 때마다 기하학적인 모양으로 부서져 내렸다. 뚝배기 안에는 맵고 비린 향이 가득한 선짓국이 담겨 있었다. 뜨거운 김이 얼굴 쪽으로 피어올랐다. 해장국 집 앞에서 만난 세 명의 남자는 모두 사십 대는 족히 되어 보였다. 모두 등산복 차림으로 무언가가 가득 담겨 볼록한 가방을 매고 있었다. 네 개의 뚝배기 중에 지환의 것만 남기고 나머지는 전부 비어가고 있었다. 쌀밥을 뚝배기에 말아 돼지죽처럼 되어버린 선짓국 사발을 비스듬히 세워들고 모두 수저로 바닥을 긁어대며 맛있게 먹었다. 지환은 이쪽으로 출발하기 전에 물 없이도 편안하게 먹을 수 있는 견과류 영양바를 두 개나 먹었기 때문에 식욕이 없었다. 어차피 선짓국은 입맛에 맞지 않았다. 소의 피를 굳혀서 만든 선지는 입안에서 씹을 때마다 비린 맛을 내며 혓바닥에 달라붙었다. 한 입을 떠먹고 깍두기를 반찬 삼아 맨밥을 몇 수저 더 떴다.

"이 세상에 위험하지 않은 일이란 건 없다. 부모 주머니에서 돈 꺼내 쓸 때나 안전한 거야."

셋 중 가장 먼저 이 일을 시작했다는 대장은 허리띠를 풀며 지환의 뚝배기에서 두툼하고 커다란 선지 덩어리를 모두 떠서 자신의 그릇으로 옮겼다. 나머지 둘은 서로 수군거리며 지환 쪽을 힐끔거릴 뿐, 직접 말을 거는 일은 드물었다. 얼굴이 아주 까맣고 빼빼 마른 두 사람은 꼭 쌍둥이처럼 닮아 있었다. 대장은 지환의 주민등록증을 확인하지도 않았다. 마지막으로 깍두기 하나를 집어 뚝배기 안에 남은 밥알을 쓸어 입안으로 모두 몰아넣는 것으로 그의 식사가 모두 끝났다. 대장은 쌍둥이에게 오늘 가야 하는 곳의 지리에 대해 설명했다. 두 사람은 경청할 뿐 대장의 말에 토를 다는 일은 없었다. 성인 남성 두 명이 몸을 우겨 넣기도 힘들 정도로 작아 보이는 경형 중고차 다마스 앞에 다다랐을 때에는 뒤돌아서 집으로 뛰어가고 싶었다. 세 사람의 몸에서는 오래 씻지 않고 자주 옷을 갈아입지 않는 사람 특유의 고약한 악취가 은근하게 풍겨왔다. 머리 기름 냄새와 함께 이따금 발 냄새가 지환의 코끝을 스쳤다. 그러나 다른 어떤 단기 아르바이트보다 급료가 높을 뿐만 아니라 당일 현금으로 받을 수 있다는 것이 지환의 마음을 좌석에 고정시켰다. 여기서 도망치면 지게를 지고 수천 장의 벽돌을 건물 꼭대기까지 힘겹게 옮겨야 할지도 몰랐다. 대장을 비롯한 두 사람 다 과묵한 성격이었다. 그리 멀지 않는 거리를 가는 동안 서로들 한마디도 하지 않았다. 서울 근교의 야산에 도착했을 때, 쌍둥이 같은 두 사내는 구체적인 행동 계획을 짜기 시작했다. 높낮이가 왜인지 어색하게 느껴지는 그들의 억양을 자세히 듣고 나서야 그들이 토종 한국인이 아니라는 사실을 깨달았다. 인터넷 검색어에 올랐던 불법 체류자 장기 밀매 사건이 떠올라 순간 등줄기에 식은땀이 축축하게 배어 나왔다. 산을 오르기 전, 차에서 내리며 세 사람은 준비했던 무기들을 가방에서 꺼내기 시작

했다. 틈이 촘촘한 그물망과 전기충격기 같은 것이 무작
위로 콘크리트 바닥 위에 내쳐졌다. 지환은 반코팅 목장
갑을 끼고 마스크를 착용했다. 그러나 지환에게는 어떤
무기도 주어지지 않았다.

"가장 중요한 것은 생포를 해야 한다는 것이지. 죽거나
반쯤 죽어가는 녀석은 쓸모가 없어."

"잡은 개들은 어디로 가나요?"

마스크 안에서 목소리가 뭉개져 나왔다. 대장은 허리
춤에 긴 총을 비스듬하게 꽂으며 지환 쪽을 바라보았다.

"생각이 많으면 놓치게 되어 있어. 녀석들은 바람처럼
날쌔다. 늑대의 습성을 다시 되찾은 거지."

쌍둥이는 비닐봉지에 오래 있었던 듯 핏물이 잔뜩 빠
진 대패 삼겹살 덩어리와 함께 가스버너를 꺼냈다. 그들
은 산중턱까지 발소리를 줄이며 걸어갔다. 지환은 맨 뒤
쪽에서 조금 떨어져 걸었다. 자리를 잡고 앉아 고기를 굽
기 시작하자 미미한 나무향이 흐르던 산속에 진한 기름
냄새가 퍼지기 시작했다. 아침부터 제대로 식사를 하지
않았기 때문인지 자꾸 군침이 돌았다. 대패 삼겹살은 고
기가 결대로 실처럼 끊어질 정도로 아주 얇고 질이 안 좋
아 보였지만 산불만큼이나 강렬한 냄새를 풍겼다. 잘 구

워진 삼겹살을 여기저기 던져 놓으며 그들은 자세를 낮
춰 멀리 돌아다녔다. 지환은 가스버너와 함께 짐이 모여
있는 곳을 지키고 서서 그들이 하는 일을 조용히 지켜보
고 있었다. 그들은 숨소리마저 느껴지지 않을 정도로 유
령처럼 조용히 잠복해 있었다. 지환은 지나친 긴장으로
눈이 뻑뻑해지고 졸음이 오는 것을 느꼈다.

하품을 하려는 찰나, 세 사람의 움직임이 이상해졌다.
가장 먼 곳까지 올라가 나무 뒤에 숨어 있던 쌍둥이 중
의 한 명이 포복 자세를 취했다. 그물을 양손으로 들고
있는 나머지 한 명의 쌍둥이가 그 쪽으로 빠르게 다가갔
다. 대장은 반대편에서 총을 꺼내들고 자세를 낮췄다. 뭔
가 다가오는 기척도 들리지 않았는데 대장은 방아쇠를
당겼다. 그러곤 어떤 일이 벌어졌는지를 파악하기도 전에
두 쌍둥이가 달려가 그물망을 덮었다. 지환은 그제야 그
물망 안에서 발버둥 치며 큰 소리로 울부짖는 대형견을
발견했다. 가까이 다가가려고 했지만 무릎이 좀처럼 움
직이질 않았다. 갑자기 뚝 끊기듯이 개는 움직임을 멈췄
고 지환은 그제야 가까이 다가갔다. 그러나 세 사람은 그
물망 안을 확인하기도 전에 다른 곳을 향해 달려가기 시
작했다. 그들은 무리지어 다가오고 있던 여러 마리의 들

개를 공격하고 있었다. 총성이 여러 번 울렸다. 둔탁한 타격 음이 여러 번, 일정하지 않게 들려왔다. 지환은 가장 먼저 그물망에 잡힌 개를 내려다보았다. 원래 흰 털을 지니고 있었을 법한 몸체는 흐릿한 재색이 되어 있었다. 흡사 지후가 데려왔던 그 유기견 같았다. 긴 주둥이 사이로 누렇고 날카로운 이빨과 함께 축축하게 침이 흐르는 순홍빛 잇몸이 드러났다. 위협적인 그 모습과는 다르게 감긴 눈은 깊은 수면에 빠진 것처럼 평온해 보였다. 두 번 총성이 연달아 울린 것을 끝으로 산 속의 나무와 풍경은 잠시 조용해졌다. 총성은 잠잠해졌지만 여전히 귓가에는 그 폭발적인 진동의 잔음이 남아 있었다. 세 사람은 숨을 거칠게 몰아쉬며 마대자루를 짊어지고 나타났다.

한 데 모여, 세 명 가운데 두 사람이 마대자루를 바닥에 던져 놓자 묵직한 소리를 내며 자루가 바닥에 떨어졌다. 안을 벌려 확인하는 그들 곁에서 자루 안을 훔쳐보는 순간, 짐승들이 발산하는 날 선 긴장감의 냄새를 맡았다. 그 톡 쏘는 악취와 함께 지환은 어지럼증을 느꼈다. 세 사람은 숨을 고르며 장갑을 낀 손으로 목덜미와 이마를 닦아내고 있었다. 자루 안에는 각각 한 마리와 두 마리의 들개가 들어 있었다. 그중 한 마리는 그물망에 휩싸인 채 기절해 있는 흰 개와 마찬가지로 사람의 허리춤까지 올 정도로 덩치가 컸다. 그러나 다른 두 마리는 거실의 가죽 소파 위에 리모컨과 함께 앉아 있는 것이 어울리는 소형 견이었다. 대장은 목덜미에 상처를 입었다.

"피가 나면 바로 닦아내야 한다. 녀석들은 피 냄새를 맡으면 절대로 포기하지 않고 달려들어. 인간이 약한 모습을 보이면 우습게 알아. 그래서 마취 총을 맞는 순간에도 승리를 확신하는 거지."

멀리서 검은 개 한 마리가 어슬렁거렸다. 다가오지도, 도망가지도 않으며 제자리에서 빙빙 돌고 있었다. 쌍둥이 중 한 명이 손쉽게 다가가 그 개의 목 가죽을 쥐고 뛰어내려왔다. 개는 사람의 손을 많이 탄 것이 느껴지는 온순한 눈빛으로 주변을 두리번거렸다. 팔뚝만 한 몸체에 아직 다 자라지 않은 강아지였다. 비록 털가죽에 흙먼지가 잔뜩 엉켜 있었지만 대백과사전을 펼치면 분명 그 안에서 품종을 찾아낼 수 있을 것처럼 고풍스러운 분위기가 흘렀다. 자그마한 머리통 위로 뾰족하게 솟은 두 귀는 미용 목적으로 수술을 하며 잘라낸 것이다. 아직 상황파악을 하지 못한 상태로 짖거나 울지도 못하는 그 강아지는 그대로 자루 안에 담겨졌다. 어째서인지 쌍둥이 중 한

명은 산 다람쥐를 잡아왔다. 손바닥만 한 그 다람쥐는 조
금 더 작은 포대에 따로 담겼다.

"건강하게 살아만 있으면 무엇이든 잡아넣어라. 개가
아니어도 돼. 고양이나 쥐, 가능하다면 참새여도 상관없
다. 일단 살아 숨 쉬는 상태로 온전하게 잡아가기만 하면
그쪽에서 보수를 쳐주니까."

"개가 아니어도 된다니 이상하네요. 저는 이 일이 유기
동물을 구조하는 것인 줄 알았거든요."

세 사람은 대답을 하지 않은 채로 단단히 입구를 조여
묶은 자루와 함께 짐을 챙겨 가방에 넣었다. 산에서는 해
가 빨리 지기 때문에 서둘러 낙산해야 한다. 지환은 다람
쥐 한 마리가 든 가벼운 포대와 함께 그물을 우겨넣은 종
이 백을 들었다. 발걸음을 옮기는 와중에 산 다람쥐가 균
형을 잡기 위해서 자루 안을 돌아다니는 것이 느껴졌다.
무게중심이 달라져서 자루를 쥐고 있기가 힘들었다. 평
소 운동을 즐기지 않기 때문인지 그들을 따라서 산을 올
라갔다가 내려오는 것뿐이었는데도 등과 목덜미가 땀으
로 흠뻑 젖었다. 땀을 흡수한 옷이 살갗에 닿아 추위가
느껴졌다. 무릎에서부터 종아리까지 얼얼했다. 발바닥에
누군가 못을 박은 것처럼 고통이 울려왔다. 아까 세워둔

고물차 뒤에 흰 화물차가 한 대 서 있었다.

운전자는 그들이 다가오는 모습을 보더니 차에서 내렸다. 말끔한 얼굴에 코가 아주 큰 남자였다. 삼십 대 중후반쯤 되어 보이는 그는 청바지에 캡 모자를 쓰고 있었다. 그가 다가와서 대장이 짊어진 자루를 익숙하게 제 어깨에 걸치며 화물차의 냉동 박스 쪽으로 걸어갔다. 자물쇠는 풀려 있었다. 두 쌍둥이가 짐을 내려놓고 화물차 박스 문을 양쪽으로 열어젖혔다.

어둠에 폭 잠겨 있던 살기 어린 눈동자들이 하나같이 사람들 쪽을 쏘아보았다. 지환은 급하게 숨을 들이쉬며 두어 발자국 뒷걸음질 쳤다. 화물차를 타고 온 남자는 지환의 그런 반응에 즐거워하며 허리를 굽혀 웃었다. 대장은 그에게 지환을 소개시켜주었다. 철창 안에 갇힌 개들은 종류가 다양했다. 대부분 대형견이었다. 바닥에 죽은 듯이 네 다리를 뻗고 누워 있는 녀석들도 종종 보였다. 합쳐서 총 스무 마리는 돼 보였는데 짖는 개들은 하나도 없었다. 으르렁거리듯 이빨을 드러내고 위협하는 포즈를 취하는 녀석들은 있었지만 모두 목소리를 잃은 듯이 고요했다. 대소변의 악취와 오랜 시간 방치된 짐승들의 분비물과 쩐내가 아우성쳤다. 처음에는 그 광경에 놀라 넘새를 제대로 맡을 수 없었지만 이내 집게손가락으로 코를 틀어막지 않고서는 견딜 수가 없었다. 보신탕을 고아 낸 솥단지에 들어가서 앉아 있는 것처럼 고약하고 꺼림칙한 악취였다. 네 사람은 오늘 사로잡은 것들을 자루째로 빈 공간에 던져 놓았다. 닭장 속의 닭처럼 철창살 사이로 긴 주둥이를 빼놓고 있는 개들은 자리가 좁아서 옴짝달싹 못하면서도 내내 지환을 주시하고 있었다.

"그래도 오늘은 꽤 많이 모았으니 바로 넘겨줘도 되겠어. 무게로 재지 않고 마릿수로 치기로 한 것 기억하지?"

한눈에도 대장보다 어려 보이는 남자는 주머니에서 봉투를 꺼내 지폐를 셌다. 지환은 문득 반쯤 닫힌 화물차 박스의 문 사이로 깊은 눈빛이 느껴져 그쪽으로 고개를 돌렸다. 많은 짐승 중에 왜인지 눈길이 가는 시선이 하나 있었다. 축 늘어진 두 귀와 새까맣고 큰 코, 길게 뻗은 주둥이 같은 것이 퍽 익숙했다. 잔금을 치른 화물차 운전수는 문을 닫으려고 하고 있었다.

"잠깐만요!"

"왜, 자루 안에 잘못 넣은 거라도 있나?"

대장이 등 뒤에서 물었다. 모든 짐승이 곧 문이 닫힐 것을 예감하는 것인지 갈구하는 눈길로 빛을 좇고 있었다. 문이 닫히면 밖으로 튀어나갈 수 있을지 모른다는 어리석은 희망도 함께 어둠 속으로 처박히고 말 것이다. 그 많은 눈길은 하나같이 측은했지만 그중에도 유독 익숙한 얼굴을 보고 지환은 하마터면 후야, 하고 동생처럼 불러볼 뻔했다. 그러나 세 사람이 지환을 빤히 바라보고 있었다. 조금의 여유도 주지 않는 독촉의 눈동자였다. 지환은 고개를 저었다.

"아니에요. 죄송합니다."

지환은 좁은 다마스 뒷좌석에 쌍둥이 하나와 몸을 부대끼며 앉은 채로 끝없이 이어지는 도로의 중앙선을 바라보았다. 초점이 흐려지고 멀미를 할 것처럼 몽롱해졌다. 어쩌면 그 개는 후일지도 모른다. 그러나 어쩌면 후가 아닐지도 모른다. 지환은 처음부터 그 개에게 별다른 애정을 느끼지 못했다. 그런 주제에 비슷하게 생긴 개들이 즐비한 그 사이에서 단번에 그 개를 찾아낼 수 있을리 없다. 후가 집을 나가지 않았을 때에도 지환은 길에서 다른 개와 후를 착각한 적이 있었다. 지금, 철장 안에 갇혀 앞 쪽의 화물차에 실려 가고 있는 그 개가 후라고 한들, 그가 할 수 있는 일은 없다. 지환에게는 어떤 의무나 권리도 없기 때문이다. 바지 주머니 속에서 빳빳한 재질의 지폐 몇 장이 반으로 접혀 골반을 찌르고 있었다. 지환은 주머니 겉으로 손을 가져다 대고 지폐 모양을 따라 손끝을 한 번 둘렀다. 대장은 지환에게 다음번엔 네가 그물망을 던지는 역할을 하게 될 테니 요령을 배워두라고 일렀다. 휴대폰 진동이 울렸을 때 분명히 유라로부터 온 연락일 것이라고 생각했지만 낯선 번호였다.

〈더스트 휴먼 구하시죠. 신뢰를 위하여 선금 받지 않습니다. 직거래 가능하십니까.〉

두 손으로 휴대폰을 쥐고 화면을 다시 들여다보았다. 여태까지 많은 사람들이 더스트 휴먼을 빌미로 선금을 요구했다. 그러나 이번에는 가짜가 아니라는 확신이 들었다. 심장이 빠르게 뛰었다. 옆 좌석에서 혹시 화면을 훔쳐보지 않을까 걱정되어 급히 셔츠 속으로 휴대폰을 숨기는 순간, 조수석에 앉아 있던 대장이 겁에 질린 목소리로 "악!" 하고 소리를 질렀다. 반사적으로 앞을 보자 커다란 새 한 마리가 두 날개를 펼친 채 사선으로 날아오고 있었다. 앞 유리에 금방이라도 부딪힐 듯 차를 향해 추락하고 있는 것이다. 지환은 안전벨트를 꾹 쥔 채로 눈을 질끈 감았다. 아무런 생각이 들지 않았다. 급정거를 하면서 몸이 저절로 앞으로 튕겨나가는 것을 느꼈지만 안전벨트 덕분인지 다시 좌석에 던져진 것처럼 되돌아와 앉았다. 벨트를 매지 않은 옆 좌석의 쌍둥이 한 명은 운전석 사이로 튀어나가 몸을 굽힌 채 앞좌석을 붙잡고 있었다. 도로 한가운데 멈춰 선 차 안에서 그들은, 육지로 끌어올려 내던져진 붕어처럼 발작적으로 숨을 내뱉고 있을 뿐이었다. 뻣뻣하게 굳은 목 근육을 움직여 앞을 보니 아무것도 없었다. 네 사람 모두 앞 유리창을 바라보았다.

"없어요. 아무것도 없어요."

지환이 중얼거렸다. 대장이 문을 열고 나가자 모두 따라서 차 밖으로 나왔다. 그러나 마찬가지였다. 차 앞에는 아무것도 없었다. 혹시 튕겨나간 건 아닐까 주위를 둘러봐도 잠잠했다. 벌써 어둠이 지고 있었다. 유리창에는 무언가 부딪힌 흔적 하나 없었다. 대체 그건 뭐였을까. 주머니에서 진동이 요란하게 울리고 있었다.

먼지 먹는 개

이상고온 현상으로 따뜻하던 날씨에 갑자기 우박이 쏟아졌다. 창문에 작은 얼음덩어리가 부딪히는 것이 마치 누군가가 손톱으로 창문 유리를 긁는 소리처럼 느껴져서 마음이 괴로웠다. 습기를 머금은 이불 안에서 지후는 눌어붙은 곰팡이가 되어가는 중이었다. 방 안 어디에도 거울이 없었지만 지후는 며칠 새에 자신이 얼마나 더 흉측한 꼴이 되었는지 알 수 있었다. 얼굴 표피에 돋아난 그것들은 늘 끊임없이 움직였다. 눈을 감고 가만히 누워 있으면, 그 검붉은 종기들 안에서 무언가 움트는 것이 느껴졌다. 보통 누렇거나 은근하게 녹색 빛이 도는 농액이지만 언제 그것들이 돌변할지 모른다. 지후가 경수의 웹툰을 매일 보고 있다는 것을 알게 되자 부모님은 지후의 방으로 들어오는 인터넷 선을 끊어버렸다. 기분 나쁠 정도로 고요한 방 안에서 혼자 할 수 있는 일은 이제 아무것도 없었다. 음악을 듣는 것도 싫었다. 복잡한 멜로디가 머릿속을 헤집어놓으면 몸에 달라붙은 괴물 같은 전염병에 대해서 제대로 생각할 수 없기 때문이었다. 방심하는 순간, 지후는 조금씩 짓물러 거대한 고름 덩어리가 되어버릴지도 몰랐다. 웹툰 '방사능 인간'의 뒷이야기를 알 수 없다는 것이 지후의 두려움을 더 자극했다. 잠을 청하기 위해서 눈을 감으면 기다렸다는 듯 기괴한 망상이 지후를 좀먹기 시작했다.

그러나 어디까지가 망상일까. 아직 일어나지 않은 현실과 망상 사이에는 어떤 차이가 있을까. 아침에 눈을 뜨면 떨리는 손으로 얼굴과 목, 가슴께를 찬찬히 매만져 제 몸의 형태를 확인해야 마음이 놓였다.

"저기… 바깥 공기가 아주 좋아. 하늘도 곧 맑게 개일 것 같고. 지후야, 오늘은 병원 가줄 거지, 응?"

문밖에서 어머니의 기운 없는 목소리가 슬그머니 기어들려왔다. 지후는 커튼으로 가려진 창문 쪽을 흘깃 바라보았다. 우박 내리는 소리가 잠잠해졌다. 진눈깨비 같은 가느다란 빗줄기가 내리는 중이었다.

집이 없는 것들은 비가 올 때엔 어디에서 잠을 잘까. 안식처가 없다는 것은 찬비를 피할 지붕 하나 없다는 뜻이다. 처마 끝에서부터 똑똑 떨어지는 빗물을 바라보며 비를 피하다가도, 사람의 발소리가 들리면 젖은 바닥을 밟으며 도망가야 할 것이다. 사람이라면 우산이 없을 때 역 안의 플랫폼 벤치, 공원의 화장실, 인적이 드문 건물 입구 같은 곳에 서 있다고 해도 이상하지 않다. 그러나 우산이 없으니 비를 좀 피할게요, 하고 말할 수 없는 다른 동물들은 모두 어디에 숨을까.

가까운 곳에, 땅 주인과 건설업체 책임자가 의견 조율에 실패한 바람에 짓다 만 건물이 하나 있었다. 그 이층짜리 건물은 거의 다 지어졌지만 문과 창문이 빠진 상태로 남았다. 갓난아기에서 바로 노파가 된 것처럼 새 건물은 금세 폐허가 되었다. 새벽이 되면 그 건물은 길 잃은 누군가의 안식처가 될 것이다. 개나 고양이, 혹은 인간, 아니면 쥐가 숨어 살 수도 있다. 입구가 폐쇄되어 평범한 방법으로는 절대 들어갈 수 없지만 분명 누군가는 안으로 통하는 비밀의 통로를 만들었으리라. 체구가 작은 동물들이 주차된 승용차와 트럭 아래에서 비바람을 피하다가 예고 없이 움직이는 타이어에 짓눌려 죽는 경우가 많다고 했다.

허리춤에서 함께 걷던 후는 덩치가 컸다. 두 발로 서서 묘기를 부리듯 몸을 다 일으키면 지후와 견줄 정도로 몸체가 기다란 녀석이다. 그런 후가 몸을 피할 곳이 이 도시에 있을까. 후는 모험을 시작했을지도 모른다. 사람 따위는 갈 수 없는, 새로운 안식처를 찾아서 따뜻한 곳에 늘어지듯 누워서 비가 내리는 광경을 그 커다란 눈망울로 바라보고 있을지도 모른다. 그렇게 상상할수록 그건 진실이 되어 지후의 마음을 편안하게 해주었다.

"정 힘들 것 같으면 엄마가 네 형 부를게. 업고 가면 괜찮을 거야."

"싫어요."

유리창에 선탠 처리가 되어 있는 아버지의 승용차는 바깥에서 안을 볼 수 없었다. 차 안에 앉아 있으면 지나다니는 사람들을 구경할 수 있지만, 그들은 차 안에 앉은 괴물 같은 제 정체를 모른 채 스쳐 지나갔다. 바닥을 기어 다니는 개미를 밟고 지나가듯 지후의 시선은 묵살되었다. 차에서 내려 병원에 들어서면 의사를 비롯해 간

호사들과 대기 환자들이 있다. 챙이 넓은 모자와 마스크, 목도리로 얼굴과 목을 아무리 가려도 사람들은 경계심과 호기심이 뒤섞인 시선으로 계속 지후를 흘깃거렸다. 가능하다면 병원에 가지 않고 화상 채팅이나 전화로 상담 치료를 받고 싶었다. 시장 한가운데에 갑자기 나타난 꾀죄죄한 절름발이 들개 한 마리처럼 사람들의 구경거리가 되고 싶지 않았다. 날카로운 눈빛들은 눈이 없는 그의 뒤통수에도 상처를 남겼다. 연고와 항생제가 핏속에 흡수되어 피처럼 흐를 정도로 계속 피부 치료를 받았지만 소용없었다. 당연한 일이었다. 지후는 자신이 이렇게 될 것을 이미 예상하고 있었다. 피부과에서 여태까지 봐왔던 익숙한 알레르기 염증일 리 없다. 그는 희귀 질환에 걸리고 만 것이다. 햇볕을 오래 쐬어 생긴 주근깨나 청소년기 호르몬 변화로 생긴 여드름은 정확한 원인이 있으니 치료가 가능하다. 그러나 지후가 앓고 있는 이 병에 대해서 의사들은 아는 것이 없다. 그렇기 때문에 '스트레스성'이라는 빤한 말만 임시방편으로 계속 둘러대는 것이다. 지후는 그들이 뭘 숨기는지 알 수 있었다. 아직 병의 정확한 원인을 찾아내지 못한 것이다. 병원에서는 그 사실이 탄로 날까 두려워 자신을 다른 환자와 똑같은 처방으로 치료하며 계속 이익을 남기고 있다. 어차피 지루한 연구 끝에 원인을 찾아낸다고 해도 현대 의학으로는 고칠 수 없을 것이다. 그런 예감이 들었다. 무테안경을 쓴 푸근한 인상의 의사가 미소를 지으며 말했다.

"충분히 그렇게 생각할 수 있어요. 나는 어릴 때 시골 집 뒷간에 빠지는 상상을 자주 하곤 했답니다. 그 깊고 검은 구멍을 지나치게 두려워했기 때문이에요."

의사는 지후의 표정을 관찰하며 종이 위에 암호처럼 그에 대한 진료 기록을 휘갈겼다.

"인터넷이 끊겨서 숨이 안 쉬어져요. 세상과 단절된 느낌이 들어요."

지후는 더 이상 어떤 전문의도 믿을 수가 없었다. 그래서 스스로 인터넷 창을 열고 해결책을 찾아보고 싶었다. 그러나 그런 그의 요구는 받아들여지지 않았다. 어머니는 하루에도 몇 번씩 의사에게 전화를 걸었다. 지후의 행동반경에 대한 결정권부터 식단까지 조종하는 것은 의사의 입이었다.

병원에 다녀온 뒤, 열린 문 사이로 요강을 꺼내 가기 위한 어머니의 발소리가 들렸다. 전혀 양념이 가미되지 않은, 젖은 종이 같은 식사가 담긴 쟁반도 들고 있을 것이다. 지후는 이불 안에서 번데기처럼 몸을 구부린 채, 어머니가 다시 문밖으로 나가는 순간을 기다리고 있었다. 그러나 둔탁한 소음은 평소보다 길게 계속 이어졌다. 낯선 느낌에 지후의 어깨와 목뼈가 긴장으로 굳어지고 있었다. 어머니 이외의 발자국 소리와 함께, 두런두런 속삭이는 말소리도 얼핏 들렸다. 덧버선을 신은 어머니와 다르게 크고 넓은 발바닥이 장판 위를 마구 돌아다니고 있다. 아버지나 형이 아닐까. 지후는 혹시 저번처럼 아버지와 함께 들어와서 저를 억지로 끌고 나가는 것은 아닌지 두려웠다. 그때 부모님은 그를 강제로 방에서 끌어내려고 했다. 그것이 의사의 지시였는지, 부모님 서로가 상의해서 결정한 일이었는지는 알 수 없지만 완전히 실패한 방법이었다는 것만은 확실했다. 지후는 항생제와 죽이 섞인 누런 액체를 토해내며 주저앉았다. 그대로 퓨즈가 끊긴 노트북처럼 정신을 잃었다가 깨어나 보니 익숙한 방 천장이 보였다. 지후는 링거를 맞으며 뜬눈으로 밤새 문밖을 경계했다. 그 뒤로 가족들은 한 번도 지후를 강제로 데리고 나간 적이 없었다. 긴장하고 있던 와중에 이번에는 문이 닫히는 소리가 들려왔다. 그 뒤로 몇 분 간 잠잠한 고요를 느끼다가 지후는 천천히 이불을 걷고 일어나 앉았다.

책상 위에는 밥상보로 덮인 식사가 차려져 있었다. 그러나 그것보다는 의외의 위문품이 눈에 띄었다. 자그마한 티브이였다. 서랍장 위에 티브이가 놓여 있었다. 곁에는 리모컨도 있었다. 지후는 티브이 선을 연결하는 기사가 들어왔었다는 것을 알아챘다. 리모컨을 쥔 손이 떨려왔다. 티브이는 세상을 향해 열어도 안전한 지후만의 창문이 되어줄 것이다. 인터넷처럼 쌍방은 아니더라도 일방적인 정보라도 들여다볼 수 있는 것이 어디인가. 지후는 리모컨 전원 버튼을 누르는 것과 동시에 그 네모난 화면 속으로 빨려 들어갔다. 전에는 느낄 수 없던 희열이었다. 잠깐이지만 몸이 열에 후끈 달아오르며 기분 좋은 흥분이 일었다. 왜인지 병에 걸리지 않았던 때로 잠시나마 돌아간 기분이 들었다. 낯선 프로그램들도 방영되었지만 대부분 지후가 몇 번이나 시청했던 익숙한 프로그램들이었다. 그가 돌아갈 세상이 그다지 많이 변하지 않았다. 그 사실이 그의 돌덩이처럼 굳었던 가슴을 조금이나마 들뜨게 했다. 쟁반 위에 차려진 식사가 식어가는 줄도 모르고 지후는 티브이에 열중했다. 밥상보를 걷어낸 뒤, 밥공기에 서너 가지의 반찬을 함께 올려서 침대로 가져와 입안에 밀어 넣었다. 시선은 티브이 화면에 달라붙어 떨어질 줄 몰랐다. 피부를 위하여 조미료를 극도로 줄인 채소 위주의 반찬은 맛이 없는 데다가 활동량도 적기 때문에 지후는 늘 식욕이 없는 편이었다. 그래서 평소에는 반 공기 정도밖에 먹지 않았지만 오늘은 달랐다. 그의 시선과 신경이 모두 티브이에 가 있었기 때문에 입으로 들어가는 음식의 맛은 물론이고 위장이 묵직하게 차오르는 느낌에도 무뎌졌다. 어느새 한 공기를 모두 비웠다. 지후는 바닥에 그릇과 젓가락을 내려놓고 본격적으로 리모컨 버튼을 누르기 시작했다.

드라마 속의 배우들은 한결같이 피부가 매끄러웠다. 사극 속 인물들조차 티끌 하나 눈에 띄지 않는 뺨을 마음껏 내보이고 있었다. 이 병을 앓기 전만 해도 지후는 세수를 한 뒤에 화장수를 챙겨 바르지 않았다. 가끔 뾰루지가 났지만 그걸 신경 써본 적도 없었다. 지후는 금세 우울한 기분이 되어 리모컨 채널 버튼을 사정없이 눌렀다. 두꺼비의 등처럼 오톨도톨한 손등 피부를 무른 손톱으로 짓눌렀다.

〈먼지처럼 사라진 사나이, 그는 누구인가〉

재방송 마크가 떠 있는 화면에는 누군가를 추적해나

가는 다큐멘터리가 방영되고 있었다. 인터넷에서 사람들의 입에 많이 오르내렸을 일이겠지만 지후는 무슨 일이 벌어진 건지 알 수 없었다. 방송을 처음부터 시청하지 않았기 때문에 사건의 내용을 파악하기 위해 내레이션에 집중해야 했다.

평소 말이 없고 착실했던 한 택배 기사가 갑자기 사라진 실종 사건. 납치를 당했다거나 큰 사고에 휘말린 것이 아니라 자살이라는 결론이 나왔다. 집 안에서 유통기한이 넘도록 오래 놔둔 음식물이라고는 찾아볼 수 없었고, 주말이면 꼭 마트에 가서 장을 봤지만 실종된 주에는 아무것도 구입하지 않았다. 오랜 기간 동안 택배 회사에서 일하면서, 그는 단 한 번도 무단결근을 한 적이 없는 사람이었다. 형사는 그의 휴대폰에서 저장되지 않는 수백 개의 낯선 번호들을 찾아냈다. 그건 모두 택배를 받는 손님의 연락처였다. 여태까지 늘 혼자 살아온 그의 주위에는 특별하게 가깝게 지내는 사람이 단 한 명도 없었다. 다큐멘터리는 그 점을 깊이 다루고 있었다. 휴대폰 안에 저장된 번호는 거래처와 배달 음식점, 친하지 않은 몇 지인이 전부였다. 어릴 적부터 그를 돌봐왔다는 그의 고모는 이미 돌아가신 뒤였다. 그 밖의 친척들과는 사이가 멀어, 얼굴을 보고 지낸 지가 몇 십 년이 지나 있었다.

실종 전 마지막으로 출근했던 날, 그는 수천 개의 소포를 구분하는 일을 했다. 무게와 지역, 그밖에 여러 세밀한 요소에 따라서 차에 나눠 실릴 소포를 구분하는 일이었다. 동료들은 그날의 그에게 특별히 이상한 점은 없었다고 했다. 그는 언제나 혼자 식사를 했고 말주변이 없는 탓에 동료들이 말을 걸어도 단답형으로 대답했다. 담배를 피우지 않기 때문에 모두가 쉬는 시간에도 그는 그저 똑같은 자리에서 자신이 맡은 일을 하고 있었다고 한다. 그중 한 동료는 그와 술자리를 가진 적이 있다고 털어놓았다. 우연찮은 기회로 포장마차에서 소주를 한 잔 기울이면서 그에게서 돈을 빌리려고 했던 것이다. 그러나 그에게는 모아놓은 돈이 없었다. 젊은 날, 결혼을 약속했던 여자에게 전 재산을 맡겼다가 사기를 당했다. 그 사연과 함께 평소에 월급이 들어올 때마다 기아 돕기 모금에 기부를 해온 사실이 밝혀졌다.

화면은 그가 살던 초라한 옥탑방의 모습을 찬찬히 비추었다. 모두 낡고 오래된 물건들뿐이었다. 한쪽 다리가 성치 않아 청테이프로 고정을 시켜놓은 앉은뱅이책상 위에는 그가 평소에 유일한 낙으로 생각하며 즐겨 먹던 누룽지 사탕 봉지가 놓여 있었다. 사탕은 벌어진 입구에서 쏟아져 나와 방바닥을 어지러이 수놓았다. 그는 여전히 발견되지 않았다. 그러나 몇 가지의 수상한 단서가 남아 있었다. 그의 옷가지는 한강 공원 다리 밑에서 발견되었다. 택배 유니폼 바지와 함께 늘어난 러닝셔츠, 점퍼와 속옷, 양말, 그리고 구두까지 모두 한데 모여 있었다. DNA 검사 결과, 틀림없이 사라진 그 남성의 것들이었다. 여기서부터 의문이 피어올랐다. 속옷부터 신발까지 그런 공공장소에 벗어놓은 채 그는 어디로 사라졌을까. 그의 물건에서 없어진 것은 단 하나도 없었다. 단지 그의 몸만이 빠져나갔다. 알몸으로 강물에 뛰어든 것은 아닐까. 그러나 CCTV를 뒤져본 결과, 그럴 가능성은 매우 낮았다. 실종 당일, 새벽 두 시에 한강을 거니는 그의 모습이 포착되었지만 어느 화면에서도 알몸으로 나타난 적은 없었다. 화면 속 그는 초조한 발걸음으로 주위를 두리번거리며 걷고 있었다. 두 손은 바지 주머니에 넣은 채였다. 또 하나의 단서는, 그가 모아놓은 쓰레기 분리수거 통에 담긴 의문의 상자였다. 수신자와 수령자의 주소가 적힌 꼬리표는 이미 뜯겨 나갔지만 상자에 남아 있는 테이프의 로고는 그가 다니던 택배 회사의 것이었다. 작은 상자에는 회사에서 취급하기 편하도록 매직으로 기호를 적어놓은 부분이 있었다. 확인 결과, 그 기호는 그가 마지막으로 일했던 날의 소포인 것으로 밝혀졌다. 그러나 누가 보내는 것이었는지, 누가 받으려던 것이었는지는 알아낼 수 없었다. 회사 안에는 셀 수 없을 만큼 우편물이 넘쳐났고 그 안에서 실수로 누락되거나 사라지는 것들의 수가 꽤 많았다. 항의 전화가 오더라도 어디로 사라진 것인지 찾아낼 길이 없었다. 사라진다고 해도 수신자와 수령자가 모두 잊고 지내는 물품들도 적지 않았다. 어쩌면 그가 뜯어본 소포도 그런 것 중의 하나일 수 있다. 과연 그 안에는 뭐가 들어 있었던 것일까. 그리고 그는 어떻게 사라진 걸까.

다큐멘터리는 그의 인터넷 이용 기록에서 그 실마리를 찾아냈다. 그가 한 달이 넘도록 수차례에 걸쳐서 반복하여 검색한 단어가 있었다. 그것은 '더스트 휴먼', 사람들 사이에서 입소문으로 퍼져나가고 있는 신비의 마약이었다. 그 마약에 대한 소문은 무성했다. 실제로 더스트 휴먼을 복용한 뒤에 환상의 여인을 만났다거나 로켓처럼 하늘을 가르는 기분을 느꼈다고 댓글을 적은 사람을 찾아가 보았지만, 그런 소문을 만들어낸 사람은 교복 소매가 한참이 남아도는, 키 작은 중학생이었다. 더스트 휴먼을 판매한다는 사이트를 찾아가보자 이미 폐쇄되었거나 거짓인 경우가 대부분이었다. 더스트 휴먼이 성적인 쾌락을 높여준다고 말하는 이도 있었으며, 그 마약을 복용하면 낙태가 가능하다는 얘기도 있었다.

그러나 실제로 그런 마약이 존재하는가, 다큐멘터리는 질문을 던졌다. 전문가는 사람들의 공포가 만들어낸 허구에 불과하다는 의견을 냈다. 변기와 세면대, 각종 개수대를 말끔하게 청소하는 돌연변이 물고기가 제품화되고, 돌연변이 쥐로 공업용 기계를 세척하고 소독하는 일이 가능해지면서, 갑작스런 과학의 발전으로 인해 인간이 느끼는 불안이 세상에 없는 허구의 마약을 만들어낸 것이라고 전문가는 단언했다. 흰 가운을 입은 전문가를 보여주던 화면은 다시 실종된 남성의 허름한 옥탑방으로 돌아왔다. 그렇다면 그가 실종되기 전까지 인터넷에서 꾸준히 더스트 휴먼을 검색했던 이유는 무엇일까. 사이버 수사대는 그가 누군가에게 수차례 메일을 보내왔다는 사실을 알아냈다. 그는 놀랍게도 더스트 휴먼을 직접 구하고 있었다. 그는 여러 사람에게 같은 메일을 보냈다. 다큐멘터리는 그 메일의 일부를 공개했다.

〈실례를 무릅쓰고 메일을 보냅니다. 관계자 분들은 더스트 빈의 원액으로 만든 약, 더스트 휴먼을 구할 방법을 알고 있다고 들었습니다. 여태까지 누구에게도 해를 끼치지 않고 살아왔습니다. 그렇기 때문에 떠날 때에도 풍화되어 거짓말처럼 사라지고 싶습니다. 처음에는 이런 약이 존재한다는 사실을 저도 믿지 않았습니다. 그러나 더스트 빈 광고를 보고 실제 그것을 사용해보면서 더스트 휴먼의 존재를 믿게 되었습니다. 결국, 저에게 해답은 더스트 휴먼밖에 없다는 생각이 들더군요. 얼마여도 상관없습니다. 더스트 휴먼, 어디서 구할 수 있나요? 제발 한 알만 구할 수 있도록 부탁드립니다.〉

그의 메일에서 간절한 마음이 전해졌다. 지후는 가슴께의 옷가지를 주먹으로 움켜쥐었다. 이 다큐멘터리를 시청하는 사람들 중에 몇 명이나 그의 말을 이해할 수 있을까. 일부는 얼빠진 놈이라며 그를 비웃을 수도 있다. 형 지환만 해도 그럴 것이다. 지환은 늘 세련된 패션의 옷을 차려입었고 신종 디바이스들을 다루며 쾌락적이며 이성적으로 살아가는 사람이었다. 형 같은 사람은 절대 저 남자의 마음을 이해할 수 없다. 지후는 고개를 잘게 저었다. 심장이 빠르게 뛰는 소리가 몸 안에서 전해져

왔다. 바람처럼 공기 중에 흩어진다니, 그건 대체 어떤 기분일까. 그는 어떻게든 더스트 휴먼을 구했으리라. 인적이 드문 시간, 그는 아무도 모르게 밖으로 나왔다. 주머니 속에 그 약을 넣은 채로. 그리고 바람이 부는 한강에서 멋지게 사라졌다.

그의 인생이 얼마나 괴롭고 고달팠는지는 알 수 없다. 지후가 그에게서 궁금해한 것은 그런 것이 아니었다. 다큐멘터리는 어느새 끝이 났고 양고기로 만든 소시지 광고가 연이어 나오고 있었다. 겉모양은 평범한 소시지와 같지만 돼지고기보다 훨씬 연하고 단백질이 풍부한 것을 강조하며 둥지 안에서 참새처럼 입을 벌린 아이들 입안에 소시지를 넣어주는 장면이었다. 티브이 전원을 껐다. 적막 속에서 그동안 숨죽이고 있던 빗소리가 다시 들려왔다. 지후는 커튼 사이로 비에 젖은 거리를 훔쳐보았다.

"기분은 좀 괜찮니? 그릇 치우러 들어가도 될까?"

문밖에서 들려오는 목소리에 그는 다시 이불 속으로 들어갔다. 잠시 침묵이 흘렀다. 그 침묵을 긍정의 대답으로 받아들인 어머니가 열쇠로 문을 열고 들어왔다. 조심스러운 발소리가 침대 가까이까지 왔다가 그릇들이 서로 부딪히는 소음이 들려왔다. 지후는 이불을 조금 걷어

내고 어머니의 등을 쳐다보았다. 쟁반을 들어 올려 뒤로 돌던 어머니는 그와 시선과 마주치자 갑자기 도마뱀이라도 밟은 것처럼 바닥에서 급하게 발 한쪽을 떼어냈다. 그 바람에 쟁반 위에 있던 젓가락 한 짝이 바닥에 떨어졌다. 어머니는 그를 두려워하고 있었다. 어머니의 눈에 비친 자신은 이제 어떤 모습인 걸까. 수업 시간에 읽었던 프란츠 카프카의 소설 속 주인공이 된 기분이었다. 지금 그의 침대 위에는 아주 커다랗고 흉측한 딱정벌레가 누워 있는 것이다. 그러나 놀란 표정을 급히 다듬으며 어머니는 웃어 보였다.

"티브이 보니까 좀 괜찮니? 뭐 더 필요한 거 있어?"

"형 노트북 좀 가져다주세요."

어머니는 잠시 빈 그릇을 내려다보며 망설였다. 그러나 이내 고개를 저었다. 지후도 물러서지 않았다.

"학교 친구들과 메신저로 얘기하고 싶어요. 모두 졸업하기 전에 저도 학교로 돌아가야죠."

"정말이니?"

일순 불붙인 성냥개비처럼 타오르는 눈빛이 지후의 얼굴 안에서 무언가를 찾듯 샅샅이 살폈다. 그는 과장되지 않게 고개를 끄덕였다. 어머니는 쟁반을 들고 빠르게 방 밖으로 나갔다. 열린 문 틈새로 방 안과는 다른 신선한 공기가 흘러들어왔다. 거실과 그의 방은 같은 건물 안에 있지만 전혀 다른 세계 같았다. 어머니는 곧 네모난 노트북을 두 손으로 받쳐 들고 습기 찬 방 안으로 들어왔다. 뱀의 긴 꼬리처럼 노트북에 연결된 전깃줄이 문 틈새로 굽이치며 따라 들어왔다. 어머니는 쟁반이 있던 책상 위를 정돈하곤 노트북을 가지런히 놔두었다. 그리고 그 곁에 알약을 몇 개 놓아주었다. 물통에 담아 온 채소즙도 내려놓고는 잠시 무언가 망설였다.

"내일은 병원 갈 거지?"

지후는 고개를 대충 끄덕였고 어머니는 고맙다고 속삭이며 좀 더 가벼워진 발걸음으로 방 밖으로 나갔다. 그는 알약을 모아 새 모이 주듯 창밖으로 던져버렸다. 그러곤 노트북을 열어 전원을 켰다. 가장 먼저 알아봐야 할 것은 바로 더스트 휴먼의 존재 유무였다. 이 세상에 '터무니없는 얘기'라는 건 없다. 과학기술은 인간이 상상할 수 있는 범위를 벗어났다. 인터넷 창을 열고 더스트 휴먼을 검색하기 위해 검색창 안에 더스트, 까지 적어 넣었더니 이미 연관 검색에서 더스트 휴먼, 더스트 휴먼 구함, 더스트 휴먼 판매처, 더스트 휴먼 낙태, 라는 단어가 끝도 없이 달려 나왔다. 노트북 사용자가 이미 검색해본 단어였다. 지후는 잠시 놀라 클릭을 멈추었다. 이지환이라는 사람이 검색해볼 만한 단어가 아니었기 때문이다. 호기심이 동했던 걸까. 어쩌면 심심풀이로 검색해볼 수도 있다는 생각이 들었을 때, 메일이 왔다는 것을 알리는 창이 조그맣게 떴다. 자동 로그인이 되어 있었던 것이다. 그는 형의 사생활을 보호하기 위해서 그 알림 창을 닫으려 했다.

〈더스트 휴먼 판매 요청에 대한 답변입니다〉

손끝에서부터 뜨겁게 피가 도는 느낌이었다. 가슴께가 간질거리고 저절로 다리가 떨려왔다. 어째서 형이 그런 약물을 구하려고 했는지는 그다지 궁금하지 않았다. 무엇보다 그 약물이 존재하며, 그걸 팔겠다는 사람이 있다는 것이 사실이었다는 충격이 더 컸다. 지후는 메일을 클릭했다. 직접 만나서 거래를 하고 싶다는 내용이었다. 금액에 관해서는 만나서 천천히 조정하고 싶다는 말과 함께 아무에게도 얘기하지 말고 혼자서 올 것을 부탁했다. 그는 차근히 답장을 적었다. 어떻게든 메일 발신자를 만나고 싶었다. 어차피 형에게 간절한 이유 따위는 없을 것이다. 늘 그랬다. 지환은 그 약물이 '새롭다'는 것에 안테

226

나가 서서 반응한 것뿐이다. 어차피 그 약물을 정말 손에 넣는다고 해도, 후처럼 길거리에 떠돌아다니는 동물에게 먹여 실험을 해보려고 했을 것이다. 더스트 휴먼은 지후 자신에게 훨씬 필요했다. 엄청난 가격이겠지만 어떻게든 구해야 한다.

매일 아침, 짓눌려 터진 고름과 핏물이 젖어든 베개보를 볼 때마다 지후는 제 스스로에 대한 혐오에 몸을 떨었다. 자신의 피부에서 풍겨 나오는 고약한 냄새는 삶의 의욕을 완전히 꺾어놓았다. 깨끗하게 씻는다고 해도 나아지질 않았다. 그게 바로 단순한 피부병이 아니라 희귀병이라는 증거이리라. 지후는 고결하게 삶을 마감하는 방법을 드디어 찾아냈다. 마치 제 답장을 기다리고 있었던 것처럼, 또다시 답메일이 왔다.

내일 당장 만나기로 약속했다. 더 이상 목구멍에 걸려 숨 막히게 하는 기다란 알약이나 비릿한 채소즙 따위를 삼킬 필요가 없어졌다. 늘 송장처럼 누워 지내는 익숙한 침대가 아늑한 관처럼 느껴졌다. 이곳에서 이렇게 누워 지내는 것도 며칠 남지 않았다는 생각이 들자 전에 없이 가슴이 후련했다. 어쩌면 저 멀리 아득한 곳에서 후를 만나게 될 수도 있지 않을까. 눈두덩이 뜨거워졌다. 지후는 입술을 깨물며 눈물을 참았다. 아직 감격하기엔 이르다. 꿈속에서 후가 달리고 있었다. 지후는 그 바로 위에서 후에게 그림자를 드리우며 독수리처럼 빠르게 날았다. 너무 빠른 속도 때문에 두려웠지만 두려움보다는 흥분이 더 컸다. 심장이 빠르게 뛰는 것이 아침에 눈을 뜰 때까지 계속되었다.

　지후는 오랜만에 스스로 잠옷을 벗고 청바지와 목 위까지 올라오는 터틀넥 스웨터를 차려입었다. 면이 넓은 마스크를 착용하는 것도 잊지 않았다. 지환의 노트북 안에서 자신이 판매자와 주고받은 메일은 완전히 삭제했다. 요즘 등산에 취미를 붙였다는 지환은, 노트북이 없어진 것도 모르고 밤늦게 들어와서 내내 잠을 자는 중이었다. 그는 형의 방문 앞에 노트북을 내려놓고 부엌으로 갔다. 친구를 만나고 나서 병원에 다녀오겠다는 말을 꺼내기도 전에 어머니는 들고 있던 냄비 뚜껑을 떨어뜨렸다. 냄비 뚜껑은 큰 소음과 함께 어머니의 슬리퍼 위로 떨어졌다. 어머니는 발등이 아픈 줄도 모른 채 지후를 쳐다봤다. 모자를 깊게 눌러써서 앞이 잘 보이지 않았지만 어머니의 눈가가 젖어 있는 것은 알 수 있었다. 떨리는 손길로 어머니는 지갑에서 차비와 여분의 돈을 꺼내주었다. 지후는 그런 어머니의 눈을 바라보며 거짓말을 하기가 힘겨웠다.

그러나 이미 모든 것은 시작되었다. 판매자는 약속 장소에 나와 있을 것이다. 운동화를 신고 현관문을 열 때까지 수십 번 고민했다. 아직 비는 그치지 않았다. 검은 우산이 지후의 모습을 세상으로부터 가려주었다. 그가 만나자고 한 곳은 고속버스를 타고 가다가 중간에 내려서 한참 걸어가야 하는 외진 무인 카페였다. 주유소에서 운영하는 카페로, 기름이 떨어진 차들이 정차하지만 정작 카페 안으로 들어오는 손님은 없었다. 주유소와 카페를 제외하고 주변에는 건물이 하나도 없었다. 길게 뻗은 도로 위로 차들이 빗속을 뚫고 달려 나갔다. 무인 카페 안에는 동전을 넣고 버튼을 누르는 자동판매기가 한 대 덩그러니 서 있었다. 종이컵에 담겨 나온 커피를 자리에 들고 가서 마시면 되는 것이다. 일종의 휴게소 개념이었다. 주유소 직원은 두 명뿐이었다. 그들은 지후를 흘깃 바라보다가 흥미를 잃고 저들끼리 얘기를 주고받았다. 카페 입구에는 버스 기사로 보이는 아저씨가 담배를 피우고 있었다.

카페 안에 자리를 차지하고 앉아 있는 사람은 단 한 명뿐이었다. 흰 캡 모자를 눌러쓴 젊은 여자. 하나로 묶어 등 뒤로 흘러내리는 그녀의 머리카락을 바라보다가 무언가 잘못되었다는 생각이 들었다. 판매자가 여자일 거라는 생각은 하지 못했다. 사기를 당한 것은 아닐까. 다가가기를 주저하는 사이에 그녀가 고개를 돌렸다. 지후는 그녀가 누구인지 알아볼 수 있었다.

"어, 저기, 황…기연 누나 아니세요?"

"나를 알아요?"

그녀는 경계하는 목소리로 모자챙을 손끝으로 잡으며 지후의 모습을 훑어보았다. 접힌 장우산의 꼭지 부분으로 빗물이 뚝뚝 떨어져 바닥을 더럽히고 있었다. 그녀가 지후를 알아보지 못하는 것은 당연했다. 대학생 기자라고 자신을 설명한 그녀와 인터뷰를 했을 당시, 그의 여드름은 심하지 않았다. 아직 등교가 충분히 가능한 정도였다. 사춘기를 심하게 앓는 소년이라고 봐도 이상하지 않았다. 이젠 괴물이 되어버렸으니 마스크를 벗고 모자를 들추면, 그녀가 뒷걸음질 쳐 도망갈지도 모른다. 그러나 기연은 지후가 떨리는 손으로 마스크를 벗을 때까지 가만히 자리에 앉아서 그를 올려다보고 있었다. 테이블 위에 놓인 종이컵에서 김이 모락모락 피어올랐다. 그녀는 두 손으로 제 허벅지를, 착 소리 나게 치며 일어섰다. 그녀의 눈빛이 지후를 기억하고 있었다. 지후는 그제야 고개 숙여 인사했고 그녀는 잠시 반가운 기색으로 그의 인사를 받았다. 그러나 둘은 곧 지금 상황을 깨달았다. 지후는 일단 더스트 휴먼을 그녀에게서 구할 수 없다는 것을 깨닫고 온 몸에 기운이 빠졌다. 그러나 한편으로는 마음이 놓였다. 쇼윈도 밖으로 비 개인 도로가 펼쳐져 있었다. 기연은 지후의 코앞에 따뜻한 코코아가 담긴 종이컵을 내려놓았다. 지후는 제 형의 메일을 훔쳐본 뒤 자신이 대신 이곳에 나왔다는 사실을 솔직하게 자백했다. 기연은 모자를 깊이 눌러쓰며 한숨을 내쉬었다.

"나도 똑같은 처지야. 패스트라는 사람의 메일을 받았던 건 내가 아니라 바로 내 아버지야. 내가 아버지 몰래 접속해서 그가 보낸 메일을 읽게 된 거야. 너희 형뿐만이 아니라 아주 많은 사람들에게서 비슷한 메일이 와 있었어. 더스트 휴먼이라는 마약을 구하고 싶다는 거였지. 아버지는 더스트 빈과 더스트 몬스터를 홍보하는 일을 맡고 계셔. 아마도 사람들은 아버지가 그 회사와 깊이 연관된 사람이라고 믿고 있는 모양이야. 대외적으로 티브이나 잡지에 광고를 내보내는 역할을 맡고 있으니까 말이야. 그렇지만 제품 유통과는 전혀 관계가 없을뿐더러 그 더스트 휴먼이라는 약이 실재하는지도, 아버지는 모를 거야."

"그런데 왜 나를 만나러 나온 거예요?"

그녀는 미지근하게 식은 커피가 담긴 종이컵을 두 손으로 만지작거렸다.

"아버지가 이상한 약을 사 모으고 있는 것 같아. 너희 형처럼 말이야."

지후는 어쩌면, 그녀의 아버지가 더스트 휴먼을 손에 쥐고 있는지도 모른다는 생각이 들었다. 저도 모르게 테이블 모서리를 힘주어 붙잡으며 기연 쪽으로 얼굴을 더 가까이 가져갔다. 그때 카페 안으로 선글라스를 쓴 긴 말총머리의 여자와 머리가 희끗한 중년 남자가 함께 들어왔다. 기연은 잠시 입을 다물었다. 두 남녀는 이쪽을 잠시 바라보더니 자판기 앞에서 웃으며 시끄럽게 대화를 나누기 시작했다. 기연은 잠시 그들의 눈치를 살피다가 지후를 보며 가볍게 고개를 저었다.

"아니야. 아버지가 갖고 있는 건 다른 약이야."

그녀의 목소리는 도서관 열람실 옆자리에서도 잘 들

리지 않을 정도로 작아져 있었다. 지후는 그녀의 목소리를 잘 듣기 위해서 고개를 숙여 귀를 기연의 얼굴 가까이 가져다 댔다. 다행히도 그녀는 지후의 피부병이 옮을까 봐 두려워하는 기색은 아니었다. 그저 깊은 고민에 빠진 탓에 미간을 좁혔다.

"아버지가 판매상에게 메일을 보내거나 답장을 보낸 내역은 전부 삭제되어 있었어. 원래부터 철두철미한 사람이니까. 내가 그 노트북으로 알아낼 수 있는 단서는 받은 지 얼마 안 되어서 미처 지우지 못한 메일들뿐이었어. 아버지는 아마 그들과 직접 만나서 거래를 해왔을 거야. 소포 같은 것은 흔적이 남잖아. 처음 아버지를 의심하게 된 것은, 수상한 약을 집에서 발견했기 때문이야. 우리는 평소에 사이좋은 부녀지간은 아니야. 그렇기 때문에 내가 아버지 방에 허락 없이 들어가는 일은 절대 없어. 허락을 받는다고 해도 들어가고 싶지 않을 정도야. 그런데 우리 세모는 달라."

"세모요?"

"우리 집 고양이야."

기연의 표정이 잠시 부드러워졌다. 그러나 이내 진지하게 말을 이었다.

"그 애는 종종 아버지 방에 들어가곤 해. 아버지가 세
모에게 관심을 가진 적도 없지만, 고양이는 태생부터 호
기심이 많으니까. 근데 세모가 어느 날 그 방에서 얇게
밀봉된 봉투를 물고 나왔어. 그러곤 그걸 바닥에 던져 놓
고 장난을 치고 있는 거야. 반투명한 그 포장 안에 하얀
가루약이 들어 있었어. 약국 전화번호나 이름 같은 것도
쓰여 있지 않고. 시중에 판매되는 것이 아니라 개인이 직
접 포장을 한 것처럼 포장 상태가 수상했어. 난 그걸 다
시 제자리에 가져다 놓으려고 했어. 그런데 그렇게 포장
된 것이 책상 서랍에서 몇 십 개나 더 발견된 거야. 이상
하지 않니? 나는 사실, 아버지가 우리 엄마에게 이상한
약을 먹여서 엄마를 죽게 한 것은 아닐까, 늘 의심했었거
든."

그녀는 지후의 눈치를 살피며 말을 꺼낸 것을 조금 후
회하는 기색으로 입을 다물었다. 그러나 지후는 그저 조
용히 고개를 끄덕여주었다. 자판기 앞에서 선글라스 낀
여자가 까마귀처럼 시끄럽게 웃으며 남자의 어깨를 때렸
다. 그러곤 이내 둘이서 문밖으로 나갔다. 그쳤던 비가 다
시 이어지고 있었다.

"어쩌면, 내가 쓸데없는 상상을 했을지도 모른다고 생

각해. 그런데 이렇게 증거가 있잖아. 의심스러운 약이 버젓이 존재하잖아. 휴지통에서 반쯤 부서진 알약도 발견했어. 다행히 영어철자 로고가 찍힌 부분이 남아 있어서 약국마다 들러서 확인해봤어. 바닥에 떨어져 있던 약인데, 도무지 어떤 약이었는지 생각나질 않는다고 둘러댔거든. 대부분의 약사들은 약이 부서져서 알 수도 없고 위험하니 버리라는 말만 했는데, 한 곳에서 약 안에 새겨진 로고를 보면서 가장 흡사한 제품을 찾아줬어. 시판 중인 수면유도제 졸피엠이었어. 그건 의사의 처방이 없으면 약국에서 살 수 없는, 강도 높은 약이야. 불법적인 마약은 아니지만, 자칫 잘못 복용하면 죽음에 이를 수도 있어. 우리 엄마도…"

기연은 말을 잇지 못한 채로 옅은 한숨을 내쉬었다. 지후는 그녀의 아버지가 가진 것이 더스트 휴먼이 아니었다는 데에 실망감을 느꼈다.

"아버지는 정말로 더스트 휴먼을 구하려고 했을까?"

지후는 그녀의 입에서 나온 단어에 반응해서 고개를 들었다.

"만약 그랬다면 그 약의 어떤 효과를 바랐을까. 소문으로 들은 그 약의 효능은 그냥 무서운 정도가 아니야.

네가 더스트 빈이나 더스트 몬스터에 대해서 어느 정도 정보가 있는지는 모르겠지만…"

"아, 인터넷에서 봤어요."

"그래. 그랬겠지. 그 괴상한 약물이 인체에 어떤 피해를 입힐지 상상이 되니? 아버지는 그 약으로 이번엔 누굴 죽이려고 했을까. 자살을 하려던 것은 아니었을 거야. 타인처럼 고통이나 슬픔 따위는 느낄 줄 모르는 인간이니까. 스트레스 같은 것도 없겠지. 나는 아버지의 그런 점이 너무 두려워. 인간 같지가 않아. 그런 아버지에게 더스트 휴먼에 대해 간절하게 묻는 네 형의 메일을 외면할 수가 없었어. 한 명이라도 만나서 얘기해보고 싶었어. 저번처럼 인터뷰를 한다거나 그런 명목으로라도 말이야. 그래서 몇 개의 메일에 몰래 답장을 보내면서 내가 대신 그들을 만나서 무슨 얘기든 하려고 한 거야. 처음에는 그저 모른 척할까 싶었어. 난 아버지란 사람이 꺼림칙해. 아버지 일에 관한 거라면 무엇이라도 관련되기 싫어. 그런데 어쩌면, 이렇게 점점 아버지든 누구든, 남의 이야기에 대해 무신경해지면서 내가 오히려 이상한 전염병에 감염되는 중인지도 모른다는 생각이 들더라. 그게 너무 두려웠어. 그 메일들 중에는 자살을 위해서, 누군가를 없애고 싶어서, 심각한 이유를 털어놓는 사람들이 있었어. 그런 알약 하나로 마치 모든 문제를 해결할 수 있다는 듯이. 왜인지 모두 안쓰러워."

지후는 고개를 푹 숙여 제 앙상한 허벅지를 내려다보았다. 기연의 눈을 마주 보기가 불편해졌다.

"형은, 뭐라고 적었나요?"

그녀는 그 질문에 입술을 깨물며 잠시 주저했다. 지후는 문득 기연의 곁에 우산이 없다는 것을 깨달았다. 언제부터 나와서 기다렸던 걸까. 비가 그쳐 있던 것은 지후가 밖으로 나오기 한 시간도 더 전이었다. 왜 그렇게 일찍부터 나와서 형을 기다린 걸까. 지후는 기연의 얼굴을 살폈다.

"직접적인 이유는 쓰여 있지 않았어. 대부분의 메일이 그랬지. 그런 무서운 약을 필요로 한다는 건, 보통 남에게 쉽게 얘기할 수 없는 이유가 있기 때문일 테니까. 그런데, 메일 끝에 그런 말이 적혀 있었어."

기연이 지후의 눈을 마주 보았다.

"낙태가 가능한 건 맞겠죠?"

지후는 얼마 전까지 형 지환과 나름대로 우애가 좋은 형제였다. 그래서 지환이 사귀어온 많은 여자들에 대해서도 성격이나 인상착의 등 많은 것을 알고 있었다. 그가 이따금 지후에게 헤어진 여자에 대한 험담을 늘어놓곤 했기 때문이다. 그녀들의 정확한 이름이나 특이사항에 대해서 기억나는 것은 얼마 없었지만, 유일하게 전화 통화를 해본 여자가 한 명 있었다. 유라. 문득 그 이름이 지후의 머릿속을 스쳐 지나갔다. 지후가 알고 있는 한, 가장 최근 헤어진 여자친구는 유라였다. 휴대폰을 타고 흘러나오던 그녀의 짜증스럽고 다급한 목소리가 자꾸만 떠올랐다. 괜한 착각일 수도 있지만 손바닥에서 자꾸만 식은땀이 배어 나왔다.

"어쩌면 너희 형은, 벌써 다른 약을 구했을지도 몰라."

심장이 마구 뛰었다.

"그런 사람들은 한 명에게만 메일을 보내지 않아. 그리고 그런 사람들의 심리를 이용해서 돈을 벌려고 하는 사람은 수도 없이 많을 거야. 사람들이 충분히 속을 만한 이유가 있겠지. 냉정한 우리 아버지조차 어디선가 약을 구해온 정도니까 말이야. 진짜든 가짜든, 결국 그 약을 구할 때까지 그들은 멈추지 않을 거야."

기연의 뺨은 이상할 정도로 창백했다. 그녀는 끝까지 지후가 그 약을 구하려고 온 이유를 묻지 않았다. 어쩌면 형이 걱정되어서 나온 것으로 착각했을지도 모른다. 두 사람은 서로 인사를 나누지 않고 빗속에서 헤어졌다. 지후가 우산을 건넸지만 그녀는 받지 않았다. 뒤돌아섰던 기연이 다시 지후 쪽을 바라보았다. 조금 망설이다가 그녀는 말했다.

"할 수 있는 일이 있다면 주저하지 마. 우리는, 인간이잖아."

지후는 그녀의 말에 그저 고개를 한 번 끄덕였다. 기연은 희미하게 미소 지으며 다시 걸어갔다. 어쩌면 지후가고개를 끄덕일 필요는 없었을지도 몰랐다. 그녀 자신에게 건네는 다짐의 목소리 같았으니까. 모자를 눌러쓴 채로 주유소 너머 멀리 비를 맞으며 걸어가는 기연의 뒷모습을 보면서 지후는 한 번도 만난 적 없는 유라라는 여자를 떠올렸다. 어디서부터, 누구부터 잘못된 걸까.

"야, 너 내 노트북 만졌냐?"

오랜만이었던 혼자만의 외출에서 집에 돌아오자마자 지후는 형의 싸늘한 목소리와 마주쳤다. 몇 개월 만에 마주 선 그는, 길거리에서 어깨를 부딪친 낯선 사람의 얼굴을 하고 있었다. 지환의 눈동자는 못 본 새에 더욱 흉측해진 지후의 얼굴을 두려움 섞인 눈빛으로 관찰하고 있었다. 불쾌해하는 것이 느껴져서 가까이 다가가지 않았다. 지환은 조용하게 욕을 중얼거리고는 뒤돌아서서 방으로 돌아갔다. 예전보다 마른 그의 얼굴은 장시간 햇볕에 타서 새까맣게 그을려 있었다. 지후는 그의 낯선 눈빛이 가슴 아팠다. 형은 고민을 마음속에 담아둘 줄 모르는 성격이었다. 꼭 누군가에게 속마음을 내보여야만 마음이 편해지는 사람이었다. 지후가 곁에 없는 동안 그런 이야기를 털어놓을 휴지통 같은 존재가 지환의 곁에 있었을까. 그런 사람이 있었다면 과연 그가 더스트 휴먼을 구하려고 했을까. 지후는 이런저런 생각들로 잠을 이룰 수 없었다. 어머니는 지후가 단지 혼자서 집 밖을 돌아다니다가 왔다는 사실이 감격스러워서 지환의 초조한 눈빛과 어두운 낯빛에 대해서는 신경 쓸 겨를이 없는 모양이었다.

눈을 감으면 끝도 없는 죄책감이 지후를 침대 깊숙이 밀어 눌렀다. 그 때문인지 숨을 쉬기가 갑갑했다. 새벽이 밝아올 때까지 지후는 잠든 척을 하며 누워 있었다. 그리고 형의 방에서 작은 기척이 들리기 시작했을 때 지후도 함께 눈을 떴다. 그에게는 이제 더 이상 스스로를 위로하고 자책하며 이불 속에 웅크리고 있을 시간이 없다. 지환은 아마도 더스트 휴먼을 구했거나, 아니면 구하러 나가려고 할 것이다. 지환은 가족들이 깨지 않도록 조용히 움직이며 옷장 문을 열고 옷을 갈아입는 모양이었다. 지후도 그를 따라서 옷을 갈아입고 외출할 준비를 했다. 커튼을 살짝 젖힌 채, 거리로 나온 지환의 모습을 창밖으로 훔쳐봤다. 그러고 나서야 지후는 그를 따라 집 밖으로 나섰다.

비는 거짓말처럼 개어 있었다. 그러나 거리는 아직 축축하게 젖은 채 청량감을 잃지 않았다. 빗줄기에 쉬이 씻겨 내려가지 않은, 먼지 섞인 새벽 공기가 뿌옇게 안개처럼 눈앞을 막아섰다. 지환은 인적 드문 새벽 골목길을 저 멀리 성큼성큼 걸어가고 있었다. 점점 흐려지는 그의 뒷모습을 놓치지 않기 위해서 지후는 빠른 발걸음으로 뒤따랐지만, 무엇보다도 미행 중인 것을 들키지 않는 것이 중요했다. 그의 형은 평범한 외출을 하는 것이 아니다. 지후는 침착하게 인도의 언저리를 밟으며 걸어갔다. 지환이 재학 중인 대학교와 반대 반향이었다. 익숙지 않은 길로 지환은 바삐 나아갔다. 버스나 택시를 타도 한참 걸릴 만큼 먼 길을 정처 없이 걷고 있었다. 그러던 중에 갑자기 그가 우뚝 멈춰 섰다. 순간, 제가 뒤따르는 것을 들켰나 싶었던 지후는 가슴 언저리를 손바닥으로 꾹 짓누른 채로 건물 뒤로 몸을 숨겼다.

지환을 데리러 온 것은 커다란 냉동트럭이었다. 지후는 아직 문을 열지 않은 토스트 가게 천막 뒤로 몸을 숨기며, 지환이 그 트럭의 조수석에 올라타는 모습을 지켜보았다. 더는 생각할 틈이 없었다. 최대한 빨리 택시를 타야 했다. 지갑에 있는 용돈이 많지 않았지만 이대로 저 트럭을 떠나보내면 안 된다는 생각에 필사적이었다. 이른 시간이었지만 유유히 도로 위를 달려오던 택시를 바로 잡아 탈 수 있었다. 무작정 택시 기사에게 트럭을 따라 가달라고 말했을 때, 탁한 다갈색 렌즈의 선글라스를 낀 택시 기사는 잠시 의아한 눈빛으로 지후를 쳐다보았다. 그러나 이내 라디오 볼륨을 높이며 기어를 넣었다.

차체가 낮은 승용차들 사이에서 큰 트럭은 쉽게 눈에 띄었다. 새까맣게 먼지가 달라붙은 트럭의 뒷문에 누군가 손가락으로 낙서를 해놓은 것이 보였다. 개새끼. 삐뚤삐뚤한 악필은 까만 칠판에 흰 분필로 칠해놓은 것처럼 선명하게 도드라졌다. 그 옆에 어설프게 그려놓은 해골

의 텅 빈 눈이 차체의 진동에 흔들리는 것처럼 보였다. 트
럭은 생각보다 멀리 가지 않았다. 지후가 이미 여기저기
에서 익숙하게 봐온 세정제 회사의 로고가 붙은 공장 단
지에 멈춰 섰다. 지후가 탄 택시도 조금 먼 곳에 대각선
구도로 멈춰 섰고, 이윽고 트럭 뒷부분의 냉동 창고 문이
열렸다. 주차장 구석에 숨죽인 택시 안에서는 그들의 모
습이 아주 조그맣게 보였다.

지후는 택시에서 내려 트럭 쪽으로 좀 더 가까이 포복
자세로 다가갔다. 지환과 운전수는 천으로 덮여 있는 짐
과 큰 자루를 트럭에서 내리고 있었다. 온갖 동물들이 내
는 울음소리 같은 것이 트럭 안에서 천둥소리처럼 웅웅
쏟아져 나왔다. 자루 안에서 무언가 발버둥 치듯 끊임없
이 움직였다. 지환은 창고에 세워진 야구배트를 꺼내 쥐
고는, 고민할 새도 없이 배트를 휘둘러 자루 중앙에 냅다
내리꽂았다. 괴성이 가위로 자른 듯이 뚝 잘려나갔다. 지
옥 같은 소리였다. 지후가 밟힌 개구리 자세로 숨을 멈추
고 있을 때, 바람결이 작은 철장을 덮고 있던 천을 살짝
뒤집었다. 그 틈새로 보이는 털짐승들의 뒤엉킨 발과 다
리가 엉망으로 엮어놓은 털 뭉텅이 같았다. 지후는 눈을
질끈 감았다. 야구배트로 정수리를 맞은 듯 갑작스런 현

기증이 느껴졌다.

힘이 풀리는 무릎을 손바닥으로 쥔 채로, 아직 멈춰서 있는 택시 쪽으로 주춤거리며 돌아 걸었다. 택시 기사는 미터기를 틀어놓은 채로 지후를 기다리고 있었다. 지후는 떨리는 목소리로 다시 되돌아가자고 택시 기사에게 부탁했다. 상한 음식을 먹은 것처럼 속이 메스꺼웠다. 집 근처로 되돌아와 택시비를 전부 지불했을 때 지후의 지갑은 완전히 비어버렸다. 동전 몇 개만 남은 지갑을 바지 뒷주머니에 집어넣은 채 지후는 거리 위에 멈춰 섰다. 텅 빈 머릿속에는 단단한 돌멩이 같은 것이 굴러다니는 느낌이 들었다. 아무런 생각도 하고 싶지 않았다. 지후는 지금쯤 기척 없는 방 안에 들어와서 식사 쟁반을 내려놓고, 이불을 돌돌 만 것을 잠든 지후라고 착각하고 조용히 방을 빠져나갔을 어머니를 떠올렸다. 어머니는 요새 조금 기운을 차린 듯 보였다. 그런 어머니에게는 아무것도 말할 수 없다. 지후는 다리가 떨려서 어디든 앉고 싶었다.

형은 분명 웃고 있었다. 손을 떨거나 주저하는 모습도 보이지 않았다. 아주 멀리서 보았지만 틀림없었다. 자루에 담긴 동물들의 울음소리를 들으면서 가차 없이 폭력을 휘두르고, 괴로워하는 소리에 만족스러운 웃음을 짓던 그 사내는, 지후의 하나뿐인 형이었다.

"너, 이지후?"

뒤돌아보니 익숙한 교복을 입은 누군가가 서 있었다. 얼굴은 낯이 익었지만 지후는 그 애의 이름이 선뜻 기억나지 않았다. 이동 수업을 할 때에 가끔 말을 섞었던 아이였다. 교복 뒤로 둘러맨 가방을 무심코 바라보다가 문득, 학생이라면 지금 한참 등교할 시간이라는 것을 깨달았다. 지겹도록 익숙하던 일상이었는데, 몇 달 사이에 지후는 평범한 일상에서 이렇게나 멀리 떨어져 나가버렸다. 이젠 저 교복을 입고 전처럼 등교하는 일은 꿈속에서나 가능한 일이겠지. 지후는 눈앞이 희뿌옇게 흐려지는 느낌에 아랫입술을 깨물었다. 지후는 어디론가 도망치고 싶은 기분을 간신히 견디며 서 있었다. 눈앞의 녀석이 어떻게 제 얼굴을 알아본 것인지 신기할 따름이었다. 이렇게도 흉측하게 변해버렸는데. 지후는 마스크를 눈 밑까지 더 올려 얼굴을 좀 더 완벽하게 가렸다. 교복 셔츠 소매를 걷어 손목시계를 내려다 보던 그 애가 지후에게 자연스럽게 물었다.

"어디 잠깐, 롯데리아라도 들어갈래?"

"뭐?"

갑작스레 공격이라도 당한 것처럼 지후가 고개를 뒤로 뺐다. 그러나 이름조차 기억나지 않는 그 아이는 태연하게 사거리 쪽의 패스트푸드점 간판을 가리켰다. 지후는 입안의 혀를 우물거리며 지금 가진 돈이 한 푼도 없다고 아이처럼 어눌하게 중얼거렸다. 그러나 그 애는 그 정도 돈쯤은 신경 쓰지 말라는 듯이, 마치 친한 사이였던 것처럼 손을 내저으며 저만치 먼저 걸어 나갔다. 지후는 그 아이의 그림자라도 되는 양, 책가방 뒤를 따라 걸었다. 그 아이가 버거와 음료가 쌍둥이처럼 각각 두 개씩 담긴 쟁반을 받아와 내밀 때까지도, 지후는 그 애의 이름을 기억해내지 못했다. 그럼에도 불구하고 먼저 버거의 포장을 벗겨내는 그 애가 어쩐지 친형제처럼 편하게 느껴졌다. 그러나 뜻 모를 호의가 두려운 것도 사실이었다. 지후는 갑자기 눈앞의 녀석이 콜라 뚜껑을 빼내고 제 머리 위로 그 새까만 콜라를 부어버리지는 않을지 두려운 생각이 들었다. 괜한 망상이라는 것을 알지만, 그런 망상이 머릿속에 밀려드는 것을 막지 못했다. 앞이마 귀퉁이의 큰 뾰루지가 간지러워졌지만 손을 올려 긁을 용기가 나지 않았다. 고름이라도 터져 나오면 어쩌나, 조심스러워졌다.

지후가 더 이상 학교를 나가지 않게 된 것은, 이미 동급생 모두가 알고 있는 얘기일 것이다. 시간표대로 흘러가는 지루한 학교생활에서는 별것 아닌 일까지도 전부 가십거리가 된다. 이른 아침의 패스트푸드점은 24시간 잠들지 않기 때문인지, 억지로 카페인을 섭취하며 밤을 샌 회사원처럼 몽롱한 분위기였다. 바닥을 대걸레로 닦으며 지나가는 알바생의 얼굴색마저 창백했다. 지후는 자꾸만 눈길을 마주치려고 하는 그 아이의 시선을 피하기 위해서 마스크를 반쯤 내리곤 고맙다는 말을 중얼거리며 빨대를 입에 물고 콜라를 빨아들이는 데에 집중했다. 너무도 오랜만에 목구멍으로 흘러들어오는 탄산의 자극이 따가우면서도 시원했다.

"네가 자살했다는 소문을 들었어."

콜라 한 모금이 목구멍을 넘어가다가 걸려서 사레에 들렸다. 급히 주먹을 말아 쥐고 입을 막아서 콜라가 입 밖으로 새어나오지는 않았다. 목 안쪽에서 탄산이 터지는 느낌이 쓰라렸다. 그 애는 냅킨을 지후 쪽으로 건넸다. 자살. 여태껏 더스트 휴먼이라는 약에 그렇게 목말라 있었으면서, 타인의 입에서 흘러나오는 제 자살 이야기가 이렇게도 낯설다니. 지후는 죽기로 결심했던 것이 얼마나 하찮은 수준의 진심이었는지 깨닫는 중이었다. 그러나 지후가 상념에 빠질 여유도 주지 않은 채로 그 아이는 급히 말을 이었다.

"너희 반 경수라는 애, 걔도 학교 안 나와."

"왜?"

예상치 못한 소식에 지후는 저도 모르게 고개를 앞쪽으로 내밀었다. 경수가 네이버 웹툰 작가가 되어서 오프라인으로 웹툰 북도 출간했다는 소식을 들었다. 고등학생 신분으로 용돈벌이를 넘어서는 금액을 받게 되어 어쩔 줄을 모르겠다며 웃는 얼굴을, 웹툰 인터뷰 페이지에서 보았었다. 그런 경수가 등교 거부를 할 이유는 없다. 연예인처럼 너무 유명해진 바람에 바빠서 그런 것은 아닐까.

"걔가 그리던 만화, 무명작가 것을 베낀 거였대. 표절이었던 거야. 학교 안에서도 이미 다 퍼진 이야기인데, 역시 몰랐구나. 하긴, 나는 네가 죽은 줄만 알았어. 예전에 나 한 번 너한테 체육복 빌린 적도 있는데, 너 죽었다고 하니까 기분이 되게 이상하더라."

"그랬구나."

"아무튼, 이렇게 보게 되니까 괜히 반갑고 그렇다. 야. 죽었다가 살아 돌아온 사람 본 것 같기도 하고…. 그건 내가 저승에서 살아 돌아온 사람 만난 게 반가워서 사는 거니까 꼭 다 먹어라. 다음에 학교에서 보자."

지후는 어설프게 손을 흔들어 멀리 떠나는 그 애의 뒷모습을 배웅하고 난 뒤, 버거의 포장을 벗겨내어 한 입 깨물었다. 그러고 보니 이름을 묻지도 못했다. 왜인지 모를 눈물이 흘렀다. 누가 볼세라 손등으로 빠르게 눈물을 닦아냈다. 특별히 맛이 있지는 않았다. 전국 어느 지점을 가도 맛볼 수 있는 익숙한 단맛의 햄버거일 뿐이다. 그렇지만 지후는 그 뻑뻑한 고기의 질감이나 육질, 피클의 시큼한 맛을 절대 잊지 않도록 꼭꼭 씹어서 삼켰다. 배가 고픈 줄도 모르고 지환을 따라다니다가, 배 속으로 들어온 음식물 덕분에 여태껏 굶주려 있었다는 것을 깨달은 기분이었다. 잠시 동상처럼 앉은 채로 배 속의 위장이 내는 짐승 같은 소음을 듣고 앉아 있다가 찬찬히 주변을 둘러보았다. 카운터 앞부터 사람들이 길게 줄을 지어서 있었다. 값싼 커피가 담긴 종이컵과 포장된 버거를 양손에 든 채로 사람들은 빠르게 가게를 벗어났다. 아무도 지후를 신경 쓰지 않았다. 마스크를 벗은 지후를 이상한 눈길로 흘겨보는 사람도 없었다. 그들은 각자 자신의 바쁜 일상을 살고 있을 뿐이었다. 지후는 왜인지 모든 게 허무해졌다. 더스트 휴먼을 알게 되고 그 약에 홀려 빗길을 뚫고 더스트 휴먼을 구하려고 했던 것이, 자신이 아닌 다른 누군가의 조종에 의해 움직였던 것처럼 낯설게 느껴졌다. 배가 부르고 마음도 편했다. 어쩌면 그건 지후 자신이 아니었을 수도 있다. 귀신에 홀린 것처럼, 누군가의 장난 같은 방황이었을 수 있다. 지후가 잠시 앉아서 생각을 하고 있던 그 짧은 찰나, 끝도 없이 이어질 것 같던 주문 줄이 거짓말처럼 끊겼다. 가게 안은 어느새 한가해져 있었다. 제가 씹고 삼키는 것이 무언지도 모른 채로 배를 채운 사람들이 교실 혹은 사무실 문을 열고 들어가 꼼짝 없이 앉아 있을 시간이었다. 지후는 집으로 돌아가 지훤의 노트북을 뒤져서라도 그의 행방에 대한 단서를 찾아내야겠단 생각에 자리에서 일어섰다.

"학생, 거기 그거 오늘 자인가?"

"예?"

감자튀김과 콜라를 담은 쟁반을 들고 있는 노인은, 자칫 콜라를 쏟을 것처럼 위태롭게 서 있었다. 탁한 백발의 노인은 비스듬하게 기울어진 쟁반을 겨우 들고 있을 만큼 기운이 없어 보였다. 지후는 새빨간 원색의 플라스틱 쟁반과 흙덩이 묻은 나무뿌리 같은 노인의 손가락이 무

척이나 어울리지 않는다는 생각을 하면서 노인이 턱짓을
하는 쪽으로 돌아보았다. 지후가 앉았던 옆 테이블 의자
에 반으로 접힌 신문이 삐져나와 있었다. 지후는 손을 뻗
어 신문을 집었다. 신문 날짜를 확인하려다가, 쥐고 있는
부분의 헤드라인으로 시선을 옮겼다.

'15층 건물서 청소부 추락, 괴생명체의 공격?'
건물 외벽 먼지를 청소 중이던 청소부가 추락해 숨
지는 사고가 발생했다. 경찰과 소방 당국에 따르면 4
일 오전 8시경 서울 역삼동 15층 높이의 오피스 건물에
서 청소 업체 직원 고 모씨(45)가 지상으로 추락해 병원
으로 옮겨졌으나 끝내 목숨을 잃었다. 경찰은 폐쇄회로
CC(TV) 등을 확인한 결과, 고 씨가 밧줄에 매달려 안장
에 앉은 채로 12층 창문에 매달려 있다가 날아오는 새에
부딪혀 무게중심을 잃고 떨어진 것으로 보고 정확한 사
고 경위를 조사 중이다.
사고 당시, 건물 아래에서 사고를 목격한 회사원 한 모
씨(31)는 고 씨가 날아오는 새가 아니라 거대한 괴생명체
의 공격을 받은 것처럼 보였다고 진술했다. 목격자 한 씨
는, 그 괴생명체는 15층 옥상 쪽에서 뛰어내렸으며, 벽에

달라붙은 상태로 고 씨를 공격하려 하다가 갑자기 공기 중으로 사라졌다고 경찰에 얘기했다. 그러나 경찰은 한 씨의 진술이 허황되며 신빙성이 없는 것으로 보고 있다. 경찰은 청소 시 관리 감독에 대한 문제는 없었는지에 대해 청소용역업체 대표와 건물 관계자 등을 조사 중이다.

한편, 목격자 한 씨를 비롯하여 최근 사고 현장에서 괴생명체를 발견했으나 곧 사라졌다는 진술을 하는 사람들을 대상으로 심층적인 검사가 이루어지고 있다고 경찰은 밝혔다. 황사로 인한 미세 먼지가 일으키는 정신 질환의 일종으로, 환각 증세 혹은 안과 질환으로 추정 중이다.

"다 읽고 나면 이쪽으로 좀 주게."

"아, 죄송합니다. 여기요."

자리에 앉으며 떨리는 손으로 빨대를 쥐고 있는 노인에게, 지후는 얼른 신문을 반으로 접어 내밀었다. 오늘 신문 맞아요. 그렇게 말하자 노인은 헛기침을 하며 고개를 끄덕였다. 노인은 누렇게 가운데 부근이 물든 천 마스크를 주머니에서 꺼내 입을 막고 기침을 두 번 이어 뱉었다. 노인의 목 안쪽에서 낡은 모터가 돌아가는 것처럼 거칠게 그르렁거리는 소리가 걸렸다. 노인은 내장을 입 밖으로 뱉어내려는 듯이 숨을 거칠게 들이쉬었다가 내쉬며 어깨를 들썩거렸다. 지후는 그 곁을 지나가려다가 멈춰서서, 한쪽 벽면에 비치된 냅킨을 여러 장 집어 와서 노인에게 내밀었다. 이름조차 기억나지 않는 다른 반 아이의 호의가 없었더라면, 지금 지후가 이렇게 노인에게 냅킨을 건네는 일도 없었을 것이다. 누군가에게 먼저 다가가기 위해서는 무시당할지 모른다는 두려움을 깨내야만 한다. 지후는 노인이 고개를 들어서 제가 내민 손을 바라볼 때까지 그대로 냅킨을 내민 채 서 있었다. 노인은 오랫동안 찬장에 쌓여 빛을 보지 못한 유리잔처럼 탁한 눈동자로 지후를 올려다보았다. 과연 이 노인은 신문에 인쇄된 깨알 같은 문자들을 읽을 수나 있는 것일까. 잔뜩 쪼그라든 인중에 더 깊이 주름을 새기며 노인이 얼굴을 찌푸리듯이 웃었다. 웃는 것 같았지만, 우는 것도 같은 인상이었다. 세월이 그에게서 선명한 표정을 빼앗아 갔다. 노인은 고맙다는 말은 하지 않았지만 턱 부근을 가볍게 두어 번 끄덕이며 손을 뻗어 지후에게서 냅킨을 받았다. 그대로 꾸벅 고개를 숙인 채 자리를 벗어나면 되었을 일이지만, 노인의 중얼거리는 목소리를 지나칠 수가 없었다.

"눈이 시원찮으니까 당최 뭘 알아볼 수가 없어."

혼잣말인 듯 신문 한쪽을 손바닥으로 천천히 문지르며 노인이 한탄했다. 지후는 경제면과 사회면 사이에서 눈 둘 곳을 모르고 방황하는 노인의 머리를 내려다보면서 잠시 고민에 빠졌다. 노인은 신문을 한 장 넘겨서 지후가 유심히 바라보던 부근을 점자책처럼 지문으로 문지르며 탐구하듯이 내려다보고 있었다. 지후는 결국 노인의 곁에 허리를 굽히고 섰다. 귀에 걸려 있는 마스크도 빼냈다.

"제가 좀 읽어드릴까요?"

노인의 표정에는 큰 변화가 없었지만 눈빛은 반색하며 윤기 있게 번들거렸다. 지후는 조금 전에 속독으로 읽어 내려갔던 기사를 큰 소리로 또박또박 노인의 귓가를 향해 웅변하듯 읽었다. 밤낮 없이 흐르는 패스트푸드점 안의 배경음악 때문에 노인은 지후의 목소리를 잘 알아듣지 못하는 것 같았지만, 잘 들어보려는 듯이 눈을 가늘게 뜬 채로 집중했다. 감자튀김 하나를 쥔 집게손가락에는 힘이 들어가 있었다. 지후는 이렇게 길게 소리 내서 얘기하는 것이 매우 오랜만이라는 것을 깨달았다. 목구멍 안쪽이 감기 기운이 있을 때처럼 바짝 메말라 통증이 느껴질 때 즈음, 노인이 이제 되었다는 듯이 고개를 끄덕였다.

"오래 살면은, 누가 거짓말을 하는지 다 보여."

"예?"

"우리 큰아들이 서울대 나온 기자였어. 아주 똑똑하고 키도 훤칠하고 동네에서 인물 났다고 소문이 자자했었다고. 그런데 어느 날, 취재한다고 나가서는 쥐도 새도 모르게 사라졌지. 나중에 물어물어 찾아가니 나라에서 무슨 교육한다고 데려가서 교육을 받다가 죽었다는 거야, 글쎄. 똑똑한 우리 아들이 정신병에 걸려서 어쩔 수가 없었다고 뚱딴지같은 소릴 해. 우리 아들이 없던 일을 있다고 하고, 있는 일을 없었다고 얘기하더래. 학생, 이게 무슨 말인지 알겠나?"

지후는 아침부터 패스트푸드점에 눌러앉아서 저녁까지 하릴없이 쇼윈도 밖으로 지나가는 사람들과 승용차를 구경하며 하루를 보내는 노인들에 대해 익히 들어서 알고 있었다. 그들은 갈 곳이 없고, 수중에 충분한 돈도 없다. 그렇기에 적은 비용으로도 먹을 것을 살 수 있고, 눌러앉아 있어도 쫓아내지 않는 패스트푸드점에 머무는 것이다. 거리의 음식물 부스러기 앞에 모이는 비둘기들처럼, 빈 컵과 빈 쟁반을 앞에 두고 앉아 있는 노인들도 허다하다고 했다. 지후는 지금 말 상대 없는 그런 노인에게 잘못 붙들린 것은 아닌가, 머리가 아파왔다. 사실 지후는 이렇게 허비할 시간이 없었다. 어쩌면 지환은 지금쯤이면 더스트 휴먼 혹은 그것이라고 착각할 만한 위험한 약을 손에 넣었을지도 모른다.

"거짓말 같은 일이 벌어지고 있어. 예나 지금이나 세상은 똑같아. 나는 우리 아들이 하나도 틀리지 않았다는 걸 알아. 그 애가 있다고 했으면 분명히 있는 걸세."

"제가 이만 가봐야 할 것 같아서요. 할아버지, 저 그럼 먼저…"

"학생도 속지 말게. 세상엔 거짓말쟁이들 천지야."

지후는 노인의 끝없이 이어지는 잔소리에 두어 번 고개를 숙여 인사를 하며 그 자리를 떠났다. 노인은 지후가 떠나자 신문을 다시 펼쳐서 눈앞에 가까이 가져다 대고 읽기 시작했다.

입구 쪽으로 몸을 틀었을 때, 익숙한 얼굴이 문을 향해 다가오는 것이 보였다. 지후는 급히 몸을 돌려 숨을 곳을 찾았다. 벽기둥 뒤로 몸을 숨기자마자, 지환이 두 팔을 급히 휘적거리며 가게 안으로 들어왔다. 미행했던 것을 들켰나. 지후는 벽 모서리 쪽으로 바짝 몸을 붙였다. 숨바꼭질을 하는 놀이터의 어린애처럼, 지후의 행동이 충분히 이상해 보일만 한데도 주의를 기울이는 점원은 없었다. 지환은 지후가 숨어 있는 벽기둥 바로 옆을 스쳐 지나가면서도 지후의 존재를 눈치채지 못했다. 미행을 들켰을 리가 없다. 그랬다면 그 자리에서 택시를 타기 전에 붙잡혔을 것이다. 지환은 지후가 혼자서 이런 곳에 나올 수 없을 거라고 굳게 믿고 있는 상태였다. 지후는 상황 판단이 되자 천천히 움직여 가까운 자리에 앉았다. 그러곤 카운터에 선 채로 주문을 하고 가게의 이층 계단으로 올라가는 형의 모습을 빤히 올려다보았다.

더는 생각할 시간이 없었다. 지후는 주저 없이 계단을 따라 올라갔다. 생각보다 위층은 넓은 편이었고 테이블이 많이 구비되어 있었다. 취업준비생이나 대학생처럼 보이는 몇몇의 젊은 남녀가 노트북을 켠 채로 각자 벽을 향해 앉아 있었다. 책을 읽는 사람도 있었다. 대부분이 혼자였다. 그 사이에서 지환은 긴 머리의 여자와 마주 앉아 있었다. 지후는 모자를 눌러쓰고 지환 쪽에서 등이 보이도록 돌아선 채로 그들을 관찰할 수 있을 만한 자리를 골랐다. 유리 벽면을 향해 앉았지만, 지환의 옆얼굴이 유리벽에 비쳐 보였다. 여자의 옆모습도 보였다. 왜소한 체격에 마른 뺨의 그 여자애를 처음 보았지만, 지후는 그녀가 누구인지 짐작할 수 있었다. 가냘픈 종아리와 허벅지를 타고 올라오면, 경사진 높은 언덕처럼 불룩한 배가 보였다. 큰 가방으로도 가려지지 않았다. 교복을 입고 있지 않아서 그녀의 나이를 짐작하기 어려웠지만, 앳된 얼굴은 지후보다 훨씬 어려 보였다.

지환은 주머니에 넣은 손을 꼼지락거리며 시간을 끌었다. 마주 앉은 그녀가 인내심이 바닥난 듯 깊이 한숨을 내쉬자, 그제야 지환이 결심한 듯 무언가를 꺼내 그녀에게 내밀었다. 희뿌연 유리에 비치는 모습으로는 그것이 무엇인지 지후 쪽에서 알아보기 힘들었다. 자칫 뒤를 돌아볼 뻔했지만, 지후는 눈을 가느다랗게 뜬 채로 그들의 대화에 집중하려고 노력했다. '어쩌면 너희 형은, 벌써 다른 약을 구했을지도 몰라.' 기연의 목소리가 떠올랐다. 그녀는 배를 가린 가방을 더 깊숙이 품 안으로 고쳐 안으며, 지환이 내민 작은 봉투를 유심히 내려다보았다. 지환은 초조할 때나 거짓말을 할 때 자주 그러듯이 테이블 밑으로 다리를 떨고 있었다. 그녀는 작은 봉투를 손에 쥐었다가 테이블 위에 탁, 소리가 나도록 다시 내려놓았다.

"이지환. 솔직하게 말해. 너, 내가 죽길 바라니?"

날이 선 그녀의 목소리가 떨려왔다. 모든 사람이 두 사람 쪽을 흘깃 쳐다보았다. 그 시선에 지환의 얼굴이 붉게 달아올랐다.

"무슨 소리야! 그럴 리가 없잖아! 누가 들으면 오해하겠어."

"이거 먹으면 나 죽는 거 맞잖아. 아니야?"

"아니야! 너는 아니고…."

지환이 급히 주위를 두리번거렸다. 이미 모두 시선을 거둬 가버린 지 오래였지만, 지환은 사람들 시선을 의식하기 시작한 듯 자리에서 벌떡 일어났다. 그러곤 다짜고짜 유라의 팔을 잡고 계단 쪽으로 향했다. 유라는 이를 앙 다문 채로 가방을 휘둘렀다. 그러나 가방에 얼굴을 맞은 지환의 손에 의해서 가방마저 빼앗겼다. 그대로 그녀는 지환에게 반쯤 끌려 계단을 내려갔다. 사람들은 고개를 돌려서 소란스런 그들을 눈으로 쫓았지만 시야에서 사라지자 이내 모니터와 책으로 다시 시선을 돌렸다. 시끄러운 방해자가 떠난 것을 반기는 표정이 그들의 얼굴에 여유로움과 함께 떠올랐다. 지후는 그들을 따라 계단을 내려갔다. 문밖을 나서자 큰 쇼퍼백과 유라를 질질 끌

듯이 데리고 걸어가는 지환의 뒷모습이 보였다. 거리에는 지나다니는 사람들이 꽤 많았기 때문에 지후가 일부러 몸을 숨길 필요는 없었다. 그저 그들 속에 섞여서 조금씩 지환과 그녀 쪽으로 거리를 좁혀갔다.

"아악! 이…"

유라가 항의를 하듯이 소리를 질렀다. 잔뜩 힘이 들어간 그녀의 목소리는 포획당하는 야생 원숭이의 신음처럼 날카로웠지만 언어가 되지 못하고 흩어졌다. 사람들은 자극적인 고성에 놀라 몇 걸음씩 그 둘 곁에서 떨어졌다. 놀란 눈길로 멈춰 선 사람도 있었다. 그러나 지환을 제지하는 사람은 아무도 없었다. 정확한 상황을 알 수 없기 때문일까. 사람들의 주저하는 눈길은 몇 초 사이에 멀리 나아가버리는 그 둘을 바라보다가 시야에서 멀어지자 각자 제 갈 길로 흩어졌다. 눈앞에 보이지 않으면 뭐든 자신과는 전혀 상관없는 일이 되어버린다. 지후는 사람들 사이를 헤치며 두 사람을 따라가다가 멈춰 섰다. 익숙한 목소리가 들려왔다.

"여러분! 우리 목숨이 위험해요!"

중고 전자기기 체인점 매장의 자동문이 열리는 순간, 티브이 소리가 흘러나온 것이다. 매장 앞에 멈춰선 지후의 온기를 감지한 자동문이 닫히려다가 다시 급하게 열렸다. 정면에 위치한 여러 크기의 중고 티브이 중에 뒷면이 얄팍한 곡선의 최신 LED 벽걸이 티브이에 뉴스 화면이 비춰지고 있었다. 거리에 서서 소리치고 있는 사람은 황기연이었다. 그러나 이내 점원이 리모컨을 눌러서 채널을 바꿨다. 선명한 화질을 보여주기에 알맞은 채널을 찾는 것이다. 김장 김치를 팩에 담아서 파는 홈쇼핑 프로그램에 화면이 멈췄다. LED 화면 가득, 붉게 양념되어 번지르르하게 빛깔이 좋은 포기김치가 포커스에 잡혔다. 지후가 매장 안으로 들어가자 점원은 흘깃 지후를 위아래로 훑어보곤 반대편 입구에서 들어오는 손님 쪽으로 인사를 하며 멀어져갔다. 지후는 점원이 사라지자 화면을 눌러서 채널을 다시 뉴스에 맞췄다. 그러나 이미 아나운서는 다른 뉴스에 대해서 얘기하고 있었다. 지후는 계속해서 채널을 돌렸다. 케이블 뉴스 채널에 스치듯 기연의 얼굴이 나왔다. 이번에는 제대로 그녀의 얼굴을 확인할 수 있었다.

"여러분! 화학약품 전문 기업, 더스트 코리아에서 독성약물을 야생동물에 마구 주입해서 더스트 몬스터를 만들고 있어요! 길 잃은 개, 고양이도 무차별적으로 납치해서 실험 중이랍니다! 우리 목숨도 위험해져요! 인류가 먼지처럼 사라지게 될지도 몰라요! 여러분, 이쪽을 좀 봐주세요!"

기연은 광화문 광장에 서서 일인 시위를 하는 중이었다. 팻말에는 붉은 글씨로 '생명을 위협하는 더스트 약품 개발, 무분별한 실험 자행 멈춰라!'라고 크게 적혀 있었다. 너른 광장에 홀로 서서 목청 높여 소리치는 기연의 모습이 매우 낯설었다. 지나가는 사람들이 이따금 멈춰서서 휴대폰 버튼을 눌러 그녀의 모습을 사진으로 찍었다. 내성적이고 얌전하게만 보였는데. 지후는 조금 놀라서 입을 벌린 채로 화면 안의 그녀를 바라보았다. 지후와 만났을 때 그녀는 아버지가 더스트 휴먼을 사들이고 있는 것은 아닌지에 대해서 의심하고 있었다. 그 의심에서 멈추지 않고 혼자서 더 깊숙이 진실을 파헤쳐본 것이다.

팻말 아래에는 흐릿하게 찍혀 확대된 사진이 붙어 있었다. 자루에 담긴 채로 뒤엉켜 죽어 있는 짐승들의 모습이었다. 들개 혹은 여우처럼 보이는 짐승들 사이에 조그마한 치와와 같은 녀석도 섞여 있었다. 형 지환이 사정없이 야구배트로 내려치던 자루와 동물들의 찢어지는 신음이 떠올라 지후는 헛구역질이 났다. 뒷목으로 소름이 돌았다. 뉴스 화면은 봄맞이 생화 전시회를 알리는 내레이션과 함께 다른 뉴스로 넘어갔다.

생각해야 할 것들이 많아 머릿속이 복잡하게 뒤엉켜 있었지만 지후는 움직여야 했다. 이미 지환과 유라에게서 멀리 떨어져버렸다. 어서 뛰어가지 않으면 영영 제 형을 잃어버리게 될지도 모른다는 생각에 발이 제멋대로 움직였다. 느리게 움직이는 자동문에 어깨를 부딪쳤지만 지후는 아랑곳하지 않고 그들이 사라졌던 방향으로 뛰어갔다. 이미 그들은 흔적도 없이 사라졌다. 그러나 분명 지환은 유라를 인적이 드문 곳으로 데려갔을 것이다. 아무리 소리쳐도 신경 쓸 사람이 없을 만한 곳으로. 지후의 예감은 틀리지 않았다. 그들이 향하고 있던 방향으로 한참 뛰어가자, 조용한 골목 쪽에서 유라의 목소리가 어렴풋하게 들려왔다. 지후는 오래된 교회 앞에서 실랑이를 벌이고 있는 두 사람을 발견했다.

"조용히 해! 어차피 아무도 너 안 도와줘. 아직도 모르겠어?"

이제 그들 곁에는 따라오는 시선도 남아 있지 않았다. 그녀는 그제야 반항을 포기하고는 어깨를 늘어뜨린 채 조용히 그에게 이끌려 걸었다. 대형 카센터 체인점의 주차장을 지나 공원 입구에 다다를 때까지도 지환과 유라는 한 번도 뒤돌아보지 않았다. 지후는 발소리를 줄일 필요도 없었다. 얼마나 걸었을까. 그들은 공원이 내려다보이는 한 맨션의 입구로 들어갔다. 계단을 오르고 있었다. 그들의 발소리에 맞춰 지후도 그들을 따라 올라갔다. 그러나 오랜 시간 방 안에서만 시간을 보낸 탓인지 3층까지 올랐을 때 숨이 턱까지 차올라서 걸음을 멈출 수밖에 없었다. 지후가 무릎을 굽히고 선 채로 숨을 고르는 동안, 그들은 점점 더 위로 올라가고 있었다. 지후는 난간을 부여잡고 다리에 힘을 실어 계단을 올랐다. 지금 이 순간을 놓치면 분명히 후회하게 될 것이다. 옥상으로 올라가는 철제문은 쉽게 열리지 않았다. 잠겨 있는 것은 아닐까 생각하며 어깨를 부딪쳐 힘을 주어 문고리를 돌리는 순간, 도살당하는 돼지 울음소리를 내며 낡은 철제문이 겨우 열렸다. 찬 옥상 바닥에 반쯤 누운 채 발버둥을 치는 그녀의 다리가 눈에 들어왔다. 흰 운동화 한 짝은 바닥에 떨어져 나뒹굴고 있었다.

"먹어! 제발 처먹으란 말이야!"

지환은 그녀의 긴 머리채를 휘어잡고 안간힘을 쓰고 있었다. 지후는 달려가서 형의 등을 와락 끌어안았다. 그러나 여전히 지후보다 머리통 하나만큼 키가 크고 힘도 센 지환은, 잠시 휘청거릴 뿐 지후 쪽으로 끌려오지 않았다.

"이거 놔, 이 새끼야!"

지환은 등 뒤로 팔을 뻗어 지후를 힘껏 내팽개쳤다. 그는 뭔가에 홀린 것처럼 보였다. 그녀에게 이 약을 먹이기 위해서라면 무슨 짓이든 가리지 않겠다는 듯이 그의 눈은 희번덕거렸다. 지금 지환의 눈에 보이는 것은 주먹 안에 힘껏 쥐고 있는 알약과 절대로 입을 열지 않으려고 꾹 깨물어 하얗게 질린 그녀의 입술뿐이었다. 지후는 지환에게 밀쳐진 채 그대로 찬 바닥에 엉덩방아를 찧으며 옆으로 한 바퀴 굴러떨어졌다. 꼬리뼈를 타고 찌릿한 통증이 울려왔다. 그러나 이내 다시 뛰어가 지환의 등허리를 껴안았다. 이번에는 손가락 사이에 톱니바퀴처럼 다른 손가락을 끼워 맞춰 절대로 풀리지 않도록 힘을 주었다. 그녀가 도망갈 시간을 벌고 싶었다. 유라는 흐느껴 울고 있었다. 지후는 그제야 옥상 바닥을 검붉은 색으로 물들이는 핏물을 발견했다. 붉은 피는 그녀가 신고 있는 흰 운동화 한 쪽을 물들이며 바닥에 고이고 있었다.

"피! 피야! 형, 피가 나와!"

지환은 잠시 놀라 지후에게 껴안긴 채로 그녀에게서

한 걸음 물러났다. 밀려 올라간 치맛자락 밑으로 분홍빛 팬티에서부터 허벅지를 타고 핏물이 여러 줄기로 흘러내리고 있었다. 두렵도록 선명한 생명의 색이었다. 그때였다.

비릿한 피의 냄새를 맡고 온 것일까. 무언가가 환풍구 위에서 풀썩 뛰어내렸다. 유라를 제외한 두 사람은 지레 겁을 먹고 소리를 질렀다. 유라는 반쯤 눈을 감고 바닥에 쓰러진 채 신음할 뿐이었다. 날카로운 발톱으로 바닥을 움켜쥔 채로, 그것이 다가오고 있었다. 몸을 낮추고 머리를 길게 앞으로 뺀 모습이 사냥을 할 때의 늑대 같았다. 두 사람은 녀석의 붉은 눈과 길게 빼어나온 혓바닥에 신경을 빼앗겼다. 지후는 형의 등 뒤에 바짝 달라붙었다. 드럼세탁기 정도의 크기가 되는 몸체가 두 사람을 제 그림자 안에 가뒀다. 야생에서 서식하는 날렵한 육식 동물을 닮은 길쭉한 눈매가 찬찬히 두 사람을 노려보았다. 느릿한 움직임으로 그것은 웅크린 채로 미동이 없는 유라 곁에 다다랐다. 지후는 손끝 하나 움직일 수 없었다. 그건 지환도 마찬가지인 모양이었다. 유라가 힘겹게 고개를 돌려서 그 짐승을 올려다보았다.

"너구나."

그녀가 속삭였다. 유라는 이 모든 게 어쩌면 꿈일지도

모른다는 생각이 들었다. 그러자 배 속 신경을 잡아당기며 사타구니까지 이어지는 끔찍한 고통이 희미하게 멀어졌다. 그 짐승은 고개를 숙여 바닥에 고인 핏물을 혀끝으로 할짝거렸다. 녀석의 혓바닥은 핏물보다 더 붉었다. 주둥이 안으로 말려들어 갔다가 다시 뻗어 나오는 혓바닥 사이로 날카로운 송곳니가 엿보였다. 녀석이 핏물을 모두 말끔하게 핥는 동안, 지환은 지후의 손을 뿌리치고 뒷걸음질 쳐서 문 쪽으로 물러서고 있었다. 고개를 든 짐승이 목 안쪽에서 위협하는 소리를 내며 지환에게 몸을 던지듯 달려들었다. 순식간이었다. 바람처럼 빠른 속도였다. 기괴할 정도로 덩치가 큰 짐승이었지만 그 몸짓에는 전혀 무게가 느껴지지 않았다. 마치 동물의 섬모를 모아 뭉쳐 만든 것처럼 그 잿빛 몸체는 너무나 가벼웠다. 속이 비쳐 보일 만큼 가느다란 섬유 뭉치 같았다. 그러나 억센 발톱은 지환의 몸을 무겁게 짓누르고 있었다. 바람을 가르는 소리를 내며 채찍처럼 휘둘리는 녀석의 긴 꼬리에 지후의 시선이 멈췄다. 등과 함께 동그랗게 점박이 새겨져 있던 새까만 꼬리. 그 흔적이 남아 있었다. 눈가가 뜨거워졌다. 그 커다란 짐승은 두려움에 비명도 지르지 못하는 지환의 목덜미를 입안 깊숙이 깨물었다. 지후는 녀석이 아주 커다랗고 이상하게 변한 후라는 것을 깨달았다. 원치 않는 이유로 괴물이 되어버린, 커다랗고 다정한 개. 지후는 제 몸보다 훨씬 두터운 녀석의 몸체에 다가가 와락, 매달리듯 녀석을 껴안았다. 그러곤 무언가가 타고 남은 매캐한 숯내를 풍기는 녀석의 몸체에 코를 박았다. 매우 따뜻했다.

"왜 이제야 왔어?"

후는 늘 말을 걸 때면 맑은 눈망울로 지후를 올려다보곤 했다. 알아들을 수 없는 인간의 언어에 고개를 갸우뚱거릴지언정 지후를 무시한 적은 한 번도 없었다. 그게 바로 사람과 동물의 차이점이 아닐까. 다른 동물의 울음소리에 귀 기울이지 않는 짐승은 오로지 사람뿐이다. 들숨과 날숨으로 녀석의 부드러운 배가 팽창하듯 부풀어 올랐다가 잦아들기를 반복했다. 녀석은 지환의 목덜미를 깨물던 것을 멈추고 천천히 그의 몸 위에서 내려왔다. 그러곤 지후를 돌아보았다. 초점이 없는 붉은 눈동자는, 언젠가 정류장에서 보았던 괴생명체를 떠올리게 했다.

여태껏 찾아 헤맸던 그 개가 지후 쪽으로 가까이 다가오고 있다. 그러나 이미 예전의 모습은 아니었다. 그 눈빛 속에 지후는 없었다. 더는 지후를 기억하고 있지 않다는 걸 알 수 있었다. 눈물이 뜨겁게 지후의 뺨을 적셨다. 한때 후라는 이름을 가졌던 그 커다란 짐승은, 오직 병원균이 섞인 액체를 삼키는 것 이외에는 생각할 수 없게 된 것이다. 긴 혓바닥이 그 뺨을 핥아 올렸다. 생각했던 것보다 훨씬 부드러웠다. 미지근한 체온은 녀석이 아직도 여전히 숨을 쉬는 생명체라는 것을 증명하고 있었다. 두어 번 그 혀가 핥고 지나간 뺨에서는 간지럼증이 거짓말처럼 사라졌다. 끝없이 얼굴 피부를 옥죄어오던 고름의 통증도 느껴지지 않았다. 녀석은 지후를 괴롭히던 고름들을 말끔하게 제거하듯 핥아냈다. 지후는 두 팔로 그 개의 목덜미를 껴안았다. 녀석은 지후의 두 팔 안에서 점점 왜소해지고 있었다. 뜨거운 볕 아래 천천히 녹아내리는 얼음 같았다. 어느새 지후의 무릎 위에 뉘일 정도로 작아졌다.

개는 오랜 여행을 끝마치며 고단한 몸을 말아 누웠다. 그러곤 바람결에 흩날려 사라졌다. 마치 신기루처럼. 녀석이 사라진 자리에는 아무것도 남아 있지 않았다. 옥상에 남은 것은 세 사람뿐이었다. 멀리서 황사 특보를 알리는 경적이 갓난아이의 울음소리처럼 길게 뻗어 나오고 있었다.

〈끝〉

"저, 어디가 아픈 걸까요?"

'모두 병들었는데 아무도 아프지 않았다' 이성복 시인의 시 「그날」의 마지막 구절은 몇 년째 내 SNS 프로필 상태 메시지이다. 병원에서 의사가 "어디가 아파서 오셨어요?" 하고 물을 때, 우리는 최대한 통증을 구체적으로 설명하기 위해 온 신경을 집중한다. "모르겠어요. 선생님. 제가 아픈 건가요?" 하고 되묻지는 않는다. 미미하게나마 통증을 학실히 느낄 때 병원을 찾아가기 때문이다.

아픈 곳을 모르면 모른 채로 산다. 그러다가 결국에는 병이 심해지고 악성 종양 덩어리가 일상을 뾰족하게 뚫고 나오면 그제야 절망하게 된다.

그런데 우리가 다치고 감염된 부위가 '도덕적 양심'이라면 어떻게 될까? 너무나도 지루한 이야기이다. 분명 아무 일도 일어나지 않을 것이다. 심지어 환경이나 동물 윤리에 대한 것이라면 그건 개인적인 일이 아니며 '내가' 해결할 일도, 해결할 수 있는 일도 아니다. '내가' 동물원에 가서 데이트를 하며 테이크아웃 커피를 즐기는 것은 SNS에 사진을 찍어 올릴 만한 개인적인 일이다. 하지만 그 동물원의 돌고래가 똑같은 쇼를 반복하기 위해 무자비한 학대를 받거나, 테이크아웃 커피의 커피콩을 수확하기 위해 다섯 살 아이가 노예처럼 착취당하거나, 수도 없이 많은 플라스틱 컵이 어디로 가서 쌓이는가 하는 문제는, '내가' 생각할 바가 아닌 것이다. 그런 세세한 것까지 모두 고민하고 살면 '피곤하다.'

책임져야 하는 일이 늘면 괴롭다. 고민하기 싫어 미루는 얘기를 꺼내면 짜증이 나서 견딜 수가 없다. 그래서 가슴 한 편의 답답한 증상, 숨이 턱 막히는 잠깐의 통증을 무시하며 지나간다.

소설은 아무런 강요도 하지 않는다. 지금 당장 모든 비도덕적인 상품과 인연을 끊고, 자전거로 출근하거나 비윤리적으로 도살됐을지 모를 고기를 끊으라는 무리한 요구

271

도 하지 않는다. 그저 "이런 부분에 대해 생각할 때가 있는데, 당신은 어때요?" 하고 은근하게 묻는다. 소설은 속삭인다. "어딘지 모를 그 어딘가가, 아플 때가 있죠? 나도 그럴 때가 있어요."

지금의 우리는 해답이 명확하지 않은 서술형 인생을 살고 있다. 우리가 적는 답이 각자 다를 수는 있어도 틀릴 수는 없다. 소설은 그걸 알고 있다. 그저 당신이 고민하는 그 순간이 가장 중요하다. 나는 그래서 소설이 좋고, 앞으로도 소설 앞에 내 증상을 솔직하게 토로하고 싶다.

마지막으로 내가 책장을 편 당신에게 말을 걸 수 있게 도와준 새움출판사와 주변의 내 사람들에게 감사를 전하며, 당신에게 진지하고 비밀스럽게 묻고 싶다.

"그래서 우리, 어디가 아픈 걸까요?"